KB131508

두이노의 비가

두이노의 비가

Duineser Elegien

라이너 마리아 릴케 시 선집 손재준 옮김

일러두기

1. 1899년부터 1922년까지 발행된 릴케의 대표적인 시집 중 각 시집의 몇몇 작품을 선정해 번역, 수록했다. 각 작품의 수록 순서는 원서에 따랐다.
2. 『기도 시집』에서 제목이 없는 시의 경우 첫 행의 첫 마디를 제목으로 삼았다.
3. 각주 가운데 릴케 자신이 쓴 각주는 〈원주〉로 표기했고, 나머지 역자가 새로 쓴 각주는 별다른 표기 없이 나타냈다.

DUINESER ELEGIEN
by RAINER MARIA RILKE (1899~1922)

이 책은 실로 꿰매어 제본하는 정통적인 사철 방식으로 만들어졌습니다.
사철 방식으로 제본된 책은 오랫동안 보관해도 손상되지 않습니다.

기도 시집
Das Stunden-Buch

루 살로메의 손에 바칩니다.

제1부

수도사 생활의 서

Das Buch
vom mönchischen Leben
(1899)

저기 시간이 기울어

저기 시간이 기울어
맑은 금속성을 내며 나를 흔든다.
오관(五官)은 떨리고
나는 내가 할 수 있음을 안다.
그리고 성상(聖像)을 조형(造型)하는 하루를 정한다.

내가 알기 전에 완성된 것은 아무것도 없다.
모든 생성(生成)은 정지된다.
성숙한 나의 눈길마다 신부처럼
염원하는 사물이 찾아든다.

나에게 너무 작은 것이란 하나도 없지만
그래도 나는 그것을 사랑하며
황금 바탕에 크게 그려서
높이 쳐든다.
그것이 누구의 영혼을 구해 주는지
나는 모르지만……

사물 위에 번지는

사물 위에 번지는
성장하는 연륜 속에
나는 나의 인생을 산다.
마지막 연륜을 성취할지는 알 수 없지만
그것을 위해 온 힘을 다하리라.

나는 신의 주변을 돌고 있다.
태곳적 탑을 돌고 있다, 수없는 세월을……
그러나 나는 내가 매인지, 폭풍인지,
위대한 찬가인지를 아직 모른다.

나의 이웃인, 신이여

나의 이웃인, 신이여
긴 밤 내가 때로 당신의 문을 요란스레 두드리는 것은
넓은 방에 홀로 있는
당신의 숨소리가 간간이 들리기 때문입니다.
당신이 행여 무엇이 아쉬워서 찾을 때
한 모금의 물도 내어 줄 사람은 없습니다.
나 언제나 귀를 모으고 있으니
눈길을 주시기만 하면 됩니다.
당신의 가까이에 있습니다.

우리들을 가로막고 있는 것은
어쩌다 생긴 얇은 벽일 뿐입니다.
당신이나 혹은 내가 소리 내어 부르면
분명 그것은 소리 없이
조용히 깨어집니다.

그것은 당신의 영상들로 세워진 벽입니다.
이름처럼 당신 앞에 서 있는 당신의 영상들……
언제고 한 번 마음속의 당신을 깨닫게 하는
내 영혼의 빛이 불타면, 그것은
광명이 되어 영상의 액자 위에 쏟아질 것입니다.

그러나 시들거 쉬운 나의 감각은
고향도 없이 당신과 헤어집니다.

단 한 번만이라도

단 한 번만이라도 완전히 조용해진다면
뜻밖의 일과 우연한 일과
이웃의 웃음이 멈춰 준다면
나의 오관이 불러일으키는 소음이
깨어 있는 나[1]를 이렇듯 방해하지 않는다면

나는 더없이 깊은 사념에 잠겨
당신을 끝에서 끝까지 생각할 수 있으리다.
당신을 (미소의 한순간만큼이나마) 차지할 수 있으리다.
모든 생명에게 하나의 감사처럼
당신을 선사하기 위하여.

1 릴케의 시에서 자주 만나는 〈깨어 있음〉은 단순히 잠을 자지 않고 있는 상태를 말하는 것이 아니라 〈깨달음〉을 의미한다. 시와의 만남, 신을 만나는 기도 등은 모두 깨어 있는 시간이다. 제3부의 「마지막 징표를 우리에게」라는 시에서의 〈깨어 있는 자〉도 같은 뜻이다. 릴케는 깨달음에 이른 자만이 진리를 찾는 참된 꿈에 잠길 수 있는 것이라고 본 것이다.

한 세기가 지나가는

한 세기가 지나가는 그 시간을 나는 살고 있다.
한 장의 큰 종이에서 이는 바람이 느껴진다.
신과 당신과 내가 적어 넣은,
그 종이가 이제 미지의 손에 높이 들려 돌고 있다.

거기 모든 것이 생성되는
새 페이지의 광채.

조용한 힘들이 자신의 넓이를 가늠해 보며
서로 은밀히 응시하고 있다.

나를 낳아 준 어둠이여

나를 낳아 준 어둠이여,
나는 불꽃보다 당신을 좋아한다.
하나의 원을 그리기 위하여
불꽃은 찬란히 빛나면서
세계를 한계 짓지만
그 외부에서는 아무것도 그것을 알지 못한다.

그러나 어둠은 모든 것을 스스로 품고 있다.
형상(形像)과 불꽃, 짐승과 나,
그리고 인간과 권력을
사로잡으며……

어쩌면 어느 위대한 힘이 있어
내 곁에서 움직이고 있는지 모른다.

나는 밤을 믿는다.

우리는 떨리는 손으로

우리는 떨리는 손으로 당신을 짓고 있습니다.
티끌만큼씩 쌓아 올립니다.
그러나 누가 당신을 완성할 수 있겠습니까,
대성당이신 신이여.

로마가 무엇입니까?
그것은 무너져 없어집니다.
세상은 무엇입니까?
당신의 탑들이 둥근 지붕을 지니기 전에,
수없이 이어지는 모자이크에서
당신의 빛나는 이마가 솟아오르기 전에,
세상은 덧없이 부서질 것입니다.

그러나 나는 때로 꿈속에서
당신의 공간을
깊은 기초에서부터
지붕의 황금빛 당마루에 이르기까지
건너다볼 수가 있습니다.

그리고 나의 눈에는 내 오관이
마지막 장식을
꾸미고, 짓는 것이 보입니다.

내가 사랑하고 형제처럼 느끼는

내가 사랑하고 형제처럼 느끼는
그 모든 사물에서마다 나는 당신을 봅니다.
당신은 씨알로서 조그만 것에 스며들고
큰 것에는 크게 몸을 내맡깁니다.

그렇게 헌신하며 사물 속을 흐르는 것은
참으로 놀라운 힘의 유희입니다.
뿌리 속에서는 자라고 줄기 속에선 몸을 숨기며,
그리고 가지 끝에 가서는 부활하는……

〈한 젊은 수도사의 목소리〉

나는 흘러 사라진다. 손가락 사이로 흐르는
모래알처럼 흘러 사라진다.
무수한 감각이 일시에 일어나
저마다 다르게 갈증을 느낀다.
온몸 곳곳이 부어오르고 쑤신다.
가장 아픈 곳은 심장 한가운데다.

죽고 싶다. 혼자 있게 내버려 두어라.
혈관이 찢길만큼
불안이 덮쳐 오리라.

당신은 위대합니다

당신은 위대합니다. 당신 옆에 서기만 하여도
이 몸은 없는 것이나 다름이 없습니다.
당신은 너무 어두워서 내 작은 밝음은
당신의 가장자리에서 아무 의미도 없습니다.
당신의 의지는 파도처럼 흐르고
모든 나날이 그 속에 가라앉습니다.

다만 나의 그리움만이 당신의 턱밑에까지 솟아올라,
낯설고, 창백하고, 아직 구원받지 못한,
그러나 당신에게 날개를 내미는 위대한 천사처럼
당신 앞으로 다가섭니다.

천사는 수많은 달이 창백하게 스치고 지나간
그 정처 없는 비행을 더는 원하지 않습니다.
이미 이 세상의 많은 일을 충분히 알고 있습니다.
횃불처럼 날개를 펴고
당신의 그늘진 얼굴 앞에 서기만을 소망합니다.
그리고 그 하얀 빛으로, 당신의 회색 눈썹이
자기를 단죄하려는가를 알아보려 합니다.

다른 저 가지와 한 번도

다른 저 가지와 한 번도 같은 적이 없는 한 줄기 가지로
신인 나무는 다시금 여름을 예고하면서
성숙한 소리 내며 흔들거리리라.
사람들이 귀를 기울이는 나라,
모두가 나처럼 외로운 나라에서.

계시는 고독한 자에게만 내리는 것,
마음이 좁은 한 사람에게보다는
같은 많은 고독한 자들에게 더 많이 내려지기 때문이다.
서로 멀리 떨어진 생각을 통하여,
수많은 존재 가운데서 서로 다른
이해와 부인을 통하여,
하나의 신이 물결처럼 지나간다는 것을
그들이 눈물로써 깨닫게 되는 그때까지,
저마다에게 각기 다른 신의 모습이 나타날 것이기 때문이다.

그때 보는 자들이 서로 입에 올리는
최후의 기도는 이러하리라.
뿌리이신 신에게 열매가 맺혔다.
가서 종을 때려 부수어라,
우리는 시간이 성숙해 있을,

더 조용한 나날을 맞게 되리라.
뿌리이신 신에게 열매가 맺혔다.
진지해지거라, 그리고 보아라.

나에겐 믿어지지 않는다

나에겐 믿어지지 않는다, 이렇듯 날마다 우리가
그 머리를 건너다보고 있는 작은 죽음이
우리의 근심과 고난이 된다는 것이.

그것이 진정으로 위협하고 있다는 것을 믿을 수가 없다.
나는 아직 살아 있고, 집을 지을 시간도 있다.
내 피는 빨간 장미보다 더 오랫동안 붉을 것이다.

나의 감각은 공포와의 익살스런 놀이보다 깊다,
그 놀이에 함께 빠져들기는 했지만.
나는 세계다.
내 감각이 헤매다 떨어져 나온 세계다.

그 감각처럼
순회하는 승려들은 방랑하고 있다.
사람들은 그들이 돌아오는 것을 두려워한다.
사람들은 모른다, 그 돌아오는 것이 매번 같은 사람인지,
두 사람인지, 열 사람인지, 천 명인지, 혹은 그 이상인지를?
그들이 알고 있는 것은 그 낯선 누런 손뿐이다.
가까이 내뻗는 맨손뿐이다 —

보라,
마치 그 옷에서 생겨 나온 것 같은 손을.

내가 죽는다면

내가 죽는다면, 신이여, 당신은 어찌하겠습니까?
나는 당신의 항아리입니다 (내가 깨어진다면?)
나는 당신의 음료입니다 (내가 썩는다면?)
나는 당신의 옷이고 당신의 관절입니다,
나와 함께 당신은 그 의미를 상실할 것입니다.

내가 죽고 나면 당신을 가까이 따스한 말로 맞아 줄
집이 없습니다.
당신의 피곤한 발에서는
비로드 샌들이 떨어집니다, 내가 그 신발입니다.

당신의 큰 외투도 당신을 버립니다.
베개로 맞아들이듯 내 뺨으로
따스하게 맞아들이는 당신의 눈빛은
돌아와 나를 찾을 것입니다, 오래도록,
그리고 해가 질 무렵이면
낯선 돌의 무릎 위에 누울 것입니다.
어찌하시겠습니까, 신이여, 걱정스럽습니다.

당신의 시간은 공간 속에서

당신의 시간은 공간 속에서 완성된다는 의견이
당신 앞에 내세워지고 있으나
신이여, 내가 어찌 당신의 시간을 당신처럼 이해할 수
있겠습니까?
당신에게 무(無)는 하나의 상처와 같았습니다.
당신은 그 상처를 세계로써 식혀 주셨습니다.

이제 그 상처는 우리들 가운데서 조용히 치유되고 있습니다.

많은 과거가 병자로부터
뜨거운 열을 마셔 버렸기 때문입니다.
우리들은 이미 온유한 흔들림 속에서
깊은 곳의 편안한 맥박을 느끼고 있습니다.

우리들은 고통을 위로하면서 무(無) 위에 누워서
모든 찢긴 상처를 덮어 감추고 있습니다.
그러나 당신은 당신 얼굴의 그늘 속에서
미지의 것으로 성장하며 퍼져 나갑니다.

그들의 손을 시간 속에서

그들의 손을 시간 속에서,
가련한 도시 속에서, 손을 일하게 하지 않은 사람들,
길에서 떨어진 어느 장소의
조용한 곳에 손을 내려놓고 있는,
아직도 이름조차 없는 모든 사람들 —
그들이 일상의 기도문이여, 그대를 되뇌고
한 장의 종이에 의지한 채 조용히 말을 한다.

결국은 기도만이 있을 뿐이다.
우리들의 손이 신선화되고 있는 것은
간절한 것 아니면 어느 것 하나 만들지 않았기 때문이다.
누군가 그림을 그렸거나, 풀을 베었거나
그것은 실로 도구들의 노력으로 하여
경건한 마음이 꽃을 피운 것이다.

시간은 여러 모습을 지닌 어떤 것.
우리는 때로 시간의 목소리를 들으면서
영원한 것, 오래된 것을 만난다.
신이 수염처럼, 옷처럼
우리를 크게 감싸고 있는 것을 우리는 알고 있다.

신의 견고한 장엄함 안에서
우리는 현무암의 돌결과 같다.

당신의 최초의 말은

당신의 최초의 말은 〈빛〉이었습니다.
그리하여 시간이 시작되었습니다. 그러고는 오랫동안
침묵하였습니다.
당신의 두 번째 말은 인간이었습니다. 그것은 불안을
낳았습니다.
(지금도 그 말의 울림은 우리를 어둡게 만듭니다.)
당신의 얼굴은 다시 생각에 잠겼습니다.

그러나 나는 당신의 세 번째 말을 원하지 않습니다.

밤이면 가끔 나는 기도합니다.
벙어리가 되게 하소서,
몸짓 속에서 성장하며 머물고
꿈속에서 정신에 독려되어
침묵의 무거운 총화를
이마와 산에 적어 넣는
벙어리가 되게 하소서.
신이여, 말할 수 없는 것을 위반한
분노로부터 지켜 주는 은신처가 되어 주소서.
낙원에 밤이 왔습니다.
피리를 든 목자가 되어 주소서,

그 피리를 불었다는 것이 이야기로만 전해질 목자가 되어 주소서.

포도밭지기가 포도밭에

포도밭지기가 포도밭에
원두막을 지어 놓고 지키듯이
주여, 나는 당신 손안의 원두막입니다.
오, 주여, 당신의 밤 가운데의 밤입니다.

포도원, 목장, 오래된 사과밭,
봄을 잊지 않는 경작지,
대리석처럼 굳은 땅에서
수많은 열매를 맺는 무화과나무.

향기가 당신의 둥근 가지에서 풍겨 나옵니다.
당신은 내가 잘 지키고 있는지를 묻지 않습니다.
두려움도 없이, 수액 속으로 녹아 들어가
당신의 깊은 마음은 내 곁에서 조용히 솟아오릅니다.

신은 인간을 만들기 전에

신은 인간을 만들기 전에 누구에게나 말해 준다. 그리고
묵묵히 그와 함께 밤으로부터 나온다.
그 말, 인간이 시작하기 전에 신이 한 말,
그 구름 같은 말은 이러하다.

너의 오관으로부터
그리움의 끝에까지 가거라.
옷을 나에게 다오.

사물들 뒤에서 불길처럼 크게 자라라,
넓게 번져 가는 그 그림자가
항상 나를 완전히 가리도록.

아름다움도 두려움도 모두 만나거라.
오직 걸어가기만 해야 한다. 감정에게는 이르지 못하는 먼
곳이란 없다.
나를 벗어나지 않도록 해라.
그들이 인생이라고 부르는
토지는 가까이 있다.

그 엄숙함에서

인생을 알게 되리라.

나에게 손을 다오.

하루의 끝 어느 시간에

하루의 끝 어느 시간에
땅은 모든 준비를 마치고 있다.
영혼이여 말하라, 너의 그리움이 무엇인가를.

황야가 되어라. 황야여, 드넓게 퍼져라.
버려진 지 오랜 평원 위에
달이 떠오를 때,
덤불 속에 묻혀 알아볼 길 없는
오래, 오래된 무덤을 지녀라.
적막이여, 형상을 드러내라,
사물의 형상을 드러내라
(그것은 사물들의 어린 시절, 사물들은 너를 좋아하리라).
황야가 되어라, 황야가 되어라, 황야가 되어라.
그러면 밤과 분별하기 어려운
그 노인도 찾아오고,
조용히 귀 기울여 듣고 있는 내 집으로
그 거대한 맹목을 갖고 들어오리라.

그는 앉아서 명상에 잠긴다.
그 앉은키가 나보다 크지 않으나,
하늘과 황야와 집,
모든 것이 그의 내면에 들어 있다.
상실한 것은 노래뿐이다.
그는 더는 노래하지 않는다.
수천의 귀에서,
어리석은 자들의 귀에서
시간과 바람이 모두 마셔 버렸으므로.

그럼에도 나에게는

그럼에도 나에게는
그를 위해 모든 노래를
내 깊은 곳에 간직해 둔 것 같은 생각이 든다.

그는 떨리는 수염에 가려진 채 침묵하고 있다.
자기의 선율에서
스스로를 되찾으려 하는지도 모른다.
나는 그의 무릎께로 다가간다.

그의 노래가 나직이 소리 내며
그의 내면으로 흘러 되돌아간다.

제2부

순례의 서

Das Buch von der Pilgerschaft
(1901)

너는 폭풍의 위력에도

너는 폭풍의 위력에도 놀라지 않는다,
그 폭풍이 커가는 것을 보아 왔기에.
나무들이 도망간다. 도망가며
줄지어 걸어가는 가로수 모습을 이룬다.
이제 너는 알고 있다, 나무들이 피해 도망치는 그 폭풍 같은
　분을
바로 네가 찾아가고 있다는 것을.
그리고 창가에 서면
너의 오관은 그를 노래한다.

여름의 몇 주간은 고요했고
나무들의 수액은 솟구쳐 올랐다.
이제 너는 모든 일을 행하는 그분의 속으로
그것이 떨어져 내림을 느낀다.
과실을 손에 쥐었을 때
너는 이미 그 힘을 알고 있다고 믿었지만
어느새 힘은 수수께끼가 되고
너는 다시 손님이 된다.

여름은 네가 모든 것을 알고 있는
너의 집과 같았다.

이제 너는 네 가슴속으로
평원에 들어서듯 나아가야 한다.
큰 고독이 시작되고
나날은 감각을 잃는다,
바람이 너의 오관으로부터
시든 나뭇잎처럼 세계를 빼앗아 간다.

그 앙상한 나뭇가지 사이로
오직 너의 것인 하늘이 내려다보고 있다.
이제는 대지가 되어라, 저녁 노래가 되어라,
그 푸른 하늘과 하나 되는 땅이 되어라.
현실로 익어 간
사물처럼 겸허하여라.
소식을 보낸 그분이
너를 잡을 때 너를 느낄 수 있도록.

나는 다시 기도합니다

나는 다시 기도합니다. 거룩한 분이시여.
당신은 바람 속에서 내 목소리를 다시 들으십니다.
내 깊은 마음이 한 번도 쓴 적 없는
소란스러운 말들을 마음대로 구사할 수 있기 때문입니다.

나는 흩뿌려져 있었습니다. 적대자들에 의해
내 자아는 산산조각이 되어 나뉘어져 있었습니다.
오, 신이시여, 모든 비웃는 자들이 나를 비웃고
술꾼마다 나를 마셨습니다.

여러 안마당의 쓰레기와 낡은 유리 조각 속에서
나는 나를 주워 모았습니다.
서투른 혀로 당신을 향해 더듬거렸습니다.
조화로 이루어진 영원한 분이시여.
얼마나 나는 이름할 수 없이 애태우며
나의 망설이는 두 손을 당신을 향해 뻗쳤는지 모릅니다.
한때 당신을 보았던 그 눈을
다시 돌려받기 위하여.

나는 불에 타다 남은 집이었습니다.
거기에는 가끔 살인자들이 잠잘 뿐,

어쩌다 굶주림의 형벌이
그들을 먼 곳으로 쫓아내곤 했습니다.
나는 병마에 시달린
바닷가의 마을과 같았습니다.
질병이 시체처럼 무겁게
아이들의 두 손에 늘어져 있었습니다.

나에게는 나 자신이 어떤 타인처럼 낯설고
그 자신에 관해 아는 것이란
옛날 젊은 어머니가 나를 배고 있었을 때
어머니 마음을 상하게 했던 일과
어머니의 쪼그라든 심장이
태아인 나에게 몹시 괴로운 듯 울리던 일뿐입니다.

이제 나는 나의 치욕의 모든 파편으로
다시 세워지고 있습니다.
그리고 한 가닥 인연을,
나를 하나의 사물처럼 보아 줄
통일된 오성을, —
당신의 마음의 큰 손을 그리워하고 있습니다
(오, 그 손이 나를 찾아와 주기를).

나는 스스로를 헤아려 봅니다, 신이시여, 당신에게는
당신에게는 나를 마음대로 할 권리가 있으십니다.

나는 지금도 여전히

나는 지금도 여전히 전에 승복을 입고
당신 앞에 무릎 꿇고 앉아 있던 그 사람입니다.
당신으로 하여 넘치고, 당신을 마음속에 그리던
그 깊이 순종하는 부사제입니다.
세계가 옆을 스치고 지나는
조용한 작은 방의 목소리입니다 —
당신은 지금도 여전히 파도,
모든 사물 위를 넘쳐흐릅니다.

있는 것은 이것뿐입니다. 오직 하나의 바다뿐입니다.
그 속에서 때론 여러 나라들이 솟아오르는.
다만 아름다운 천사들과 바이올린의 침묵이 있을 뿐
그 밖에는 아무것도 없습니다.
말이 없는 당신은
그 힘의 광채의 무게에 눌려
모든 사물이 몸을 굽히는 그분이십니다.

당신은 모든 것이며, 나는 복종하고
반항하는 한 사나이일까요?
나는 그저 평범한 사람이 아닐까요?
내가 울 때에 나는 모든 것이 되고

당신은 그걸 듣는 그 한 사람이 아닐까요?

당신은 내 옆에서 나는 무슨 소리를 들으시는 건가요?
내 목소리 말고도 다른 소리가 있는지요?
폭풍일까요? 그럼 나도 폭풍입니다.
나의 숲들이 당신을 손짓해 부릅니다.

당신이 내 소리를 듣는 것을 방해하는
병들고 작은 노래가 있다 하여도,
나 또한 하나의 노래입니다, 제발 들어 주세요.
외롭고, 아무도 들은 적 없는 내 노래를.

나는 아직도 불안스레
가끔 당신이 누구인지 묻던 그 사람입니다.
날마다 해가 지고 나면
나는 상처 입고 버림받은 몸입니다.
창백하게 모든 것으로부터 외떨어져,
모든 무리에게 멸시받습니다.
그리고 모든 사물들은 내가 갇혀 있던
수도원처럼 서 있습니다.
그럴 때면 나에겐 당신이 있어야 합니다. 정통하신 분이여,

모든 고난의 온유한 이웃이여,
내 번뇌의 조용한 동반자여,
신이여, 그럴 때면 나에겐 당신이 빵처럼 필요합니다.
당신은 모르십니다. 잠 이루지 못하는 사람에게
밤이 어떤 것인가를.
그러한 때 사람들은 모두 죄 사함을 받지 못한 자가 되고
 맙니다.
노인도, 소녀도, 아이도.
어두운 사물들에게 가까이 둘러싸여
사람들은 사형 선고를 받은 듯이 놀라고 있습니다.
그들의 하얀 손은
사냥 그림 속의 개처럼
험한 인생에 짜 넣어진 채 떨고 있습니다.
과거도 눈앞에 와 있고
미래에는 시체들이 누워 있습니다.
외투에 몸을 숨긴 사나이가 문을 두드리고 있지만
눈에도 귀에도
아직 새벽의 징후는 찾아오지 않고
닭 우는 소리도 들리지 않습니다.
밤은 큰 집과 같습니다.
사람들은 상처 입은 손으로

벽을 뜯어 문을 내지만
끝없는 복도가 계속되고
어디에도 밖으로 나갈 문은 없습니다.

신이여, 〈어느〉 밤도 이러하옵니다.
언제나 누군가 눈을 뜨고
끝없이 걸어가지만 당신을 찾을 수 없습니다.
그들이 장님의 발걸음으로
어둠을 더듬어 가는 소리가
들리십니까?
밑으로 이어지는 나선형 계단 위에서
기도하는 소리가 들리십니까?
검은 돌 위에 그들이 넘어지는 소리가 들리십니까?
그들의 우는 소리를 당신은 들으셔야만 합니다. 진정으로
그들은 울고 있습니다.

그들이 나의 문 가까이 지나고 있기에
나는 당신을 찾습니다. 그들의 모습이 보일 듯합니다.
어두운, 밤보다 더 밤인 그분이 아니라면
누구를 내가 불러야겠습니까?
등불도 없이 눈 뜨고 있으면서도

두려워하지 않는 그 유일한 분, 빛에 젖은 적이 없는
그 심오한 분이 아니라면. 내가 알고 있는 그분은
나무들과 더불어 땅속에서 나오시기 때문입니다.
소리 없이 땅으로부터
향기가 되어 나의 숙인 얼굴로
솟아오르기 때문입니다.

영원한 분이시여

영원한 분이시여, 당신은 나에게 모습을 보이셨습니다.
나는 당신을 사랑하는 아들처럼 사랑합니다.
그는 옛날 어릴 적에 나를 떠났습니다.
모든 나라들이 그 앞에서는 낮은 계곡에 지나지 않는
그 왕좌로 그를 운명이 불러냈기 때문입니다.
나는 노인처럼 뒤처져 남았습니다,
그 위대한 아들을 더는 이해하지 못하고
그 자손의 의지가 지향하는
새로운 일들을 잘 모르는 노인처럼.
이따금 나는 그 많은 이국선을 타고 떠나는
당신의 깊은 행복에 떨고 있습니다.
때로는 당신이 나의 속으로,
당신을 크게 키웠던
그 어둠 속으로, 되돌아오기를 기원합니다.
나는 가끔 너무도 시간에 홀려서 자신을 잃고 있을 때면
당신이 이미 안 계실까 두려워집니다.
그때마다 당신에 관하여 읽습니다. 복음주의자가
곳곳에 당신의 영원에 관하여 기록하고 있으니까요.

나는 아버지입니다. 그러나 아들은 그 이상의 것입니다.
아버지가 이룩한 모든 것이고

아버지가 이루지 못한 것도 아들 속에서 커집니다.
아들은 미래이고, 회귀입니다.
아들은 모태이고, 바다입니다……

나의 기도는 결코

나의 기도는 결코 당신에게 모독은 아닙니다.
내가 당신과 짙은 — 아주 짙은 — 혈연이라는 것을
낡은 책에서 찾아보기라도 하려는 듯 기도하는 것은
아닙니다.

나는 당신에게 사랑을 드리려고 합니다. 이런 사랑, 저런
사랑을…….

도대체 사람은 한 아버지를 사랑할까요? 당신이 나를
떠났듯이
사람은 얼굴에 굳은 표정을 지니고
그의 도움이 되지 않는 빈손에서 떠나는 것은 아닐까요?
아버지의 시든 말을
별로 읽지 않는 낡은 책 속에 슬며시 끼어 놓은 채
마치 분수령에서처럼 아버지의 마음으로부터
고통과 기쁨을 향해 흘러 떨어지는 것은 아닐까요?
우리에게 아버지란, 이미 있었던 것,
낯설게 생각되는 과거의 세월,
늙은 몸짓, 죽은 의상,
시든 손, 빛바랜 머리칼이 아닐까요?

비록 그 옛날에는 영웅이었다 해도
아버지는 우리가 성장하면 떨어지는 나뭇잎입니다.

내 눈을 감기세요

내 눈을 감기세요, 나는 당신을 볼 수 있습니다.
내 귀를 막으세요, 당신의 음성을 들을 수 있습니다.
발이 없어도 당신에게 갈 수 있고,
입이 없어도 당신에게 청원할 수 있습니다.
팔을 꺾으세요, 나는 당신을
손으로 잡듯 가슴으로 잡을 것입니다.
심장을 멎게 하세요, 그러면 나의 뇌가 고동칠 것입니다.
당신이 나의 뇌에 불을 지르면
그때엔 피가 되어 당신을 실어 나르겠습니다.

당신을 억측하는

당신을 억측하는 소문이 떠돕니다.
당신을 해치려는 의혹이 있습니다.
태만한 자와 몽상가들은
자기 자신의 정열도 믿지 못하고
산이 피를 흘리는 것을 바라고 있습니다.
그러기 전에는 믿지 않으려는 것입니다.

그러나 당신은 고개를 숙입니다.

당신은 위대한 심판의 표시로
산맥의 혈관도 가를 수 있지만
이교도들은
당신에게 아무런 상관이 없습니다.
당신은 온갖 간계와 싸우거나
빛의 사랑을 찾으려 하지도 않습니다.
당신에겐 기독교도들도
상관없기 때문입니다.

당신은 질문하는 자에게도 관계치 않습니다.
온화하신 모습으로
참는 자들을 지켜보십니다.

당신을 찾는 이들은

당신을 찾는 이들은 저마다 당신을 시험합니다.
그리고 그렇게 당신을 찾는 사람들은
당신을 형상과 행위에 묶어 놓습니다.

그러나 나는 대지가 당신을 이해하듯이
그렇게 당신을 알고 싶습니다.
나의 성숙과 더불어
당신의 나라는
성숙합니다.

나는 당신이 당신을 증명하는
그러한 허영을 바라지 않습니다.
시간이 당신과는
다른 의미임을
나는 알기 때문입니다.

나에게는 기적을 내리지 마십시오.
종족(種族)에서 종족에로
차차 밝혀지고 있는
당신의 법칙을 정당하게 행하여 주십시오.

무엇인가 내 창에서 떨어질 때

무엇인가 내 창에서 떨어질 때
(설혹 아주 작은 것이라 하여도)
어느새 중력의 법칙은
마치 바닷바람처럼 강력하게
모든 공이나 열매 위로 달려들어
그것을 세계의 중심으로 끌어들인다.

모든 사물은
언제나 날아갈 준비가 된 선의에 의해 보살핌을 받고 있다.
모든 돌이나, 꽃이나
밤의 모든 작은 아이처럼.
우리들만이 관련으로부터
자유의 공허한 공간으로 서둘러 도망하려 든다.
현명한 힘에 몸을 내맡기고
한 그루 나무처럼 솟아 있으려 하지 않는다.
가장 넓은 궤도 속으로
조용히 스스로 들어서지도 않고
여러 방법으로 서로 결합하려 한다.
그리고 모든 무리로부터 소외된 자는
이제 이름할 수 없이 외롭다.

그럴 때 사람은 사물에게서 배우지 않으면 안 된다.
어린아이처럼 다시 처음부터 시작해야 한다.
사물들은 신의 마음에 매달려 있어서
신으로부터 떨어진 적이 없기 때문이다.
감히 모든 새보다 잘 날려는 생각을 하는 자는
아직 한 가지 일을 할 줄 알아야 한다.
떨어지는 일,
참고 중력 속에 머물러 있는 일을.

(왜냐하면 천사들도 이제는 날지 않기 때문이다.
그분의 주변에 둘러앉아 생각에 잠겨 있는
치품천사들은 날개가 무거운 새와 같다.
불구가 되어 버린 그들은
새들의 패배자 펭귄과도 같다.)

이 세상 한끝의 집처럼

이 세상 한끝의 집처럼
외로이 서 있는 이 마을의 마지막 집.

조그마한 마을을 벗어난 길이
천천히 밤으로 이어져 나간다.

이 조그만 마을은 두 개의 광야 사이의
예감과 불안으로 가득 찬 건널목일 뿐,
오솔길이 아니다, 집을 스쳐 지나는 외길이다.

마을을 떠난 사람들은 오랜 방랑을 할 게다,
그리고 도중에 많이 죽어 갈지 모른다.

당신은 미래

당신은 미래
영원의 평원 위에 내리는 위대한 아침 놀.
당신은 시간의 밤이 간 뒤 우는 닭 소리,
이슬, 아침의 미사 그리고 소녀,
혹은 낯선 사람, 어머니 그리고 죽음.

당신은 변신하는 모습.
언제나 외로이 운명에서 솟아
환호도 비탄도 없이
원시의 삼림같이 정결하기만 한.

당신은 모든 사물의 깊은 진수(眞髓).
그 본질의 마지막 말을 말하지 않는
타인에겐 항시 다르게 모습하는
배에는 해안이 되고 육지에는 배가 되며.

세상의 왕들은 늙어

세상의 왕들은 늙어
후계자를 갖지 못할 것입니다.
아들들은 어려서 죽어 갔고
창백한 딸들은 그 병든 왕관을
폭력에게 넘겨주었습니다.
천민들은 그 왕관을 잘게 부수어 돈을 만들고
이 시대에 걸맞은 세계의 주인은
그것을 불 속에서 늘여 기계로 만듭니다.
기계들은 원망하면서 그의 의지에 따르고 있지만
행복하지는 않습니다.

금속에게는 향수가 있습니다.
하찮은 생활을 가르쳐 주는
화폐와 수레바퀴를 떠나고 싶어 합니다.
공장이나 금고에서
절개된 산의 광맥 속으로
다시 돌아가게 될 것입니다.
그 뒤에서 산은 닫힐 것입니다.

모든 것은 다시 위대하고

모든 것은 다시 위대하고 강력해질 것입니다.
토지는 소박하고, 개울에는 물결이 일고
나무들은 거대해지고 성벽은 아주 낮아질 것입니다.
힘차게, 여러 모양을 지닌 계곡에마다
목자와 농부의 무리가 살게 될 것입니다.

신이 도망자라도 되는 듯 신을 꽉 붙들고는
잡혀 상처 입은 동물을 가련히 여기듯이
신을 슬퍼하는 교회는 없어질 것입니다.
집집마다 문을 두드리는 자는 모두 환영해 맞아들이고
무한한 헌신의 감정이 모든 행위 속에,
그리고 당신과 내 속에 살아 있을 것입니다.

내세를 기다리는 일도, 바라보려는 일도 없을 것입니다.
다만 죽음의 신성함을 욕되게 하지 않고
죽음의 두 손안에서 더는 새것이 되지 않기 위하여
지상의 것에 봉사하며 배우려는 그리움만 있게 될 겁니다.

당신도 위대하게 될 것입니다

당신도 위대하게 될 것입니다. 이제 이미
살아 있어야 하는 자가 말할 수 있는 당신보다도 더
위대하게 될 것입니다.
당신은 훨씬 비범하고 엄청난 사람이 되고
한 노인보다 훨씬 늙은 노인이 될 것입니다.

사람들은 가까운 정원에서 향기로 다가오는
당신을 느끼게 될 것입니다.
그리고 한 병자가 그의 가장 사랑하는 물건을 아끼듯
사람들은 예감에 가득 찬 마음으로 정겹게 당신을 사랑할
것입니다.

사람들을 불러 모으는 기도는 없어질 것입니다.
당신은 사람들이 모인 자리에는 없기 때문입니다.
당신을 느끼고 당신에게서 기쁨을 얻는 사람은
세상에서 유일한 사람처럼 될 것입니다.
추방당한 자이면서 결합한 자,
모아지기도 하고 동시에 낭비된 자이기도 할 것입니다.
미소를 지니면서도 울먹이는 자,
집처럼 작고 한 나라처럼 강력한 자가 될 것입니다.

집집마다

집집마다 조용하지 않을 것입니다.
누군가가 죽어 들려 나가든,
누군가가 은밀한 지시에 따라
순례자의 지팡이를 들고 순례자의 옷을 두르고
당신이 기다린다고 알려진 길을 물어
낯선 땅으로 찾아 떠나든.

천 년에 한 번 꽃을 피우는
저 장미를 찾아가듯 당신에게로 가려는 사람들이
길에 끊이는 일이 결코 없을 것입니다.
어둠 속에 묻힌 많은 무리들이며, 거의 이름도 없는 사람들,
당신에게 이르면 그들은 모두 지쳐 있습니다.

그러나 나는 그들의 행렬을 본 적이 있습니다.
그리고 그 후로부터 믿고 있습니다. 바람은
흔들거리는 그들의 외투에서 불어오는 것이고
조용해지는 것은 그들이 누워 있을 때라는 것을.
넓은 평원을 걷는 그들의 걸음은 그처럼 위대했습니다.

신이여, 나는

신이여, 나는 많은 순례자들이 되려고 합니다.
그렇게 긴 행렬을 이루어 당신에게 가기 위해서입니다.
당신의 커다란 한 부분이 되기 위해서입니다.
살아 있는 가로수의 정원이신 신이여,
내가 지금 이대로 홀로 간다면,
누가 그것을 눈치채겠습니까? 누가 당신에게 가는 나를
　보겠습니까?
누구를 감동시키고, 누구의 마음을 움직이게 하고,
누구를 당신에게로 귀의하게 하겠습니까?
아무 일도 없었던 듯
— 사람들은 계속해서 웃고 있습니다. 그것이 이대로 가는
　나를
기쁘게 만듭니다.
웃고 있는 누구도 나를 보지는 못할 것이기 때문입니다.

낮에 당신은 속삭이면서

낮에 당신은 속삭이면서
많은 사람들 주변을 흘러가는 소문입니다.
시간을 알리는 종이 울린 뒤의
서서히 닫히는 정적입니다.

낮이 차츰 힘을 잃어 가는 몸짓으로
저녁을 향하여 기울어 갈 때
신이여, 당신은 더 크게 자라서
당신의 나라는 모든 지붕에서 연기처럼 솟아오릅니다.

이제 어느새

이제 어느새 빨간 매자나무 열매가 영글고
꽃밭에는 시들어 가는 과꽃이 나직이 숨 쉬고 있습니다.
여름이 가는 지금 부요하지 못한 자는
언제까지나 기다리며 자기 자신을 소유하지 못할 겁니다.
이제 눈을 감지 못하는 자는,
수많은 환영이
어둠 속에서 일어서기 위하여
그의 내면에서 밤이 오기를 기다리고 있지만
그는 이미 노인처럼 과거의 사람이 되고 있습니다.

그에게는 이미 아무것도 나타나지 않고, 어떤 하루도
　찾아오지 않습니다.
그의 몸에 일어나는 모든 일들이 그를 속이고 있습니다.
신이여, 당신 또한 그러합니다. 당신은
날마다 그를 깊은 속으로 끌어내리는 돌과 같습니다.

신이여, 당신은

신이여, 당신은 두려워할 것 없습니다. 사람들은
인내심이 강한 모든 사물을 향해 〈내 것〉이라고 말합니다.
나뭇가지를 스치고는 내 나무라고 하는
바람과 같습니다.

그들은 거의 느끼지를 못합니다.
손으로 잡는 모든 것이 얼마나 작열하고 있는가를,
자기 자신이 불타지 않고서는
그 끝을 가질 수 없다는 것을.

사람들은 〈내 것〉이라고 말합니다. 대단히 위대한 군주가
아주 먼 곳에 있을 때, 어떤 사나이가 이따금
농부들과 이야기하면서 그 군주를 자기 친구라고 말을
하듯이.
그들은 모르는 벽을 〈내 것〉이라고 합니다.
그러나 그 집 주인은 전혀 알지도 못합니다.
그들은 가까이 다가가는 모든 사물들이 몸을 닫을 때
그것을 〈내 것〉이라 말하고 소유라고 부릅니다.
마치 한 야비한 사기꾼이
태양과 번개까지도 자기 것이라고 말하듯이.
그처럼 그들은 나의 생활, 나의 아내,

나의 개, 나의 아이라고 말합니다.
그러면서도 이 모든 것,
생활도 아내도 개도 아이도
낯선 것들이고 장님처럼 두 손을 뻗쳐
더듬는 것에 지나지 않음을 잘 알고 있습니다.
물론 그것은 보는 눈을 그리워하는
위대한 사람들에게만 확실한 것입니다.
다른 사람들은 그들의 가련한 방랑이
주위의 어느 사물과도 이어져 있지 않다는 것을
귀담아들으려 하지 않기 때문입니다.
그들이 재산으로부터 버림을 받아
소유를 인정받지 못한 채
아내조차도 모든 이에게 낯선 생명인 꽃처럼밖에는
가질 수 없다는 것을 알려고 하지 않기 때문입니다.
신이여, 당신의 평형을 잃지 말아 주십시오.
당신을 사랑하고, 한 줄기 불빛처럼
당신의 숨결 속에서 흔들리고 있을 때 당신의 얼굴을
어둠 속에서 알아보는 사람도 당신을 소유할 순 없습니다.
누군가가 한밤중에 당신을 붙잡아
그의 기도 속에 모습을 나타내셔야만 할 때에도
당신은 다시 떠나는

나그네에 지나지 않습니다.

신이여, 누가 당신을 멈추게 할 수 있겠습니까?
당신은 당신의 것이며 어느 소유자의 손에도 방해받지
않습니다.
마치 시시로 감미로워지는, 아직 영글지 않은 포도가
자기 자신에 속해 있는 것처럼.

깊은 밤마다

깊은 밤마다, 보물이여, 나는 당신을 파고 있습니다.
내가 본 모든 흔한 것들은 가난일 뿐
한 번도 보인 적 없는
당신이 가진 미(美)의 초라한 대용품에 지나지 않기
때문입니다.

그러나 당신에게 이르는 길은 끝없이 멀고
오랫동안 아무도 걸은 사람이 없어 황량합니다.
아, 당신은 외롭습니다. 아니, 당신은 외로움입니다.
멀고 먼 골짜기로 향하는 마음이시여.
땅을 파느라고 피멍 든 나의 손을
나무처럼 가지 치게 하기 위하여
나는 바람 속에 높이 쳐듭니다.
그리고 그 가지로 공간에서 당신을 흡수합니다.
마치 언젠가 당신이 초조한 몸짓으로
그곳에서 산산이 깨어져서
이제 흩날리는 세계가 되어
봄비처럼 가만히 먼 별나라에서
다시금 땅 위에 떨어져 내리듯이.

제3부

가난과 죽음의 서

Das Buch
von der Armut und vom Tode
(1903)

나로 하여금 당신의 넓은 세계를

나로 하여금 당신의 넓은 세계를
지켜보는 파수꾼이 되게 하소서.
돌에 귀를 기울이는 사람이 되게 하소서.
당신의 바다 같은 고독 위에 펼쳐질
두 눈을 허락해 주소서.
나로 하여금 강물을 따라 흘러서
양쪽 강가에서 외치는 소리로부터
밤의 음향 속으로 사라지게 하소서.

나로 하여금 텅 빈 당신의 나라로 가게 해주소서.
끝없는 바람이 일며
웅장한 수도원들이 승복처럼
아직 사람이 살지 않은 생활의 주변에 서 있는 그곳으로.
거기서 나는 순례자와 함께 어울려
어떤 미혹에도 다시는
그들의 음성과 모습에서 멀어지지 않고
그리고 한 눈먼 노인의 뒤를 따라
아무도 모르는 그 길을 가겠습니다.

주여, 큰 도시들은

주여, 큰 도시들은
타락하고 파멸한 곳입니다.
가장 큰 도시는 불길로부터의 도주와도 같습니다.
위안도 위안이 아니고
하잘것없는 시간은 그저 흘러갑니다.

갓 나온 짐승의 새끼들보다도
그곳 깊숙한 방에서 사람들은
불안과 두려운 몸가짐으로
가난과 고통 속에 살고 있습니다.
당신의 대지가 창밖에 숨 쉬며 눈을 뜨고 있지만,
그들은 살아 있을 뿐, 그것을 알지는 못합니다.

아이들은 날마다 같은 그늘이 덮인 창가에서 자라며
넓음과 행복과 바람으로 충만한 낮의 세계로
바깥의 꽃들이 부르는 것을
모르고 지냅니다.
아이들이어야 하는데, 슬픈 아이들이지요.

그곳에서는 미지의 남자를 위해 꽃피는 처녀들이
어린 날의 평화를 그리워합니다.

그러나 염원하던 그것은 찾을 길 없고
그들은 마음 조이며 다시금 움츠러듭니다.
그리고 어둡고 깊은 뒷방에서
실망한 어머니의 나날을,
긴긴밤의 하염없는 설움을,
그리고 차가운 많은 세월들을 욕망도 힘도 없이 보냅니다.
어두한 방에 놓인 임종의 자리,
그들은 그곳을 서서히 그리워하고
쇠사슬에 매인 듯 오래 죽어 가면서
훌쩍 집을 나와 거지처럼 헤맵니다.

그곳에는 하얀 꽃처럼 창백한 사람들이

그곳에는 하얀 꽃처럼 창백한 사람들이 살다가
힘겨운 세상을 놀라며 죽어 갑니다.
그러나 사람들의 부드러운 미소가
이름할 수 없는 밤에 일그러지는
그 찌푸린 흉한 얼굴을 보아 주는 이 없습니다.

하찮은 일에 마음 없이 몸 바치다가
노고에 시달려 초라하게 떠도는 이들,
걸친 옷은 낡고
고운 손은 어느새 주름져 갑니다.

조금쯤 망설이거나 연약하긴 하지만
몰려드는 무리들은 아껴 줄 생각을 하지 않습니다. —
다만 주인 없는 개들만이
잠시 그들의 뒤를 조용히 따라갈 뿐.

그들은 수많은 성가신 사람들 손에 넘겨져
시간의 종소리에마다 꾸중을 받고
쓸쓸히 양로원의 주변을 서성이며
입원할 날을 초조히 기다리고 있습니다.

그곳에는 죽음이 있습니다. 그러나 그것은
어린 시절 오묘하게 인사를 던지고 간 그 죽음은 아닙니다,
사람들에게 찾아오는 것은 작은 죽음,
그들 스스로의 죽음은 익지 않은
그들 속의 열매 모양으로
퍼렇게 퇴색된 채 매달려 있습니다.

주여, 저마다에게

주여, 저마다에게 그들 자신의 죽음을 주십시오.
사랑과 의미와 그리고 고난을 지녔던
생명에서 흘러나오는 그 죽음을.

우리는 껍질이며 잎새

우리는 껍질이며 잎새에 지나지 않습니다.
저마다 속에 간직하고 있는 위대한 죽음,
그것이 모든 것의 중심인 열매입니다.

그것을 위하여 소녀들은 몸을 쳐들고
한 그루 나무처럼 칠현금에서 나오고
그것을 위하여 소년들은 또 어른이 되기를 동경합니다.
그리고 어머니들은 성장하는 아이들의
아무도 받아들이지 않는 공포를 막아 주는 신뢰자입니다.
설사 흘러간 지 오래라 하여도
한 번 눈에 보인 것은 영원처럼 열매를 위하여 남나니,
꾸미고 짓는 모든 사람이
그 열매를 위한 세계가 되어
얼리고 녹이며, 바람을 보내고 또 빛을 줍니다.
그 열매 속으론 마음의 온갖 열기와
뇌수의 하얀 불길이 스며듭니다.
그러나 새 떼처럼 날아드는 당신의 천사들은
죽음인 그 열매들이 모두 설익은 것을 알았습니다.

주여, 한 사람을

주여, 한 사람을 영광되게 해주십시오. 위대하게 해주십시오.
그의 삶에 아름다운 모태를 만들어 주시고
젊은 금발의 숲 속에
음부를 성문처럼 세워 주십시오.
그리고 그 훌륭한 음경으로,
전사들과 백색 군사의 무리와
모여드는 수없는 정자보다도 오히려 한 위대한 자만을
　택하게 해주십시오.

한 번도 인간의 깊은 곳에 닿은 적이 없는 것을
맞아들이는 하룻밤을 내려 주십시오.
모든 것이 꽃을 피우는 하룻밤을 베풀어 주십시오.
그 밤을 라일락보다 더 향기롭게 하시고,
당신의 날갯짓보다 더 나직하게,
요자화트[2]보다 더 환호하게 하여 주십시오.

2 유대의 제4대 왕. 그는 모아비트족과의 싸움에서 승리한 다음 그것이 신의 은총에 의한 것이라 믿으며 신을 찬양하고 기쁨의 잔치를 베풀었다.

긴 잉태의 시간을 그에게 주시고
차츰 커지는 옷 속에서 편안히 넓게 있게 해주십시오.
별의 고독을 내려 주시어
그의 표정이 녹아 변해 갈 때
그것을 보고 놀란 눈이 소리치는 일 없도록 해주십시오.

정갈한 음식으로
이슬과 피 없는 요리로
기도처럼 조용하고 숨결처럼 따스하게
대지에서 솟아나는 그 생명으로
그를 거듭나게 하여 주십시오.

어린 시절의 기억을 되살아나게 하여 주십시오.
미지의 것과 불가사의,
예감으로 가득한 어린 날의
한없이 비밀에 싸인 전설의 나라를.

그리고 그의 시간을 기다리도록 명하여 주십시오.
그가 죽음을, 주님을 낳을 그 시간을 맞을 때까지.
넓은 정원처럼, 나뭇잎 소리 내며
멀리에서 찾아온 나그네처럼, 홀로.

마지막 징표를 우리에게

마지막 징표를 우리에게 일어나게 하여 주십시오.
당신의 힘의 절정에서 나타나게 하여 주십시오.
우리에게 이제 (모든 여인의 진통이 그러하듯)
인류의 엄숙한 모성을 주십시오.
강력한 보증자인 주여,
신을 낳은 여인의 꿈을 이루는 것이 아니라
중대한 자, 죽음을 낳는 자를 세워 주십시오.
그를 박해하는 자들의 손을 헤치고
우리를 그에게 이끌어 주십시오.
나는 그를 미워하는 자들을 알고 있습니다.
이 시대의 거짓말보다 더 많습니다,
그는 비웃는 자들의 나라에서 일어설 것이며
꿈꾸는 자로 불리울 것입니다. 언제나
깨어 있는 자는 도취하여 꿈을 꾸는 사람이니까요.

그를 당신의 은총으로 안아 주십시오.
당신의 오래된 영광 속에 심어 주십시오.
그리고 나로 하여 그 십계명 궤의 무용수가 되게 하는
것입니다.
새 메시아의 입,
찬양하는 자, 세례자가 되게 하는 것입니다.

가난한 자들은 가난하지 않습니다

가난한 자들은 가난하지 않습니다. 부자가 아닐 뿐입니다.
그들에게는 의지도 없고 세계도 없습니다.
마지막 불안의 표시를 지닌 채
그저 시들고 보기 흉할 따름입니다.

도시의 온갖 먼지가 밀려와
오물이란 오물은 다 몸에 붙습니다.
천연두 환자의 침대처럼 배척당하고
깨진 접시 조각처럼, 해골처럼,
낡은 달력처럼 버림을 받습니다.
그러나 당신의 대지가 고난을 당하는 때가 오면
대지로 하여금 그들을 실에 끼워 목주를 만들어
부적처럼 몸에 지니게 하여 주십시오.

그들은 순수한 보석보다 더 맑기 때문입니다.
이제 막 움직이기 시작한, 눈 못 뜬 짐승과 같고,
한없이 소박하며 끝까지 당신에게 순종하는 종입니다.
원하는 것은 아무것도 없습니다. 필요한 건 오직 한 가지,

참으로 있는 그대로 가난하려는 것입니다.
가난은 내면에서 나오는 위대한 광채이기 때문입니다.

주여, 당신은 모든 것을

주여, 당신은 모든 것을 알고 있습니다. 당신의 그 넓은
　지식은
끝없이 넘치는 가난으로부터 나옵니다.
가난한 사람들을 더는 버림받지 않게 하시고
혐오로 짓밟히지 않게 하여 주십시오.
다른 사람들은 뽑아내 버려진 신세와 같습니다.
그러나 가난한 사람들은 다년생 꽃처럼
뿌리에서 살아 나와 멜리사 꽃처럼 향기롭고
물결 모양의 잎새들은 한없이 여립니다.

그들을 눈여겨봐 주세요

그들을 눈여겨봐 주세요. 무엇을 닮았는지.
바람에 내세워진 듯이 흔들립니다.
어느 손에 잡힌 듯이 움직이지 않습니다.
그들의 눈에는
여름의 소나기가 내리는 밝은 초원의
장엄한 빛이 깃들어 있습니다.

그들이 잠잘 때에는

그들이 잠잘 때는, 남모르게 그들을 빌려 준 모든 것들에게
자기 자신을 되돌려 주는 것과도 같습니다.
굶주린 때의 나눠 주는 빵처럼 그들은
깊은 한밤에도 새벽노을에도 자신을 나눠 줍니다.
그리고 젊은이의 은밀한 출산에도
비처럼 아낌없이 내려 줍니다.

그들의 육신에는 이름의 흔적 하나 남지 않습니다.
당신이 영원으로부터 태어나는
저 씨앗의 씨앗처럼
가난한 자의 육신은 잠 속에서 발아를 기다립니다.

그들의 육신은

그들의 육신은 신랑과 같습니다.
누워 있으면서 냇물처럼 흐르고
어떤 소중한 것처럼 아름답게,
열정적이고, 경이롭게 살고 있습니다.
가냘픈 몸에는
수없는 여인에서 흘러나오는 연약함과 불안이 쌓입니다.
그러나 그의 생식력은 강하고 용과 같아서
수치심의 계곡에서 잠자며 기다립니다.

그들은 살아가고

그들은 살아가고 늙어 갈 것입니다.
시간의 제약도 받는 일 없이
숲 속의 딸기처럼 감미로움으로
땅을 보호하며 번성할 것입니다.

피하지도 않고, 지붕도 없이
조용히 비를 맞고 서 있던 자들은 지극히 행복합니다.
모든 수확이 그들에게 돌아오고
열매는 더없이 풍요로울 것입니다.

그들은 모든 종말을 넘어
의미를 상실한 국가들보다도 오래 살아남습니다.
모든 계층과 모든 민족의 손이 지쳐 있을 때
마음껏 쉬고 난 손처럼 일어설 것입니다.

가난한 사람의 집은

가난한 사람의 집은 성찬대와 같습니다.
그곳에서는 영원이 음식으로 변합니다.
저녁이 오면 큰 원을 그리면서
영원은 소리 없이 돌아오고
여운을 가득히 남기며 천천히 내면으로 들어갑니다.

가난한 사람의 집은 성찬대와 같습니다.

가난한 사람의 집은 어린아이의 손과 같습니다.
어른들이 욕심내는 것을 받아들이지 않습니다.
다만 아름다운 촉수가 있는 딱정벌레,
냇물에 뒹굴어 동그래진 돌,
손가락 사이로 흘러내리는 모래, 그리고 소리 내 울리는
　조가비면 족합니다.
어린아이의 손은 늘어진 저울과 같아서
가장 가벼운 무게에마저도
접시의 위치가 오래 흔들리며 그것을 알려 줍니다.

가난한 사람의 집은 어린아이의 손과 같습니다.

가난한 사람의 집은 대지와 같습니다.

어느 미래의 수정 조각인 듯
떨어지는 찰나에 따라 밝아지기도 하고 어두워지기도
합니다.
그리고 외양간의 따스한 가난처럼 가난합니다.
그러나 저녁이 되면
모든 별들이 거기서 빛나는 것입니다.

아, 그는 어디 있는가

소유와 시간으로부터 그 위대한 가난 속으로
힘차게 몸을 던진, 아, 그는 어디 있는가?
시장 한가운데서 옷을 벗어 던지고
알몸으로 주교의 법의 앞에 섰던 그는 어디 있는가?
누구보다도 성실하고 사랑이 가득한 사람,
그는 새해처럼 찾아와 살았다.
밤꾀꼬리의 갈색의 빛을 한 형제,
그의 속에는 이 대지에의 경탄과
기쁨과 희열이 넘쳐 있었다.

그는 시시로 기쁨을 잃어 가며
피로와 고통 속으로 빠져드는 그런 사람이 아니었다.
초원 주변을 거닐면서 그는 마치 어린 동생과 말을 하듯이
작은 꽃들과 이야기를 나누었다.
자신에 관해서도 말하고 모든 이에게
기쁨을 나누어 주는 법을 말해 주기도 했다.
그의 밝은 마음에는 끝이 없었다.
하찮은 것에도 그냥 지나치지 않았다.

그는 광명에서 나와 더 깊은 광명 속으로 들어갔다.
그의 방은 기쁨으로 가득했다.

얼굴에서는 언제나 미소가 떠나는 일이 없고
그 미소에는 유년기와 옛이야기가 담겨 있어
마치 소녀 시절처럼 성숙해 갔다.

그가 노래를 할 때면 잊힌 과거도
어제도 되돌아왔다.
보금자리에마다 고요가 깃들고,
신랑처럼 그가 살며시 손을 대는 자매들의 몸속에서
마음만이 소리 없이 외쳤다.

뒤이어 그의 노래의 꽃가루가
빨간 입술에서 흩날려
꿈을 꾸듯 사랑에 넘치는 사람들에게로 흘러갔다.
그리고 열린 화관 위에 내려앉아서는
꽃의 내부로 서서히 스며들었다.

화관은 그를, 그 지순한 자를
그들의 영혼인 몸속으로 받아들였다.
화관의 눈이 장미처럼 닫히고
머리카락은 사랑이 넘치는 밤으로 젖었다.

위대한 것도 하찮은 것도 모두가 그를 맞이했다.
많은 짐승들에게도 지(知)의 천사가 찾아와
암컷이 잉태했음을 알려 주었다.
천사들은 아름다운 나비의 모습을 하고 있었다.
모든 사물들이 그를 알고 있으며
모든 것이 그로부터 수태하고 있었다.

그가 이름도 없이 세상을 훌쩍 떠났을 때
그의 몸은 모든 것에 흩어져 있었다. 그의 씨앗은
냇물과 함께 흘러갔다. 그의 씨앗은 나무 속에서 노래
　부르고
조용히 꽃 속에서 그를 바라보고 있었다.
그는 죽어 노래를 했다. 자매들이 찾아와
사랑하는 남편을 위하여 슬피 울었다.

아, 청순한 사람, 그는 어디로 울려 사라졌는가?
기다리고 있는 가난한 자들은 그 환호하는 젊은이를
어찌하여 멀리서 예감하지 못하는가?

가난한 자들의 저녁 황혼 속에 왜 그는 떠오르지 않는가,
가난의, 그 위대한 저녁 별은.

형상 시집

Das Buch der Bilder
(1902·1906)

제1권

제1부

어느 4월에

다시금 숲에는 향기가 감돌고
나는 종달새가
우리들의 어깨를 억누르던 하늘을
드높이 뿌려 헤친다.
나뭇가지 사이엔 아직 텅 빈 한낮, —
그러나 오랜 비가 내린 뒤의 오후
황금빛 햇살을 몰고 싱그러운 시간이 다가온다.
멀리 이어선 집에서마다 그것을 피해 달아나듯
마구 날개를 파닥거리는 상처 입은 유리창.

이윽고 고요가 깃들며
평온히 저무는 돌의 광채 위에
비마저 더 소리 없이 내린다.
어린 가지의 빛나는 봉오리 속으로
스며드는 소음들.

소녀들에 대하여

I

신비스런 시인에게 가기 위해서는
머나먼 길을 걸어가야만 한다.
그리고 항상 물어야만 한다.
시인이 노래하는 것을 보았는지,
혹은 현금을 타는 것을 보았는지.
그러나 시인에 이르는 다리가 어느 것인지를
소녀들은 묻지 않는다.
소녀들은 은쟁반의
진주 목걸이처럼 맑게 웃기만 할 뿐.

소녀들의 생명의 문은
늘 시인에게로 통하고
또 세계에 이어 닿는다.

II

소녀들이여, 시인이란, 너희들의 외로움을 〈말하는 법〉을
너희들에게서 배우는 사람들이다.

저녁이 큰 별들로 하여
영원과 친숙해지듯이
시인들은 너희들에게서 아득한 곳을 사는 법을 배운다.

그의 눈이 여인을 갈망한다 하여도
그 누구도 시인에게 몸을 맡겨서는 안 된다.
비단결에도 상처 입을
너희들 손목의 감촉은
너희들을 다만 소녀로 생각하게 할 것이기 때문이다.

그가 너희들을 영원한 여인으로 맞아들인
그의 정원에 외로이 있게 하여라.
그가 날마다 거닐던 길 위에,
그늘 밑에서 기다리는 벤치에,
칠현금이 걸려 있던 방에 있게 하여라.

가거라! ……어둠이 다가온다. 그의 오관은
너희들 목소리나 모습을 더는 찾지 않는다.
그는 길고 텅 빈 길을 사랑한다.
어둑한 너도밤나무 아래 하얀 점 하나도 싫어한다 —
그가 보다 사랑하는 것은 조용한 방.

……그는 너희들의 멀어져 가는 목소리를 듣는다.
(그가 지쳐 피하는 사람들 사이로)
그리고 다감한 그의 마음은
많은 사람이 너희들을 보리라는 생각에 괴로워한다.

입상(立像)의 노래

제 사랑하는 생명을 내던질만큼
나를 사랑해 줄 사람은 누구일까?
나를 위해 바다에 빠져 죽는 사람이 있다면
그때 나는 돌에서 해방되어
생명으로, 생명으로 돌아가리라.

소리 내 흐르는 피가 너무 그립다.
돌은 너무 조용하다.
나는 생명을 꿈꾼다. 산다는 것은 즐거운 일이다.
나를 잠에서 깨어나게 해줄
용기 있는 사람은 아무도 없는가?

그러나 나에게 가장 귀중한 것을 안겨 줄
생명 속으로 언젠가 내가 돌아간다면 —
나는 혼자 울게 되리라.
나의 돌을 그리워하며 울게 되리라.
내 피가 포도주처럼 조용히 익는다면 무슨 소용 있겠는가?
그것은 나를 가장 사랑해 준 사람을
바닷속에서 불러내지는 못하리라.

정적

내가 손을 듭니다, 임이시여, —
나의 소리를 들으십니까……
고독한 사람의 어느 몸짓인들
그 많은 사물들이 듣지 않겠습니까?
임이시여, 내가 눈을 감습니다.
당신에게 이르는 그 소리를 들으십니까.
다시 뜨는 그 소리가 들리십니까……
그런데 당신은 왜 보이지 않습니까.

가장 나직한 내 움직임의 자국이
비단 같은 정적 속에 새겨졌습니다.
먼 곳의 팽팽한 커튼에 분명하게
조그만 흔들림이 자리를 남기고 있습니다.
나의 호흡을 따라
떴다가 가라앉는 별들의 무리.
나의 입술엔 향기가 젖어 들며,
멀리에 있는 천사의 손길이 느껴집니다.
다만 내가 생각하고 있는
당신만이 나에겐 보이질 않습니다.

어린 시절

기다림과 숨 막히는 일들로 가득한
학교에서의 긴 불안과 시간이 흘러간다.
아, 외로움, 아, 고통스러운 시간 보내기 —
그러다 교문 밖으로 나오면 거리는 번득이고 소란스럽다.
광장에서마다 분수가 솟아오르고
공원에서는 갑자기 세상이 넓게 열린다 —.
이 모든 것 한가운데로 작은 옷을 입고 걸어간다.
다른 사람들이 걷거나 걸어간 것과는 아주 다른 걸음걸이로
　걸어간다 —
아, 기묘한 시간이여, 아, 시간 보내기,
아, 외로움.

이 모든 것을 멀리에서 바라본다.
남자들, 여자들, 남자들, 남자들, 여자들,
그리고 자기와는 달리 눈부신 옷차림을 한 아이들.
집도 한 채 있고 이따금 개도 한 마리 나타난다.
두려움은 소리 없이 신뢰로 변해 가고 —
아, 의미 없는 슬픔, 아, 꿈, 아, 두려움,
아, 끝없는 심연.

그리고 빛이 바래 가는 공원에서 함께하는

공 던지기, 고리 던지기, 굴렁쇠 굴리기.
때로는 술래잡기를 하며 정신없이 날뛰다가
어른들의 몸을 스치기도 한다.
그러나 저녁이 오면 아무 말 없이 굳은 잔걸음으로
집으로 돌아간다, 꼭 손목을 잡힌 채 —
갈수록 알 수 없는 일이여,
아, 불안, 아, 무거운 마음이여.

또는 큰 회색빛 연못가에 작은 돛배를 가지고
몇 시간씩이나 무릎 꿇고 앉아 있으면서
그것을 곧 잊고 만다. 똑같이 생긴 더 아름다운
다른 배들이 못을 가르며 질러가기 때문이다.
그리고 가라앉으면서 못 속에서 나타나는
창백하고 작은 얼굴을 생각해야만 한다 —
아, 어린 시절, 사라져 가는 심상이여.
어디로, 어디로 갔는가?

제1권

제2부

이웃

낯선 바이올린이여, 너는 나를 뒤쫓고 있는 것인가?
얼마나 많은 먼 도시들에서 이미 너의 외로운 밤은
나의 밤을 향해 말을 건네 왔던가?
너를 켜는 것은 수백의 사람들인가? 아니면 한 사람인가?

모든 대도시에는 네가 없으면
벌써 강물에 빠져 사라져 갔을
그러한 사람들이 살고 있는 것인가?
왜 그것이 언제나 나를 두고 하는 말인가?

어찌하여 나는 언제나
〈인생은 모든 사물의 무게보다 무겁다〉라고
불안스레 너에게 노래를 강요하고 말을 하게 하는
그 사람들의 이웃이 되는 것인가?

아샨티[3]의 여인들

순화원(馴化園)에서

낯선 이국의 환상도 없고
흘러내리는 의상 속에서 춤추는
갈색 여인들의 감정도 없다.

야생적인 이국의 멜로디도 없다.
핏속에서 우러나오는 노래도
가슴 깊은 곳에서 외치는 피도 없다.

열대풍의 권태 속에서
비로드처럼 넓게 몸을 펴는 갈색의 소녀들도
흉기처럼 번득이는 눈빛도 없다.

크게 웃으며 벌리는 입과
백인들의 허영과의
기묘한 양해가 있을 뿐이다.

그것을 보는 것이 몹시 불안스러웠다.

3 Ashanti. 서부 아프리카의 옛 영국령이던 기니의 황금 해안 지방의 이름. 이 시에는, 다만 살기 위하여 마음에 없는 춤을 추는 그곳에서 온 여인들의 애환이 담겨 있다. 순화원은 파리의 불로뉴 숲에 있는 식물원이자 동물원이다. 『신 시집』 제1권의 「표범」이라는 시에 나오는 식물원도 마찬가지다.

아, 동물들은 얼마나 더 성실한가.
동물들은 창살 안에서 이리저리 거닐면서
자기들이 이해할 수 없는 새로운
이상한 일들에 어울리려 하지 않는다.
그들은 새 모험에는 아무런 관심 없이
자신의 위대한 피와 더불어 외롭게
소리 없는 불처럼 조용히 타면서
자신의 속으로 침잠한다.

불안

시든 숲 속에 새 울음소리,
이 시든 숲 속에 아무 의미 없어 보이는 새 울음소리.
허나 그 낭랑한 새 울음소리는 울리기 시작하는 순간
그 시든 숲 위에 하늘처럼 넓게 퍼져 내린다.
모든 것이 순순히 그 울음소리에 몸을 내맡긴다.
대지는 소리 없이 그 속에 눕고
큰 바람도 다소곳이 거기 젖어 든다.
허나 흘러가기만 하려는 조급한 시간은
저마다에게 죽음을 안겨 주는 일들을
알고 있는 듯 조용히 창백하게
새 울음소리를 벗어나 내려온다.

비탄

아, 모든 것이 얼마나 멀리
오래전에 지나가 버렸던가.
내가 이제 빛을 받고 있는 별은
몇천 년 전에 사라져 갔을 게다.
옆을 스치고 간
보트 안에서 들리던
무언가 불안한 말소리.
집에서
시계 소리가 울렸었지……
어느 집이었을까?
이 가슴에서 벗어 나와
넓은 하늘 아래로 걸어 나가고 싶다.
기도하고 싶다.
모든 별 가운데 한 별은
정말 아직 존재하는지도 모른다.
어느 별이 홀로
살아남아 있는지
알 것만 같다 —
하얀 도시처럼 어느 별이
넓은 하늘의 빛 저 끝에 서 있는지를.

고독

고독은 비와 같은 것.
저녁을 향해 바다에서 밀려오고
멀리 호젓한 벌판으로부터
언제나 외로운 하늘로 올라가서는
비로소 그 하늘에서 도시 위에 내린다.

골목이 저마다 아침을 향하고
아무것도 구하지 못한 육신들이
절망과 슬픔에 잠겨 헤어지며,
혹은 서로가 싫은 사람들이
한 잠자리에 들어야 하는
그러한 애매한 시간에 비로 내린다.

그리고 냇물과 더불어 고독은 흐른다.

가을날

주여, 때가 왔습니다. 여름은 참으로 위대했습니다.
당신의 그늘을 해시계 위에 내리시고
벌에는 바람을 일게 하여 주십시오.

마지막 열매들을 살찌게 명하여 주시고,
그들에게 남쪽의 날을 이틀만 더 내리시어
무르익게 하시고, 무거운 포도송이에
마지막 단맛을 불어넣어 주십시오.

이제 집 없는 자는 더 이상 집을 짓지 않습니다.
혼자인 사람은 또 그렇게 오래 홀로 남아서
잠 못 이루고 책을 읽거나, 긴 편지를 쓸 것입니다.
그리고 나뭇잎이 흩날리는 가로수 길을
무거운 마음으로 소요할 것입니다.

가을의 끝

언제부터인가 눈앞에
만물의 변화가 보인다.
무엇인가 우뚝 서서 몸짓을 하며
죽이고 또 아픔을 준다.

시시로 모습을 달리하는
모든 정원들.
샛노란 잎새들이 천천히 짙게 물들면서
시들어 떨어진다.
내가 걸어온 아득한 길.

빈 뜨락에서
가로수 길을 바라본다.
먼 바다에까지 이어 닫는
음울하고 무거운
차디찬 하늘.

가을

나뭇잎이 진다, 잎이 진다, 멀리서 날려 오듯
하늘의 아득한 정원이 시든 듯
거부하는 몸짓으로 나뭇잎이 진다.

그리고 밤에는 무거운 대지가
많은 별에서 고독 속으로 떨어진다.

우리는 모두 떨어진다, 이 손도 떨어진다.
다른 것을 보라, 조락은 어느 것에나 있다.

그러나 이 조락을 한없이 부드럽게
두 손으로 받쳐 주는 어느 한 분이 있다.

진보

이제 더 넓은 해안을 걸어가듯
다시금 내 깊은 생명이 요동한다.
사물들이 차차 다정히 다가오고
형상마다 더 명료하게 떠오른다.
이름 없는 것에마저 믿음이 가나니,
나는 감각의 나래를 펴고 새처럼 참나무에서
바람 부는 하늘로 날아오르고,
물고기 등에 탄 듯 나의 감정은
연못 속에 부서지는 하룻날에 잠긴다.

예감

나는 깃발처럼 먼 원경(遠景)에 에워싸인다.
아래 있는 사물들은 아직 조용하지만
나는 닥쳐올 바람을 예감하고 그것을 살아야 한다.
문이 가만히 닫히고 벽난로엔 적막이 깃든다.
유리창도 아직 흔들리지 않고, 먼지도 소복이 쌓여 있다.

순간 나에겐 폭풍이 다가오고 어느새 바다처럼 일렁인다.
몸을 펴거나, 내 속으로 빠져들거나,
또는 몸을 내던지며 혼자
나는 큰 폭풍에 휩싸인다.

저녁

저녁이 오래된 나무들의 가장자리에 마련된
옷을 천천히 갈아입힌다.
너는 보리라, 너로부터 갈라져
승천하는 나라와 땅으로 떨어지는 나라가 있음을.

그것들은 너를 어느 것에도 온전히 속하게 하지 않는다.
침묵에 싸인 집처럼 캄캄한 어둠이 되게 하지도 않고,
밤마다 별이 되어 상승하는 그런 것처럼
확실하게 영원을 기약해 주지도 않는다 —.

그리고 (말로는 풀기 어려운)
네 삶을 불안하게 하고, 엄청나게 하고, 성숙하게 만들어
너의 삶은 때로는 한계를 느끼고, 때로는 깨달으면서
너의 속에서 돌이 되고 별이 된다.[4]

4 이 시에 나타나는 저녁은 우리가 흔히 저녁을 노래한 시에서 만나는 그런 서정적인 저녁이 아니다. 밤(하늘)도 아니고 낮(땅)도 아닌 애매한 저녁이 우리들의 불안한 삶에 비유되고 있다. 하늘과 땅, 어느 나라에도 속하지 않는 불확실성 속에서 우리의 삶은 낙하(돌)와 상승(별)이 교차하는 가운데 성숙해 가는 것이다.

엄숙한 시간

이제 이 세상 어디선가 우는,
까닭 없이 우는 그 사람은
나를 위해 슬퍼 우는 사람.

이제 이 밤 어디선가 웃는,
까닭 없이 웃는 그 사람은
나를 비웃는 사람.

이 세상 어디선가 이제 걷고 있는,
까닭 없이 걷고 있는 그 사람은
나를 찾아올 사람.

이제 이 세상 어디에서 죽어 가는,
까닭 없이 세상에서 죽어 가는 사람,
그 사람은 나를 응시하는 사람.

제2권

제1부

서시

말이나 계산을 하지 말고
언제나 너의 아름다움을 내바쳐라.
침묵하는 속에 너를 대신해 스스로를 말해 주는
너의 아름다움.
마침내 수천의 의미를 안고
모든 사람 위에 내린다.

수태고지

천사의 말

그대가 우리들보다 신에게 가까이 있는 것은 아니다.
우리는 모두 신으로부터 멀다.
그러나 그대의 손은 기묘하게도
축복을 받고 있다.
어느 여인의 손도 그처럼 원숙하지는 못하다,
그처럼 소매 끝에서 빛이 나지도 않는다.
나는 낮이다, 이슬이다,
그러나 그대는 나무이다.

나는 지쳐 있다. 길이 멀었다.
용서하거라, 내가 잊고 말았다,
태양 속에 있듯이
황금 장식에 둘러싸여 화려하게 앉아 있는
그분이,
생각에 잠겨 있는 여인이여, 그대에게 무엇을 알리려고
하였는지를.
(공간이 넓어 혼란스러웠다.)
보라, 나는 시작하는 자이지만
그대는 나무이다.

날개를 펴고 보니

내가 이상하게 커지고 말았다.
나의 큰 옷 때문에
이제 그대의 작은 집이 넘치고 있다.
그런데도 그대는 전에 없이 혼자이면서도
나를 쳐다보지도 않는다.
그러니 나는 작은 숲 속의 한 줄기 바람결,
그러나 그대는 나무이다.

천사들은 모두 이처럼 불안을 느끼며
서로서로 흩어진다.
아직까지 욕망이 이러했던 적은 없다,
이렇게 막연하고 컸던 적은 없다.
아마도 어떤 일이 일어나리라,
그대가 꿈속에서 알게 될 어떤 일이.
반갑다, 나의 심령이 보건대
그대는 준비되었고 성숙하다.
그대는 크고 높은 문
그대는 곧 열리리라.
내 노래의 가장 사랑하는 귀인 그대여,
이제 나는 내 말이 숲 속으로 사라지듯
그대의 속으로 스미는 것을 느낀다.

이렇게 찾아와서 나는
그대의 다시없는 꿈을 이루게 하였다.
신이 나를 바라보았다. 눈이 부셨다……

그러나 그대는 나무이다.

제2권

제2부

소리

표제시 외 9편

표제시

부요하고 행복한 사람들은 잠자코 있을 일이다.
누구도 그들이 어떤 사람인지 알려 하지 않는다.
그러나 궁색한 사람들은 자신을 내보이지 않으면 안 된다.
말을 해야만 한다, 나는 장님이다든가,
장님이 되어 가고 있는 중이다든가,
이 세상살이가 불행하다든가,
아이가 아프다든가,
내 몸의 여기가 꼬맨 자리다든가……

아마 그런 말을 한다 해도 아무런 도움은 되지 않으리라.

사람들은 모두 사물 옆을 지나듯이
그들 곁을 지나쳐 버리기에 그들은 노래를 부르지 않을 수가
　없다.

하긴 거기서 좋은 노래를 듣게도 된다.

실로 인간들이란 묘한 것이어서
소년 합창단의 거세 가수들의 노래를 듣기 좋아한다.

그러나 신조차도 이들 거세 가수가 귀를 어지럽게 하면
가까이 다가와서 한동안 멈추어 서 있는 일도 있다.

걸인의 노래

비에 젖으며, 햇볕에 그을리며
나는 늘 이 집 저 집 대문을 옮긴다.
불현듯 오른쪽 귀를 오른손에 묻으면
들어 본 적 없는 것 같은 내 목소리.

그러면 나에겐 이제 외치는 것이
나 자신인지 누구인지 분간이 안 된다.
내가 소리쳐 찾는 것은 조그만 것,
시인들이 찾는 것은 더 큰 것.

드디어 나는 두 손으로
내 얼굴을 가린다.
그렇게 얼굴이 무겁게
손에 묻히고 있으면
그것은 그대로 안식한다.
남들에게 머리마저 쉬일 곳이 없다고는
생각되고 싶지 않기 때문이다.

장님의 노래

나는 장님이다, 밖에 있는 당신들, 이것은 하나의 저주다,
하나의 혐오, 하나의 모순,
날마다의 고통의 씨앗이다.
나는 손을 아내의 팔에 얹는다.
내 회색의 손을 아내의 회색빛 팔에 얹는다.
그리고 아내는 공허뿐인 속으로 나를 인도한다.

당신들은 몸을 바삐 움직이고, 돌과 돌이 부딪히는 것과는
다른 소리를 낸다고 생각한다,
그러나 당신들은 잘못 생각하고 있다,

나만이 살아 있고, 괴로워하고, 소리를 내고 있는 거다.
내 속에는 끊임없는 외침이 있다,
그러나 나는 모른다. 외치는 것이
나의 심장인지, 나의 내장인지를.

당신들이 이 노래를 아는가? 당신들은 그 노래를 부르지
않는다,
똑같은 곡조로는 노래하지 않는다.
당신들에게는 아침마다 새로운 빛이
열려 있는 방으로 따스하게 찾아든다.
그리고 당신들은 얼굴과 얼굴을 마주하는 느낌을 갖는다,
이것이 관용의 길로 잘못 들게 만드는 것이다.

술꾼의 노래

그것은 내 속에 없었다. 들락날락했다.
내가 잡으려고 하자 술이 잡았다.
(무엇이었는지 기억이 없다.)
술은 이것저것 집어 보였다,
마침내 나는 술에 온몸을 내맡겼다.

어리석은 나로다.

이제 술은 노리개가 된 나를
경멸하듯이 사방으로 뿌려 대고
오늘도 죽음이라는 그 짐승에 얽매이게 한다.
죽음은 더러운 카드인 나를 손에 넣자
그것으로 회색빛 부스럼 딱지를 긁적긁적 긁고 나서는
오물 한가운데로 던져 버린다.

자살자의 노래

자, 그럼 또 잠깐만.
사람들이 나를 위해 자꾸만 새끼줄을 끊어 버리니……
얼마 전에는 참 잘 준비가 되어서
잠시나마 내장 속에서 영원을 맛보았는데.

사람들이 나에게 수저를 내민다,
그 생명의 수저를.
아니다. 나는 싫다. 더 이상은 정말 싫다.
나를 토하게 내버려 두어라.

나는 안다. 인생은 참으로 좋은 것,
그리고 세상은 충만한 단지,
그러나 삶은 나의 핏속에 스며들지 않고
머리로만 오른다.

타인을 키워 주는 삶이 나에게는 병을 주기만 한다.
삶을 경멸하는 자도 있음을 알라.
지금의 나에겐
적어도 천년의 다이어트는 필요하겠다.

과부의 노래

처음에는 인생이 친절했습니다.
나를 따스하게 품어 주고, 힘을 안겨 주었습니다.
삶은 누구에게나 그러하다는 것을
그 시절의 내가 어찌 알 수 있었겠습니까.
인생이 무엇인지를 나는 몰랐습니다.
인생은 홀연 흐르는 세월이 되었고
더는 좋은 것도 새로운 것도 멋진 것도 없었습니다,
마치 한가운데가 둘로 갈라진 듯이.

그 사람의 죄도 아니고 내 죄도 아니었습니다.
우리 두 사람은 오직 인내했을 뿐입니다.
그러나 죽음에게는 인내란 없었습니다.
죽음이 오는 것이 보였습니다(흉측스런 걸음걸이였습니다).
그리고 나는 죽음이 계속해서 가져가는 것을 바라다보고
있었습니다.
그것들은 본시 내 것은 아니었습니다.

도대체 무엇이 나의 것, 내 소유였을까요?
나의 불행, 그것마저도 운명으로부터
빌려 온 것이 아니었던가요?
운명은 행복만이 아니라
고통과 비명도 돌려받으려고 합니다.
그리고 멸망을 늙음으로 사들이는 것입니다.

운명이 찾아와 아무 대가도 없이
내 얼굴의 모든 표정을,
걸음걸이 모양까지도, 손에 넣었습니다.
그것은 날마다 계속되는 재고 정리였습니다.
마침내 나에게 남은 것이 없게 되자
운명은 나를 버리고

알몸으로 세워 둔 채 떠나갔습니다.

백치의 노래

아무도 날 방해하지 않는다. 그냥 가도록 내버려 둔다.
아무 일도 일어나지 않을 거라고들 말한다.
얼마나 좋은가.
아무 일도 일어나지는 않는다. 찾아오는 것은 모두
언제나 성스러운 영혼의 주위를,
(너도 알고 있듯이) 어느 영혼의 주위를 맴돈다 —.
얼마나 좋은가.

아니, 무슨 위험한 일이 벌어지리라는
그런 생각은 누구도 할 필요가 없다.
역시 피라는 것은 있다.
피는 가장 무거운 것. 피는 무겁다.
나는 가끔 다 글렀다는 생각을 한다 —.
(얼마나 좋은가)

아, 그것은 얼마나 아름다운 공인가,

빨갛고, 둥글고 마치 우주와도 같다.
너희들이 그것을 만들어 낸 것은 잘한 일이다.
그 공은 우리가 부르면 오는 것일까?

이 모든 것은 참으로 묘하게들 움직인다,
서로 뒤엉키는가 하면, 뿔뿔이 흩어진다,
다정하게, 조금은 애매하게.
얼마나 좋은가.

고아의 노래

나는 아무도 아니고, 또 아무도 되지 않을 테지요.
존재하기에는 너무 작고,
어쩌면 후에도 그럴 겁니다.

어머니들이여, 아버지들이여,
날 가엾이 여겨 주세요.

보살펴 줄 보람은 없을 테지만
그래도 날 거둬들이는 사람이 있을 겁니다.

아무도 나를 필요로 하진 않아요,
이제는 너무 이르고
내일은 너무 늦을 테니까요.

나에게 있는 것은 이 옷 한 벌뿐,
오래지 않아 닳아서 바랠 테지만
영원히 간직할 겁니다,
어쩌면 신 앞에서도 언제까지나.

내가 가진 것은 이 한 줌의 머리카락뿐
(언제나 변하지 않은),
전에는 한 사람의 더없이 귀중한 것이었지요.

이제 그에겐 좋아하는 것이라곤 하나도 없습니다.

난쟁이의 노래

나의 영혼은 아마도 반듯하고 선량하리라.
그러나 내 심장, 내 비틀어진 피,
나를 슬프게 하는 이 모든 것을

영혼은 올곧게 지탱하지를 못한다.
영혼에게는 정원도 없고 잠자리도 없다,
앙상한 내 해골에 매달린 채
무서워 날개를 파닥일 뿐.

내 손에서는 더 이상 아무것도 될 것이 없다.
불구가 된 이 손들을 보라.
축축하고, 무겁게, 비 내린 뒤의
작은 두꺼비처럼 끈덕지게 껑충거린다.
이 몸의 다른 것들도
닳고 낡아 처참하다.
왜 신은 이 모든 것을 모조리
퇴비 더미에 내치지 않는 것일까.

신은 투덜거리는 입이 붙은
내 얼굴에 화가 나는 것일까?
본래는 이 얼굴도 가끔은
아주 밝고 맑게 지내려 다짐했지만
큰 개들처럼 얼굴 가까이
다가오는 것은 아무것도 없었다.
하기야 개들은 얼굴을 보고 따르는 것은 아니다.

문둥이의 노래

보라, 나는 모든 사람에게 버림받은 몸이다.
나를 아는 사람은 시내에 아무도 없다.
문둥병이 나를 덮쳤다.
딸랑이를 울리며
가까이 지나가는
사람들의 귀에
나를 알리는 슬픈 신호를 보낸다.
그러나 이 무미한 소리를 듣는 사람들은
눈길 하나 던지지 않고, 여기서 벌어지는 일에는
아무런 관심이 없다.

나는 딸랑이 소리가 울려 닿는 거리 안에서
편히 지낸다. 그러나
내 딸랑이 소리가 너무 큰 모양인가,
지금 가까이에서 몸을 피하는 사람은
먼 곳에서도 모습을 드러내지 않는다.
한참 걸어다녀도
소녀도 여자도 남자도

혹은 아이도 만나는 일이 없다.
짐승들을 놀라게 하고 싶지는 않다.

분수에 대하여

그 분수들, 그 알 수 없는 유리 나무들의
많은 일들이 갑자기 새롭게 다가온다.
무척이나 큰 꿈에 감동하여
한때 많이 흘리고 그러다 잊고만
스스로의 눈물을 말하듯 이야기할 수 있겠다.

잊었던가? 하늘이 많은 사물과
인간의 무리에게 손을 뻗고 있다는 것을.
나는 언제나 비할 수 없는 위대함을 만나지 않았던가?
기대에 가득 찬 온화한 저녁을 앞두고
오래된 공원에서 솟아오르는 상승 속에서, —
선율로부터 넘쳐 흘러나와
실체가 되어, 열린 못 속에
모습을 비추어 줄 것만 같던
이국의 소녀들에게서 우러나오는 창백한 노래 속에서,

이제 분수와 나에게 일어났던
그 모든 일을 생각만 하면 된다 —
그러면 분수의 물을 다시 보았을 때의
그 낙하의 무게도 느낄 수가 있다.
그리고 밑으로 향해 있던 나뭇가지와

작은 불꽃을 일으키며 불타던 목소리와
둑의 가장자리만을 어렴풋이 아련하게
비추곤 하던 못과
짙은 서쪽의 숲으로부터 전혀 색다르게 나타나
이상하게 둥글어지고 어두워지면서
우리가 생각하는 세계가 아닌 듯한 모양으로 열리던
그 저녁 하늘을 만나게 된다……

잊었던가? 별들이 나란히 돌처럼 굳게 이어져
이웃의 천체들을 받아들이지 않는다는 것을,
그 많은 세계들이 공간 속에서
다만 눈물에 젖은 듯 희미하게 서로의 모습을 알아본다는
  것을, — 아마도 우리는
다른 생물의 하늘에 함께 섞여서, 위에 있기에,
밤이면 그 생물들이 우리를 우러러보는지도 모른다.
아마도 그곳 시인들이 우리를 찬미할지도 모른다.
아마도 많은 사람이 우리를 향해 기도하리라.
아마도 우리는 낯선 생물의 저주의 표적이고
다만 그것이 우리에게 이르지 못하는지도 모른다. 그들이
  외로워 울 때,
우리는, 우리들과 함께 높이 있다고 그들이 생각하는, 신의

이웃인 것이다.
그 신을 그들은 믿고 또 잃는다.
그리고 그 모습은, 그들이 찾고 있는 등불의 빛처럼,
덧없이 흩날리며
우리의 산만한 얼굴을 스친다……

보는 사람

나는 나무에 어리는 폭풍을 바라본다.
폭풍은 온화한 나날로부터 자라나
불안한 나의 창을 때린다.
아득한 먼 곳에서
벗 없이는 견디기 어려운
누나 없이는 사랑할 수 없는
그 사물들을 말하는 소리가 들린다.

마침내 폭풍이 몰려와 사물의 모습을 바꾸어 놓는다,
숲 속을, 시간 속을 휩쓸고 지나면
흡사 연륜을 잃는 것 같은 삼라만상,
시편 속의 성구처럼 풍경은
엄숙하고 장중하고 영원하다.

우리가 맞서는 것은 얼마나 보잘것없는가.
우리와 겨루려는 것은 얼마나 엄청난가.
좀 더 사물과 가까워져서
큰 폭풍의 힘에 몸을 내맡긴다면 —,
우리도 더 넓고, 이름 없는 것 되련만.

우리가 정복하는 것은 하찮은 것,

성취가 우리를 보잘것없게 만든다.
영원하고 비상한 것은
우리에게 굴복하기를 원치 않는다.
그것은 구약 성서의 씨름하는 자에 나타난
천사이다.[5]
천사는 힘을 겨룰 때
적수의 힘줄이
금속처럼 팽팽하게 늘어나면
깊은 선율의 현을 다루듯
손가락으로 더듬어 본다.

이 천사에게 패배한 자,
너무 쉽게 싸움을 단념하는 자,
그러한 자는 조형된 듯 몸에 붙어 있던
그 무정한 손으로부터
의롭고 의연하고 위대하게 빠져나오는 법이다.
승리가 그를 유혹하지는 않는다.

5 「창세기」 32장에 야곱이 천사와 씨름하는 장면이 있다. 성서에서는 야곱이 천사를 이겨 내지만 릴케는 오히려 천사에게 패배하는 자를 상정하고 그 패자로부터 존재의 의미를 보고 있다. 〈깊은 패배자〉만이 참된 삶의 성숙에 이른다. 릴케에서의 〈본다〉는 말은 그저 바라보는 것이 아니라 〈직관〉을 의미한다.

그의 성장이란 끊임없이 위대하게 되는 것에 의해
깊은 패배자가 되는 일이다.

맺음 시

죽음은 위대하다.
우리는 입으로 소리 내 웃지만
그의 것일 뿐.
우리가 삶의 한가운데 있다고 생각할 때
죽음은 어느새
우리의 한가운데서 운다.

신 시집

Neue Gedichte
(1907)

제1권

카를과 엘리자베트 폰 데어 하이트에게
우정을 위하여

초기의 아폴로[6]

아직 잎이 트지 않은 앙상한 나뭇가지 사이로
이미 봄에 흠뻑 젖은 새 아침이
끊임없이 새어 흐르듯이, 아폴로의 머리에는
티끌 하나 가리는 것이 없어

모든 시(詩)의 광채가 우리를 압도한다.
그의 눈길에는 그늘 하나 없고,
관자놀이는 아직 월계관을 위해서는 너무 차갑고,
그의 눈썹 사이에서 장미 넝쿨이 드높이 솟아 올라와

떨어진 잎새가 하나씩 하나씩
그의 떨리는 입언저리로 흩날리는 일은
한참 후에나 일어날 것이기 때문이다.

그의 조용한 입은, 한 번도 사용된 적 없이, 반짝이면서,
다만 미소를 지닌 채 무엇인가를 마시고 있다,
마치 몸속으로 노래가 흘러 들어가는 듯이.

6 『신 시집』 제1권과 제2권의 첫머리에는 각각 「초기의 아폴로」와 「고대 아폴로의 토르소」가 배치되어 있다. 이 작품들은 이른바 〈사물을 보는 법〉과 〈사물에 언어를 주어 직접 말을 하게 한다〉는 시인의 생각이 구현된 신시의 진수라 할 수 있다. 이 시에서 우리는 〈시의 광채가 우리를 압도〉하는 아폴로 석상의 생명력을 만나게 된다.

사랑의 노래

너의 영혼에 내 영혼이 닿지 않도록
어떻게 막을 수 있을까? 어떻게 내 영혼을
너를 넘어 다른 것에로 드높일 수 있을까?
아, 나는 그것을 어둠 속 어느 잃은 것 옆에,
너의 깊은 마음이 흔들려도 흔들리지 않는
어느 남모르는 조용한 자리에 숨겨 두고 싶다.
그래도 너와 나를 스치는 모든 것은
두 현에서 한소리를 불러내는 바이올린의 활처럼
우리를 하나이게 한다.
어떤 악기 위에 우리는 펴져 있는 몸일까?
어느 연주자의 손에 들려 있는 것일까?
아, 달콤한 노래여.

헌신

당신을 알고 나서부터 참으로 내 몸은
모든 혈관에서 향기를 뿜으며 꽃을 피우고 있습니다.
이렇게 우아한 몸가짐으로 바르게 걷고 있는데도
당신은 다만 기다리고만 있습니다. — 대체 당신은
누구입니까?

참으로 나는 내 자신으로부터 멀어지고
본래의 모습은 한 잎 한 잎 잃어 가고 있습니다.
당신의 미소만이 별로 가득한 하늘처럼
당신과 그리고 내 위에서 빛나고 있을 뿐입니다.

내 어린 날의, 아직도 이름 없이
물처럼 반짝이는 모든 것을
당신의 이름으로 불러내어 제단에 바치겠습니다.
당신의 머리카락이 등불이 되고
두 가슴이 가벼운 화환이 되는 그 제단에.

올리브 동산[7]

그는 올리브 동산의 회색 잎이 우거진 나무 밑을
완전히 생기를 잃은 채 지쳐 걸어 올라갔다.
그리고 흠뻑 먼지 묻은 이마를
깊이 먼지투성이의 뜨거운 두 손에 묻었다.

결국 이것이었다. 이것이 결말이었다.
이제 나는 소경이 되어 걸어가지 않으면 안 된다,
나에겐 더 이상 당신의 모습이 보이지 않는데
왜 당신은 나에게 말하게 하려는 것인가, 〈신은 있다〉라고.

나에겐 당신의 모습이 더 이상 보이지 않는다. 내 속에도,
그렇다.
다른 사람 속에도, 이 돌 속에도.
나에겐 당신의 모습이 보이지 않는다. 나는 혼자다.

모든 인간의 슬픔을 짊어진 채 나는 혼자다,
나는 그 슬픔을 당신을 통하여 덜어 주려 했었다,
있지도 않는 당신을 통해서. 오, 이름할 수 없는 수치여……

7 이 시는 올리브 동산에서 절망에 잠겨 있는 그리스도가 독백하는 형식을 취하고 있다. 그리스도의 인간적 고뇌에 대한 표현이다.(「루가의 복음서」 22장 참조)

후에 사람들은 말했다. 한 천사가 왔다고 —.

왜 천사라고들 말하는 것일까? 아, 찾아온 것은 밤이었다.
밤이 차갑게 나뭇잎을 스치고,
사도들이 꿈속에서 몸을 움직였을 뿐이었다.
왜 천사라고 말하는가? 아, 찾아온 것은 밤이었다.

찾아온 그 밤은 전혀 특별한 것이 아니었다.
밤은 수없이 그렇게 왔다 갈 뿐이다.
거기에는 개들도 잠들어 있고 돌도 흩어져 있다.
아, 그것은 슬프고, 평범한 밤이었다,
다시 아침이 오는 것을 기다리고 있는.

천사들은 그러한 기도자를 찾아오지 않는 법이다,
그런 사람들을 에워싸고 밤이 위대한 밤이 되는 일도 없다,
스스로를 상실한 자는 모든 것으로부터 버림을 받는다,
아버지에게도 버림받고,
어머니 품에서도 쫓겨나기 마련이다.

피에타[8]

이렇게 나는, 예수여, 당신의 발을 다시 봅니다,
한때는 젊은이의 발이던 그 발을,
내가 두려운 마음으로 당신의 신을 벗기고, 발을 씻어
주었을 때,[9]
얼마나 그것은 내 머리카락 속에서 어지러웠을까요,
마치 가시덤불 속의 한 마리 흰 짐승처럼.

이렇게 나는 당신의 한 번도 사랑받은 적이 없는 몸을
처음으로 이 사랑의 밤에 보고 있습니다.
우리는 한 번도 잠자리를 함께한 적이 없었습니다,
그리고 이제는 그 일이 다만 경탄과 감시를 받고 있을
따름입니다.

하지만 보세요, 당신의 두 손은 찢겨져 있습니다 —

8 피에타는 미켈란젤로의 작품으로, 이탈리아 로마 산 피에트로 대성당에 있다. 마리아가 죽은 예수를 품에 안고 슬퍼하는 모습을 담고 있는데, 성모의 옷자락에 미켈란젤로가 이름을 새겨 넣은 것으로 유명하다. 작가가 이름을 밝힌 유일한 작품이라고도 한다. 그러나 이 시에서 그리스도의 시체를 안고 있는 것은 막달라의 마리아다.

9 〈그리고 예수 뒤에 와서 발치에 서서 울며 눈물로 그 발을 적시었다. 그리고 자기 머리카락으로 닦고 나서 발에 입 맞추며 향유를 부어 드렸다.〉(「루가의 복음서」 7장 38절)

사랑하는 이여, 저의 탓이 아닙니다, 제가 물어서 그런 것이
　아닙니다.
당신의 심장은 열려 있어 모든 사람이 들어갈 수 있습니다,
저에게만 허락된 문이었으면 좋았을 것을.

이제 당신은 지쳐 있습니다, 그리고 당신의 지친 입은
슬픈 저의 입을 원하지 않습니다 —
아, 예수여, 예수여. 우리의 시간은 언제였던가요?
참으로 기이하게 우리 두 사람은 무너져 갑니다.

시인에게 보내는 여인들의 노래

보세요, 모든 것이 열리는 것을, 이것이 우리들입니다.
우리들은 오직 이렇게 환희로 가득 차 있습니다.
짐승들 속에서 피이고 어둠이던 것이
우리들 속에서 영혼으로 성장하고

영혼이 되어 소리치고 있습니다. 당신을 원하는 외침입니다.
당신은 그것을 무슨 풍경인 양 온화하게 아무 갈망 없이
얼굴으로만 받아들이고 있습니다.
그리하여 우리는 영혼이 소리쳐 부르는 것은

당신을 갈망하는 것이 아니라고 생각합니다, 아, 그러나
　당신이야말로
우리가 남김없이 몸 바칠 수 있는 사람이 아니겠습니까?
그 어느 누구 속에서 우리가 〈더 크게〉 자라날 수
　있겠습니까?

우리와 함께 무한한 세계는 흘러갑니다.
허나 당신은 있어 주세요. 입이여, 우리가 들을 수 있도록.
당신은 있어 주세요, 우리를 말하는 사람이여, 당신은
　있어야 합니다.

시인의 죽음

그는 누워 있었다. 높직한 베개에
고이 받쳐진 그의 얼굴은 창백하고 거부하는 표정이었다.
이제 세상과 세상에 관한 그 지식은
그의 모든 감각에서 찢겨 나가
무심한 세월로 되돌아가 있었다.

살아 있는 그를 본 사람들도 알지 못했다,
얼마나 그가 이 모든 것과 하나 되고 있음을.
그 계곡, 그 초원.
그리고 그 강이 바로 그의 얼굴이었기 때문이다.

아, 그의 얼굴은 이것들 전체의 넓은 세계였다.
그 넓은 세계는 지금도 몰려오고 그를 얻으려 하고 있다.
이제 불안스레 죽어 가는 그의 마스크[10]는
대기에 닿아 썩어 가는 열매의 속처럼
부드럽게 열려 있다.

10 죽음을 씨앗으로 볼 때 우리의 겉모습은 가면에 지나지 않는다.

부처

그는 귀를 모으고 있는 것 같다. 고요, 혹은 먼 세계에…….
발길을 멈추어도 우리들에겐 이미 그 소리 들리지 않는다.
그는 별. 그리고 우리 눈에는 보이지 않는
다른 큰 별들이 그를 둘러싼 채 빛나고 있다.

아, 그는 총체. 실로 우리는
그가 우리를 바라보길 기대하고 있는 것일까?
그에게 그럴 필요가 있을까?
설령 우리들 여기 그의 발밑에 몸을 던져도
그는 깊은 곳에 머물러 짐승처럼 참으리라.

우리로 하여금 그의 발밑에 쓰러지게 하는 그것은
아득한 옛날부터 그의 속에서 맴돌고 있기 때문이다.
우리가 체험하는 것을 잊고 있는 사람,
그는 우리가 얻지 못하는 것을 알고 있었다.

자오선의 천사[11]

샤르트르 성당에서

웅대한 대사원을 에워싸고 마치 깊은 생각에 잠긴
한 부정자처럼 휘몰아치는 태풍 속에서
우리는 홀연 당신의 미소로 하여 더 정답게
당신에게 이끌리는 것을 느낀다.

수백의 입으로 된 하나의 입[12]으로
미소 짓는 천사여, 다감한 모습이여,
우리들의 시간이 당신의 충만한 해시계로부터 흘러 나가는
　것을
당신은 조금도 알지 못하는 것인가?

마치 모든 시간이 풍요롭고 성숙한 듯이
그 해시계 위에서는 하룻날의 모든 숫자가 동시에,
있는 그대로, 깊은 균형을 이루고 있다.

돌의 천사여, 우리의 존재에 대하여 무엇을 알고 있는가?

11 프랑스 파리 근교에 있는 대표적인 고딕 성당인 샤르트르 성당의 외벽에 있는 돌의 천사. 해시계를 들고 있다.

12 많은 입이 겪는 수없는 체험을 알면서도 그런 모든 것을 극복하고 초월한 오직 하나의 순수한 입이라는 뜻이다.

그리하여 당신은 더 환희에 찬 얼굴을 하고
한밤에 문자판을 들고 있는 것인가?

중세의 신

사람들은 신을 마음속에 간직하고
신이 존재하여 심판해 주기를 원했다.
그리고 마침내 묵직한 추처럼
(신의 승천을 막기 위하여)

대성당의 중량과 용적을
그의 몸에 매달았다. 그리하여 신은
그 무한한 숫자를 가리키면서
그 위를 맴돌고, 마치 시계처럼

사람들의 행위나 일상의 작업에 신호를 보내면 되었다.
그러나 갑자기 신이 걸음을 걷기 시작하자
놀란 도시 사람들은

그의 목소리를 듣는 것이 두려워
명종 장치를 풀어 놓은 채 걸어가게 내버려 두고는
신의 문자판으로부터 달아나 버렸다.

시체 공시장

이제 그들은 준비하고 누워 있다, 마치
뒤늦게나마 그들 서로를, 그리고 이 방 안의 냉기와도
화해시키고 결합해 줄 수 있는
하나의 행위를 찾아내야 하기라도 하는 듯이.

아직은 모든 것이 종말은 아니기 때문이다.
어떤 이름이 그들의 주머니에서
발견된 것일까? 그들의 입가에 서리는
권태는 씻겼지만

완전히 지워진 건 아니다. 다만 아주 순수해졌을 뿐이다.
수염은 전보다 좀 빳빳해진 듯
입을 벌린 채 바라보는 사람들에게 혐오감을 주지 않기
　위해서
간수들의 취향에 따라 잘 정돈되어 있다.
그러나 그들의 눈은 눈꺼풀 뒤에서
반대쪽을 향해 이제 자신의 내부를 들여다보고 있다.

표범

파리 식물원에서

수없이 지나가는 창살에 지치어
그의 눈에는 아무것도 보이지 않는다.
마치 그에겐 수천의 창살만이 있고
그 수천의 창살 뒤엔 세계가 없는 듯하다.

가장 조그만 원을 그리며 도는
나직하면서도 힘찬 그 사뿐한 발걸음은
커다란 의지가 마비되어 서 있는
한 중심을 맴도는 힘의 무용과도 같다.

다만 때로 눈꺼풀이 소리 없이 열릴 뿐 —.
그러면 형상이 안으로 비쳐 들어가
긴장한 사지의 정적을 뚫고 지나고 —
가슴속에서 덧없이 사라진다.

가젤 영양

학명: 도르카스 가젤

홀린 짐승이여. 골라 뽑은 두 말이 제아무리 조화를 이룬다
  해도
신호하듯 네 마음속을 오가는
그 운(韻)을 자아낼 수는 없으리라.
너의 이마에는 나뭇잎과 칠현금이 솟아 나오고

네 모든 것은 어느덧 비유를 통해 사랑의 노래에 젖어 들어
그 노랫말들은 그것을 읽을 길 없는 사람의 두 눈을
부드럽게 장미 꽃잎처럼 가리운다. 그는 너를 보기 위하여

눈을 감는다. 한순간 총알같이
뛰어 달려갈 태세이면서도
아직은 참고 목을 길게 세운 채 열중하여

귀를 모으고 있는 너의 그 모습,
마치 숲 속에서 목욕을 하다 얼핏 멈추고
호수의 빛을 머금은 얼굴로 뒤돌아보는 여인 같다.

일각수

성자는 고개를 들었다. 그의 하던 기도가
투구처럼 머리 뒤로 떨어졌다.
상상한 적 없는 짐승이, 하얀 짐승이,
사로잡혀 의지할 데 없는 암사슴처럼
애원하는 눈빛으로 소리 없이 다가왔기 때문이다.

상아 같은 네 다리의 뼈대는
가볍게 균형 잡힌 자세로 움직이고
털가죽에서는 하얀 광채가 아름답게 새어 나오고 있었다.
조용하고 환한 이마에는
달빛 속의 탑처럼 선명하게 뿔이 서 있고
발걸음을 옮길 때마다 곧추서곤 했다.

분홍빛 도는 회색 털이 돋은 주둥이가
좀 위로 치켜져 있어 하얀 이빨이
(무엇보다도 희게) 살짝 빛나고,
콧구멍을 벌렁거리며 나직이 헐떡이고 있었다.
그러나 거침없는 그의 눈빛은
수없는 형상을 공간에 뿌리면서
아득한 전설권을 형성하고 있었다.

로마의 석관

무엇이 우리의 믿음을 막을 수 있으리.
(이렇게 우리가 세상에 내세워지고 흩어져 있듯이)
욕망과 저주와 이 혼란이 우리들 속에 머무는 것이
잠시만은 아니라는 그 믿음을.

그렇듯 그 옛날 아름답게 장식된 석관 속에는
그 많은 반지와 우상과 유리잔과 화려한 리본 옆에서
천천히 삭아 들어가는 옷을 입고 누워
서서히 해체되어 가는 것이 있다, —

끝내 말을 하지 않는 입이
삼켜 버릴 때까지. (한때 그 입을 다스리던 뇌는
어디서 무슨 생각을 하고 있을까?)

거기 태고의 수로로부터
영원한 물이 흘러 들어가고 —,
이제 그 속에서 거울처럼 맑게 흐르며 현란한 빛을 낸다.

백조

아직 이루지 못한 일 사이를
묶인 듯 힘겹게 뚫고 가야 하는 그 고난은
백조의 서투른 걸음걸이와 같다.

그리고 죽음, — 우리가 날마다 딛고 서 있는 이 땅을
끝까지 잡아 두지 못한다는 것은
백조가 불안스레 물 위로 내려앉는 일과도 같다. —

그러나 백조를 부드럽게 받아들이는 물은
행복하게, 지나간 옛일인 듯,
몸 아래로 끊임없이 물결치며 흐르고
백조는 한없이 고요하고 안전하게
나날이 성숙해지면서 당당한 모습으로
의젓하게, 편안히 떠내려간다.[13]

13 인간의 삶과 죽음의 공포를 백조의 불안에 비유하고 있다. 그러나 물이 백조를 편안하게 맞아 주듯이 우리의 죽음 역시 우리에게 무한한 안식을 가져다줄 것이라고 시인은 믿고 있다. 릴케의 죽음과의 친화를 엿보게 한다.

어린 시절

그렇게 잃어진 것에 대하여
두 번 다시 그렇게는 돌아오지 않은
그 길었던 어린 날의 오후에 대해 뭔가 말을 하기 위하여
많은 생각에 잠기는 것은 즐거운 일이리라 — 왜 그럴까?

지금도 우리는 생각한다 — 아마도 어느 비 오는 날에,
그러나 우리는 이미 그것이 무엇인지 알지를 못한다.
두 번 다시 생활은 해후와 재회와 진전으로
그때처럼 충만했던 적은 없다.

그 무렵 우리가 겪는 일은 마치
사물이나 동물의 그것과 흡사했다.
우리는 인간의 세계처럼 그들의 세계를 살았고
사방이 형상으로 넘쳐흘렀었다.

우리는 외로운 목동처럼
아득히 먼 곳을 가슴 무겁게 안은 채
먼 곳으로부터 부름을 받고 교감하는 듯이 지냈다.
그리고는 긴 새 실오라기처럼 천천히
끊임없는 영상 속으로 끌려 들어갔었다,
지금 머물러 있기에는 너무 어지러운 그 영상 속으로.

시인

나를 떠나는 시간이여,
너의 날갯짓이 나에게 상처를 남긴다.
내 입은 어쩌란 말인가?
나의 밤은? 나의 낮은?

나에겐 연인도 없고 집도 없다.
몸 둘 자리도 없다.
내가 몸 바치는 모든 사물은
부요해지고 나를 비운다.

어느 여인의 운명

마치 사냥 길에 오른 왕이 물을 마시려고
아무 잔이나 하나 손에 넣듯이
그리고 후에 그것을 받은 사람은
한쪽에 놓아두고 잔이 아닌 소중한 보물로 간직하듯이

아마도 운명 또한 그렇게 목이 말라
때로는 한 여인을 입에 대고 마시고는
하찮은 인생이 그녀를 망가뜨리는 것이 두려워 더는
　사용하지 않고

그 많은 귀중품이 들어 있는
(혹은 귀중하게 여기는 물건들이 보관된)
그 조심스런 유리장 속에 세워 두었는지도 모른다.

그렇게 여인은 그곳에 빌려 온 물건처럼 멋쩍게 서서
그저 늙어 가고 눈이 멀어
더는 귀중한 것도 아니고 진기한 것도 아니게 되는 것이리라.

타나그라 인형[14]

위대한 태양에 그을리기라도 한 듯
살짝 구워진 점토 인형.
마치 한 소녀의
손짓이
홀연 영원한 것 된 것 같다.
무엇을 잡으려는 것도 아니고
감정으로부터 벗어나
어떤 것을 향해 뻗치고 있는 것도 아니다,
턱을 만지려는 손처럼,
다만 자기 자신을 만지고 있을 뿐.

우리는 인형을 하나하나
들어 그것을 돌려 본다.
왜 이들 인형이 사라져 가지 않는가를
알 것도 같다 —
그러나 우리는
더 깊고 더 아름답게
사라져 간 것에 애착을 가지고,

14 헬레니즘 시대의 채색한 작은 토기상. 타나그라는 고대 그리스의 지역 이름이다.

그리고 미소 지어야 한다, 아마도
지난해보다는 조금 더 밝은 미소를.

이별

이별이라는 것을 무엇으로 느꼈던가.
지금은 얼마나 더 알고 있는가. 어둡고 불사신 같고
잔인한 것을. 아름다운 결합을
한 번 다시 내밀어 보여 주고 찢어 던지는 것을.

얼마나 하염없이 바라보았던가,
나를 부르면서, 부르면서, 그냥 가도록 내버려 두고
뒤에 남은 것을. 생각하면 모두가 여인들 같고,
그러나 작은 하나의 흰 점이었을 뿐이다.

그것은 다만 하나의 손짓, 더는 나와 상관이 없는
가만히 계속 흔들고 있는 손짓일 뿐 —
더는 아무런 의미도 없다. 아마도 그것은
한 마리 뻐꾹새가 서둘러 날아간 자두나무.

기수

다른 사람들은 칼과 장비와 가죽을
모두 거칠다 생각하고 관심도 없다.
때로 부드러운 깃털의 촉감에 마음이 들뜨기도 하지만
모두가 저마다 혼자이고 애정도 없다.
그러나 그는 짊어지고 있다, 마치 여자를 등에 업듯이
화려하게 장식된 깃발을.
이따금 그 무거운 비단 자락이 등 뒤로 늘어지고
두 손을 스치면서 흘러내린다.

눈을 감으면 오직 그에게만 보이는
미소 하나 있다. 결코 깃발을 버릴 수는 없다. —

마침내 번쩍거리는 갑옷의 기사들이 달려들어
손을 뻗고, 결투가 벌어지고, 깃발을 탈취하려 할 때 —

그때 비로소 그는 처녀의 그것을 강탈하듯이
깃대에서 깃발을 잡아 뜯어
군복 속에 움켜 안는다.

다른 사람들은 그것을 용기 있는 일이고 명예라고 말한다.

오랑제리의 계단

베르사유 궁전

결국은 거의 아무런 목적도 없이
그저 때에 따라 양쪽에서 허리를 굽히고 있는 사람들에게
외투에 가려진 고독한 모습을 보이면서
걸어가는 왕들처럼 —

계단은 애초부터 허리를 굽히고 있는
난간 사이를 천천히 신의 은총을 받으며
어디라 정한 곳 없이 그저 하늘을 향하여
홀로 걸어 오르고 있다.

마치 모든 수행원들에게는
뒤에 남아 있으라고 명을 내린 듯이 —
수행원들은 감히 멀리에서 뒤따를 생각도 하지 않고
또 누구 하나 그 무거운 옷자락을 걸치도록 허락된 자도
  없다.

로마의 분수

보르게세에서

오래된 둥근 대리석 수반에
두 개의 물받이, 하나가 높이 솟아
그 물받이로부터 조용히 물이 흘러내리고
아래서 기다리는 물은

나직이 소곤대며 떨어져 오는 물을 향해 말없이
흡사 오므린 손 안에 고여 있는 듯
거기 녹색의 이끼와 어둑한 바닥에 비치는 하늘을
미지의 것인 양 살며시 보여 주고

한가롭게 아름다운 물받이 안에서
향수도 잊고 둥글게 물결을 이루며 번져 가서는
꿈에 잠긴 듯 이따금 한 방울 한 방울

늘어진 이끼를 따라,
끊임없이 넘기는 물받이의 모습에 조용히
밑에서 미소를 안겨 주는 마지막 수면으로 떨어진다.

회전목마

뤽상부르 공원

지붕과 그 그늘과 함께 어울려
형형색색의 말들이 잠시 빙빙 돌아간다,
몰락을 앞두고
한참 머뭇거리는 나라에서 오는 것들이다.
대개는 마차에 매여 있으나
모두가 당당한 표정을 지니고 있다.
성난 붉은 사자 한 마리 함께 지나가고
때때로 흰 코끼리가 다가온다.

사슴도 있다, 영락없는 숲 속의 모습이지만
안장이 얹혀 있고 그 위에
파란 옷을 입은 어린 소녀가 안전띠를 하고 앉아 있다.

사자 위에 올라 탄 흰 옷의 소년은
작은 손으로 땀 나도록 꼭 잡은 채 견디고 있다,
그러는 사이에 사자가 이빨과 혀를 드러내 보인다.

때때로 흰 코끼리가 나타난다.

말을 탄 아이들이 지나간다,
이 말타기를 하기에는 이미 어울리지 않는

밝은 색 옷차림의 다 자란 소녀들도
마구 요동치는 가운데 어딘가를 쳐다본다 —

회전목마가 돌아간다, 끝을 향해 서두르지만
원을 그리며 되돌아갈 뿐 목표는 없다.
빨강, 초록, 회색,
보일 듯 사라져 버리는 작은 옆얼굴들 —
이따금 이쪽으로 던지는 미소 하나 있다,
이 숨 가쁜 허망한 놀이에
황홀해 넋을 잃은 환희에 넘친 미소……

오르페우스. 에우리디케. 헤르메스[15]

그것은 영혼의 기묘한 광산이었다.
조용한 은광석처럼 그들은 광맥이 되어
암흑 속을 걸어갔다. 뿌리들 사이로
인간에게 이어지는 피가 솟구치고
어둠 속에서 반암처럼 무거워 보였다.
그 밖에 붉은 것은 아무것도 없었다.

암석과
공허한 숲이 있었다. 허공으로 수없는 다리가 걸쳐 있고
큰 회색빛 흐린 연못이
어느 풍경 위의 비 내리는 하늘처럼
아득히 먼 땅 위에 걸쳐 있었다.
그리고 평온하고 한없이 여유로운 초원 사이로

15 오르페우스 신화가 소재인 이 시에서는 오르페우스가 지하의 세계에서 에우리디케를 구출하여 삶의 세계의 출구 가까이까지 동행하는 과정을 그리고 있다. 그러나 오르페우스는 심부름의 신 헤르메스의 손에 몸을 맡기고 뒤따르는 에우리디케가 믿겨지지 않아 약속을 어기고 뒤돌아봄으로써 그녀를 다시 잃게 된다. 하지만 이 시에서 릴케는 그 초점을 오르페우스의 상실의 비애가 아니라 에우리디케의 죽음과의 친화에 두고 있다. 〈순고한 희망처럼 그녀는 자기 자신이 되고 있었다〉라든가 〈그녀는 이미 뿌리였다〉 등의 표현에는 삶과 죽음을 하나로 보고, 죽음이 곧 삶의 뿌리라는 시인의 생각이 담겨 있다. 시인은 죽음의 세계를 생명력이 넘치는 광산으로 보기도 한다. (『두이노의 비가』 중 「제10 비가」 참조)

표백한 긴 천처럼 이어진
한 줄기 창백한 길이 모습을 드러내고 있었다.

이 길을 따라 그들은 걸어왔다.

앞장선 푸른 외투의 후리후리한 사나이는
초조한 눈빛으로 물끄러미 앞만 보고 있었다.
씹지 않고 삼켜 버리듯, 그의 발걸음은
성큼성큼 길을 먹어 갔다, 주름진 소매 사이로
힘없이 무겁게 늘어진 손은,
올리브나무 가지로 뻗어 들어간 장미 덩굴처럼
왼쪽으로 불쑥 나와 있는
가벼운 칠현금도 완전히 잊고 있었다.
감각이 분열된 것 같았다.
그의 시선이 개처럼 앞질러 가서는,
돌아보고, 되돌아왔다는 다시 또 앞서 가
다음 갈림길에서 기다리며 서 있고 하는 동안에도 —
그의 청각은 후각처럼 뒤에 머물고 있었다.
가끔은 이 언덕길을 줄곧 뒤따라와야 할
두 사람의 발걸음에까지
청각이 다가가 있는 것 같은 생각이 들기도 했다.

그러나 그의 뒤에 있는 것은 다만
언덕을 오르는 자신의 발소리와 외투를 스치는 바람
소리뿐이었다.
틀림없이 오고 있어, 그는 중얼거렸다.
크게 내뱉은 말소리가 차츰 사라져 가는 것이 들렸다.
틀림없이 오고 있어, 그저 그들의
걸음걸이가 너무 조용한 것뿐일 거야.
그가 한 번 몸을 돌린다면(이 뒤돌아봄이
이제 막 성취되려는 모든 일을
무너지게 하는 것이 아니라면) 말없이 뒤따르는
그 조용한 두 사람을 틀림없이 볼 수 있으리라.

형안(炯眼) 위에는 여행의 두건을 쓰고,
앞에는 가느다란 지팡이를 들고,
발목에는 날개가 퍼덕이는,
심부름의 신, 먼 전령의 신을,
그리고 그의 왼손에 몸을 맡기고 있는 그 여인을.

그처럼 사랑하는 여인. 하나의 칠현금에서
예전의 많은 통곡의 여인들보다도 더 큰 비탄을 자아내게
하고

비탄의 세계가 태어나, 그 속에서 숲과 계곡
길과 마을, 들과 강과 짐승이
다시 한 번 어울려 살게 만들고,
이 비탄의 세계를 에워싸고 마치
또 하나의 지구를 돌 듯이, 태양과
별이 있는 조용한 하늘,
일그러진 별들로 가득한 그 비탄의 하늘을 회전하게 한 —
참으로 사랑하는 그 여인.

그러나 그녀는 신의 손에 의지한 채
시신을 감쌌던 긴 끈에 방해를 받아 가면서
불안스레, 차분히, 초조한 기색 없이 걸어갔다.
큰 희망을 품은 여인처럼 자기 자신으로 돌아와 있었다,
앞서 가는 사나이를 생각하지도 않았고,
삶의 세계로 올라가는 길도 생각하지 않았다.
그녀는 자기 자신이 되어 있었다. 죽어 있음이
풍요처럼 그녀를 충만하게 하고 있었다.
감미로움과 어둠의 한 열매처럼,
새로워서 전혀 알 수 없는
위대한 죽음으로 넘쳐 있었다.

새로 찾은 그녀의 처녀성은
건드릴 수 없었다. 성(性)은
저녁녘의 어린 꽃봉오리 같고
혼례의 관습 같은 것을 전혀 모르는 손은
가벼운 신의 한없이 조용해 인도하는 손길마저도
지나친 친절처럼 그녀의 마음을 부담스럽게 했다.

그녀는 이미 시인의 노래에 나오는
금발의 여인이 아니었다,
넓은 침대의 향기도 아니고 섬도 아니고,
저 사나이의 소유물은 더더구나 아니었다.

그녀는 긴 머리카락처럼 풀리고
땅에 내린 비처럼 몸 바치고
끝없이 나눠 주는 넉넉함 같았다.

그녀는 이미 뿌리였다.

그리고 다급하게
신이 그녀를 멈춰 세우고 고통스러운 목소리로
〈그가 돌아다봤어, —〉 라고 크게 소리쳐 말했을 때
아무것도 모르는 그녀는 나직이 대꾸했다, 〈누가요?〉

그러나 멀리, 밝은 출구 앞에는 어둡게
누군가 서 있었다. 얼굴은
알아볼 수 없었다. 그는 서서 바라보고 있었다,
초원으로 이어진 한 줄기 길 위에서
전령의 신이 슬픔 가득한 눈빛으로
여인의 뒤를 따라가는 모습을 말없이 뒤돌아보고는.
여인은 수의의 긴 끈에 방해받으면서
불안스레, 차분히. 초조한 기색 없이
이미 그들이 왔던 같은 길을 되돌아가고 있었다.

제2권(별권)

Der neuen Gedichte anderer Teil

(1908)

나의 위대한 벗 오귀스트 로댕[16]에게

16 Auguste Rodin(1840~1917). 프랑스의 조각가. 릴케는 1902년 8월에 『로댕론』을 쓰기 위해 로댕을 만나러 파리로 간다. 그 후 로댕의 비서로 일했을 만큼 그와 가까이 지내며 그에게 받은 영향으로 사물 시를 쓰기에 이른다.

고대 아폴로의 토르소

거기 두 개의 눈망울이 무르익고 있던
아폴로의 엄청난 머리를 우리는 알지 못한다. 그러나
그 토르소는 지금도 촛대처럼 불타고 있다,
거기에는 그의 사물을 보는 눈이 틀어박힌 채,

그대로 남아 빛나고 있다. 그러지 않고서야 그 가슴의
　풍만함이
너를 눈부시게 하지는 못하리라, 그리고 허리를
조용히 돌리며 보내는 하나의 미소가
생명을 가져다주던 그 중심을 향해 흐르지도 않으리라.

그렇지 않다면 이 돌은, 두 어깨는 투명한 상인방[17] 같지만
밑은 흉측하고 볼품없는 돌덩이에 지나지 않으리라,
그렇게 맹수의 모피처럼 반짝이는 일도 없고,

17 상인방은 기둥과 기둥 사이의, 혹은 문의 벽 윗부분에 가로지른 나무를 말하나, 이 시에서는 아폴로상의 직선적이고 늠름한 어깨에 대한 비유로 쓰인다.

그 모든 가장자리에서마다 마치 별처럼
빛이 비치는 일도 없으리라. 이 토르소에는 너를 바라보지
않는
부분이란 어디에도 없기 때문이다. 너는 너의 삶을 바꾸지
않으면 안 된다.[18]

18 〈사물을 보는 법을 배워야 한다〉는 시인의 말을 상기하게 한다.

레다[19]

신은 난처한 나머지 백조의 몸속으로 들어가다가,
백조의 아름다움에 크게 놀라며
황급히 그의 몸 안으로 숨어 버렸다.
그러나 그의 환상은 어느새

경험한 적 없는 존재의 감정을 타진해 보기도 전에
행동으로 옮아갔다. 백조 속에
숨어 오는 자를 눈치챈 여인, 마음을 연 그녀는
신이 요구하는 것이 무언지 알고

당황하여 항거했지만
그것을 숨길 수는 없었다.
신은 누워서 차차 약해지는 손에 목을 안기며

연인의 안으로 몸을 던졌다. 그때
비로소 신은 자신의 날개를 행복하게 느끼고
그녀의 품속에서 참으로 백조가 되었다.

19 레다Leda. 그리스 신화에서 스파르타 왕 틴다레오스Tyndareus의 아내이며 제우스의 연인. 레다의 미모에 끌린 제우스가 백조의 모습을 하고 접근하여 헬레네를 낳았다고 한다.

무녀

그 옛날 사람들은 그녀가 늙었다고 했다,
그러나 그녀는 죽지 않고 매일 같은 거리를 찾아왔다.
사람들은 척도를 바꾸어
그녀의 나이를 숲처럼

백 년 단위로 측정하기로 하였다. 그래도 그녀는
저녁마다 같은 장소에 서 있었고
그 어둑한 모습은 높고 텅 빈
불타 버린 옛 성채와도 같았다.

그리고 그럴 생각도 않는데, 멋대로
그녀의 마음속에서 자라난 많은 예언들이
끊임없이 그녀를 둘러싸고 소리치며 맴돌고 하는 동안
어느새 그녀에게 되돌아온 말들은 또다시
그날 밤을 위하여 준비를 마치고
어둡게 그녀의 홍채(虹彩) 밑에 자리 잡고 있었다.

맹인

파리

보라, 그는 걸어서, 흰 잔에 까만 금이 가듯,
그의 어두운 장소에는 없는[20]
도시를 가른다.
그리고 한 장의 종이 위에처럼

그에게는 사물의 반영이 그려지지만
그것을 자기 속으로 받아들이지 않는다.
다만 조그만 물결로 세계를,
적막이나, 저항을 포착하는 듯

그의 촉감만이 움직일 뿐이다 —.
그는 기다리며 누군가를 선택하려는 것처럼 보인다.
그리고 온몸을 다하여 손을 높이 든다,
엄숙하게, 결혼이라도 하려는 듯이.

20 맹인은 어둠 속에서 살고 있으므로 그의 세계에는 도시가 존재하지 않는 것과 같다.

시든 여인

죽은 사람마냥 가볍게
여인은 장갑을 끼고 목도리를 두른다.
장롱 냄새가
그 그리운 향기를 몰아내고 있다,

예전에 자신을 확인해 주던 그 향기를.
여인은 자기가 누구인지를(먼 친척의 하나겠지)
더는 묻지 않는다.
생각에 잠겨 이리저리 거닐면서

걱정되는 방 하나를 유심히
정돈하거나 조심스레 보살피곤 한다,
아마도 이 방에는 지금도 여전히 옛날의
같은 소녀가 살고 있다는 생각 때문이리라.

군상

파리

한 사람이 꽃을 꺾어 서둘러 꽃다발을 엮듯이
우연이 여러 얼굴들을 급하게 정돈한다.
느슨하게도 하고 조이기도 하고,
멀리 있는 두 얼굴을 잡아끌어서는 가까운 얼굴 하나는
　내던져 버린다.

한 얼굴을 다른 얼굴과 바꾸고, 어떤 것에는 신선한 물을
　뿌리고,
개 한 마리를 잡초처럼 무리들로부터 솎아 내던진다.
그리고 뒤엉킨 줄기와 잎새들 사이에서처럼
아래서 보고 있는 사람의 머리를 앞으로 끌어내

아주 작은 그 얼굴을 꽃다발 가장자리에 묶는다.
다시 우연은 손을 뻗쳐, 바꾸거나 옮겨 놓고 하면서
전체를 한눈에 바라보기 위해서
멍석 한가운데로 간신히 뛰어 되돌아올 여유를 얻는다,

다음 순간 거기 근육질의 장사가 나타나
중량을 들어 올린다.[21]

21 파리의 어느 광장에서 펼쳐지고 있는 광대놀이와 이를 둘러싼 구경꾼들의 표정을 그리고 있다. 모였다 흩어지는 무리들의 다양한 모습이 〈우연〉

바다의 노래

카프리, 피콜라, 마리나

바다에서 불어오는 태고의 바람,
밤에 부는 바닷바람.
너는 그 누구를 향해서 불어오는 것도 아니다,
이러한 밤 눈을 뜨고 있는 사람은
스스로 너를 견디는
법을 알아야 하리라.
태고의 바닷바람.
그것은 다만 태고의 바위를 위하여 부는 듯,
드넓은 공간을 찢어 헤치며
멀리에서 온다……

아, 저 위 달빛 속에서
바람을 맞고 선 무화과나무는
너를 어떻게 느끼고 있을까.

에 의해서 묶여지는 꽃다발에 비유되고 있다. 장사가 무거운 것을 들어 올리는 장면은 광대놀이의 클라이맥스다.

초상[22]

체념한 얼굴에서
위대한 고통의 어느 하나도 흘러 떨어지지 않게 하기 위해
그녀는 천천히 비극 속을
자기 표정이 담긴 아름다운 시든 꽃다발을 안고 걸어간다,
아무렇게나 묶여져 거의 헝클어진 꽃다발을.
이따금 월하향처럼
잃은 미소가 힘없이 떨어진다.

그녀는 태연스레 저쪽으로 걸어간다,
지치어, 떨어진 미소를 찾지 못할 것을 알고 있는
아름다운 두 손을 덧없이 내저으면서 —.

22 이탈리아의 여배우 엘레오노라 두세Eleonora Duse(1858~1924)가 무대에서 연기하는 장면을 노래한 시이다. 1912년 릴케는 베니스에서 그녀를 만나게 된다. 한 여류 예술가의 화려한 무대생활과 벗어날 수 없는 궁핍한 일상의 현실이 대비되고 있다.

그리고 대사를, 예정된 어느 운명이
흔들리고 있는 대사를 읊으면서
거기에 자기의 영혼의 의미를 불어넣는다,
순간 말은 어떤 엄청난 것,
돌의 절규 같은 것이 되어 터져 나온다 —

그러나 그녀는 턱을 쳐든 채
이 모든 말들을 남김없이
털어 낸다. 이 말들 가운데 어느 것 하나도
그녀의 유일한 소유인
고통스러운 현실에는 어울리지 않기 때문이다,
이 현실을 그녀는 발 없는 물통처럼
자신의 명성과 밤마다의 공연을 넘어
저 높이 쳐들고 있어야만 하기 때문이다.

자매

보라, 두 사람이 한 가지 일을
다르게 받아들이고, 다르게 이해하는 것을.
그것은 마치 각기 다른 시간이
두 개의 같은 방을 지나는 것을 보는 것과 같다.

서로 지치어 기대어 있으면서도
두 사람은 상대방을 받쳐 주고 있다고 생각한다.
그러나 피에 피를 포개 얹고 있는 두 사람은
서로에게 아무 도움이 되지 않는다,

옛날처럼 정답게 마음을 나누며
둘이서 가로수 길을 따라
이끌거나 이끌리면서 걸어가려 하지만
아, 두 사람이 가는 길은 같지가 않다.

장미의 내부

이 내부에 어울리는 외부는
어디 있을까? 어떤 아픔 위에
이러한 아마포를 올려놓을까?
이 근심 없는
이 열려 있는 장미의
내면의 호수에는
어느 하늘이 비치고 있을까, 보라,
흘러넘치도록 활짝 피어
풀려 있는 모습을,
떨리는 손마저도 흩뜨려 놓을 수 없으리라.
장미들은 스스로를 견뎌 내지 못하는 것,
많은 꽃들은
절로 넘쳐서
내면으로부터
시시로 충만해 가며 마감하는
외부의 나날 속으로 흘러들어
마침내 온 여름이 하나의 방,
꿈속의 방이 된다.

장밋빛 수국

누가 맞아들였을까, 이 장밋빛을? 그것이 이 꽃송이 속에
모여 있는 것을 또 누가 알았을까?
빛바랜 도금된 그릇처럼 많은 손길이 거쳐 간 듯
수국은 빨간 장밋빛을 살며시 벗어나 있다.

그 장밋빛 아니고는 어느 색도 원하지 못하도록
장밋빛은 꽃을 위하여 하늘에 남아서 미소 짓고 있는
　것일까?
향기처럼 고결하게 사라져 가는 장밋빛을
천사들이 애정 어린 손으로 받아들이는 것일까?

아니면 한철이 끝나 가는 것을 알리지 않으려고
꽃들은 아마도 장밋빛을 단념하는지도 모른다.
그러나 그 장밋빛 아래서 엿듣고 있던 초록은
모든 비밀을 알면서 이제 시들어 간다.

책 읽는 사람

누가 알까, 그 사람의 일을? 얼굴을 현실에서 돌려
제2의 현실에 파묻고 있는 이 사나이를.
다만 충만한 책장들이 빠르게 넘겨질 때에만
그 현실은 간간히 강제로 차단될 뿐이다.

어머니에게마저도 확실치 않으리라,
거기 자신의 그림자에 젖어 든 것을 읽고 있는 자가
그인지. 그리고 우리들, 시간이 많았던 우리들은
조금도 알지 못하리라, 얼마나 많은 시간이 그에게
흘러갔는가를.

마침내 간신히 그는 얼굴을 든다, 아래의 책 속에 들어 있는
모든 것을
자신의 높이로 끌어올리면서.
그의 눈은 취하기보다는 내주면서
완성된 풍요의 세계와 마주하고 있었다,
마치 혼자 놀던 조용한 아이가
갑자기 외부 세계의 존재를 알게 되듯이.
그러나 정연한 그의 표정은
언제까지나 제2의 현실 속에 머물고 있었다.

사과 과수원

보르게비-가르드

해가 지거든 바로 찾아와
잔디밭의 저무는 초록빛을 보아라,
우리가 오랫동안 모아
가슴속에 간직해 두었던 것 같지 않는가.

이제 그것을 감각과 추억으로부터
새 희망과 반쯤 잊힌 기쁨으로부터
아직 우리들 속의 어둠과 뒤섞인 빛깔 그대로 꺼내
말없이 눈앞에 뿌려 놓은 것은 아닌가,

그 뒤러[23]의 그림 같은 나무들 아래에.
이 나무들은 수없는 작업의 나날의 무게를
충만한 과실들 속에 넣어 주고
시중들면서 끈기 있게 시험하고 있다,

사람이 스스로 오랜 삶을 거쳐
오직 한 가지 일에 뜻을 두고 성장하고 침묵하면
얼마나 비할 수 없는 큰 수확을
더 높이고 더 바칠 수 있게 되는가를.

23 Albrecht Dürer(1471~1528). 독일의 화가이자 도안가, 판화가, 작가.

공

동그란 것, 두 손에서 온기를 빼앗아
그것을 멋대로, 마치 자기의 것인 양, 날아오르면서
공중에 털어 낸다. 모든 사물들 속에 머무를 수는 없어
사물이 되기에는 너무 가볍고, 사물이라고 하기에는
부족하다,

그러나 외부에 늘어서 있는 모든 사물로부터
갑자기, 보이지 않게 우리들 속으로 흘러 들어오는 일은
없으니
충분히 사물이기도 한 것, 그것이
네 속으로 숨어들었다.[24] 너, 상승과 낙하 사이에서

여전히 머뭇거리는 너. 네가 상승할 때,
마치 함께 데리고 올라왔듯이
이제 너는 그 투척을 은밀히 끌어내 풀어 놓아주고, — 너는
스스로 기울며
짐짓 멈추어 서서는, 놀고 있는 아이들에게

24 1연 3행 〈모든 사물들 속에 머무를 수는 없어〉부터 2연 4행 〈네 속으로 숨어들었다〉까지는 공중으로 던져 올린 공에 묻어 있는 〈열〉, 즉 사람의 체온을 말한다. 〈너〉는 물론 공을 의미한다. 이 시에서는 열뿐 아니라 던져 올리는 행위인 〈투척〉까지도 사물이 되고 있다. 공을 받는 아이들이 주체가 아니라 공이 주체이다. 사물의 극단화를 보여 주는 시이다.

위로부터 갑자기 새 위치를 지시하고
그들을 마치 춤이라도 추는 것 같은 자세를 취하게 한다,

그러고는 모두에게 기대와 소망을 안겨 주면서
빠르게, 멋대로, 아무 기교도 없이, 아주 자연스럽게,
높이 쳐든 잔을 만든 두 손의 잔 속으로 떨어져 내린다.

아이

자기도 모르게 그들은 놀고 있는 아이를 오랫동안 지켜보고
　있다.
이따금 아이의 옆얼굴에서 완전한 존재의 얼굴이
흘러넘치는 시간처럼
맑고 완벽하게 떠오르는 것이 보인다,

충만한 시간이 시작을 알리고 끝을 울리는 소리를 듣는다.
그러나 다른 사람들은 시간의 종소리를 세지 않는다,
고난으로 우울하고 삶에 지친 사람들은
조금도 모른다, 얼마나 아이가 참고 있는지를 —,
지치어 작은 옷을 입은 채
마치 대합실에서처럼 그들 옆에 앉아서
자기의 시간을 기다리고 있는 때에도
얼마나 아이가 모든 것을 참아 내고 있는지 그들은 모른다.

후기 시집

Späte Gedichte
(1906~1926)

〈노래〉

밤마다 내가 울며 누워 있는 것을
차마 말해 줄 수 없는 그대
요람처럼 나를 흔들어 지치게 하는 그대
나로 하여 잠을 이루지 못하여도
나에겐 말해 주지 않는 그대
아, 이 찬란한 슬픔을
달래는 일 없이
우리들 마음속에 지닐까나
....
사랑하는 사람들을 보라
서로가 마음을 주는가 하면
어느새 거기엔 거짓이 싹트나니
....
나를 외롭게 하는 그대, 그대만을 위하여
내 몸을 맡기리
그대의 모습은 잠시 보일 뿐, 어느새 그대는 바람이 되고
때로는 남김없이 향기가 되나니
아, 나의 품속에서 모두들 사라져 갔지만
그대만은, 그대만은 언제나 다시 태어나리

한 번도 붙잡은 일 없기에 내가 온몸으로 안을 그대.

(『말테의 수기』 중에서)

스페인 3부작

I

아, 지금 막 빛나고 있던 별을
거칠게 덮어 버린 이 구름과 — (그리고 나),
이제 잠시 밤과 밤바람을 맞고 있는
저 건너편 산과 — (그리고 나에게서),
찢겨진 구름 사이로 흘러나오는 빛을 받고 있는
계곡의 저 개울과 — (그리고 나에게서),
나와 모든 것에서 오직 하나의 사물을
만들어 주소서, 주여, 나와 그리고
우리 속에 들어 있는 가축의 무리들이
크고, 어둡게, 세계가 사라져 가는 것을
숨 가쁘게 견뎌 내고 있는 그 감정에서 —,
나와 수많은 집들의
어둠 속에 비치고 있는 모든 등불에서, 주여,
하나의 사물을 만들어 주소서, 낯선 사람들과,
나는 아무도 아는 사람 없으니, 주여, 나에게서, 나에게서
〈하나의〉 사물을 만들어 주소서, 잠든 사람과
저 순례자의 침대에서 심하게 기침을 하고 있는
알지 못하는 노인들과, 그렇게
낯선 사람의 가슴에 안겨 고이 잠자는 아이들과

불확실한 많은 것과 그리고 언제나 나에게서,
오직 나와 내가 모르는 것에서
사물을 만들어 주소서, 주여, 주여, 주여, 사물을,
유성처럼 우주적이고 지상적인,
그 무게가 다만 비상(飛翔)의 총화일 뿐,
도착을 위한 무게 이상의 무게를 지니지 않은
그 사물을.

II

왜 사람은 저마다 떠나가 생소한 사물을
떠맡아야 하는가? 마치 짐꾼이
자기와는 아무 상관 없는 것들로 채워지는 장바구니를
가게에마다 옮기고, 그것을 짊어지고 뒤따라가듯이,
그리고 어르신, 무슨 연회가 있으시죠? 라고 물어보지도
못하듯이.
왜 사람은 목자처럼 서 있어야 하는가?
그처럼 넘쳐 나는 영향에 내던져진 채
사건으로 가득한 이 공간에 끼어
풍경 속의 나무에 기대어 서서

아무 행동도 하지 않고 운명을 기다려야 하는가?
그런데도 너무 크게 뜬 그의 눈 속에는
가축의 무리의 조용하고 평온한 모습은 비치지 않고
거기에는 다만 세계가 비치고 있을 뿐이다,
쳐다볼 때도 세계, 굽어볼 때도 세계다. 다른 사람들에겐
기꺼이 소유가 되는 것이 그의 핏속으로 음악처럼
쓸쓸하게 맹목적으로 흘러들어 변용하면서 사라져 간다.

그는 한밤중에 일어선다. 문밖의 새소리가
어느새 그의 존재 속에 들어오고
모든 별들을 얼굴로 받아들이고 있으므로
그는 스스로 생기 있고 무거워진 자신을 느낀다 —.
아, 그도 애인을 위하여 이러한 밤을 준비하고
자신이 느껴 얻은 하늘로 그녀를 기쁘게 해줄 수 있는
　사람은 되지 못한다.

III

또다시 도시의 붐빔과
뒤엉킨 소음의 무리와

차량들의 혼잡이 외로운 나를 에워싸면,
그래도 그 분망한 생활을 넘어
저 하늘을 기억하고, 저 건너에서 집으로 돌아오는
가축의 무리가 밟은 흙내 나는 두메를 생각할 수 있도록
마음이여, 돌처럼 되어라.
햇볕에 그을려 돌아다니고 일정한 거리에 돌을 던져 가며
흩어진 가축을 둘러 모으는
목자의 일과를 가져 보는 것도 좋으리라.
목자는 생각에 잠긴 몸을 하고 힘겨운 듯 느리게 걷지만
서 있을 때의 그의 모습은 멋스럽다. 지금도 그 모습 속으로
신이 스며드는지도 모른다. 허나 그것으로 작아지는 일은
없으리라.
그 하룻날이 가듯 목자는 쉬고 또 걷는다.
구름의 그림자가
그를 대신해 천천히 생각에 잠긴 듯이
그의 속을 뚫고 흐른다.

그가 누구이든 너희들을 위하여 있게 하여라. 바람에
흔들리는 등불을
램프의 갓 속에 넣듯이 나는 나를 그의 속에 세운다.

불빛이 조용해진다. 죽음은
더 순수하게 자기의 길을 찾으리라.

천사에게[25]

늠름하게, 말없이, 경계에 놓여 있는
촛대[26]여, 하늘은 칠흑의 밤,
우리는 당신의 하부 구조의 어두운 망설임 속에서[27]
헛되이 힘을 소진하고 있다.

우리의 운명은 내부의 미궁의 세계에 있어
그 출구를 모르는 것.
당신은 우리의 장벽 위에 나타나
높은 산처럼 비친다.

당신의 환희는 우리들 세계 〈위에〉 드높나니
우리는 그 앙금조차 손에 넣을 길이 없다.
당신은 춘분의 순수한 밤처럼
낮과 낮을 가르고 서 있다.

25 무상한 인간의 존재와 완전한 존재로서의 천사가 대비되고, 그러한 천사를 향한 인간의 비탄이 그려진 시이다.

26 천사에 대한 비유. 천사는 우리들 인간 세계의 끝 혹은 인간의 능력을 넘어서는 경계에 있는 존재이다.

27 천사의 위치에서 볼 때 인간이란 아득히 먼 밑(하부 구조)의 어둠 속에서 갈피를 잡지 못하고 헤매는 존재이다.

남모르게 우리를 흐리게 만드는 그 약제[28]를
누가 당신에게 부어 넣을 수 있으랴?
당신은 모든 위대한 것들의 영광,
그러나 우리는 가장 하찮은 것에 물들어 있다.

우리가 울 때, 우리는 다만 가련한 것일 뿐,
바라본다 하여도, 우리는 그저 눈을 뜨고 있는 것일 뿐,
우리의 미소는 멀리 유혹하지를 못한다.
설혹 유혹한들 누가 따르겠는가?

그 어느 누가. 천사여, 나는 슬퍼하고 있는가? 탄식하고
 있는가?
그러나 그것이 어찌 나의 탄식일 수 있을까?
아, 나는 소리쳐 부른다, 두 나무 막대를 마구 쳐댄다,
허나 들릴 것이라는 생각은 하지 않는다.

내가 여기 〈있을〉 때, 당신이 나를 느끼지 않았다면
나의 외치는 소리인들 당신의 귀에 크게 울리는 일이
 없으리라.

28 인생 자체를 탁하고 불순한 약제에 비유하고 있다.

빛나라, 빛나라! 별들 옆에서
나를 더 분명하게 해다오. 나는 사라져 가는 몸이므로.

나르시스[29]

나르시스가 죽었다. 아름다운 그 모습에서 끊임없이
헬리오트로프 향기처럼 짙은
그의 본질에 가까운 것이 피어올랐다.
그러나 그는 자신의 모습만을 바라보아야 하는 운명,

그는 자신의 몸에서 나와 다시 제 몸으로 들어오는 것을
사랑했다.
더는 열린 바람 속에 섞여 있지 않았다.
황홀에 젖어 여러 모습이 어른거리는 주위를 닫아 버리고
그는 자신을 해체하면서 이미 존재할 수 없었다.

29 그리스 신화에 나오는, 물에 비친 아름다운 자기 모습에 도취하여 수선화가 된 미소년. 릴케는 이 시에서 그 나르시스가 끊임없이 자아를 해체해 나가는 모습을 그리고 있다.

나르시스

그래, 이거다. 이것이 나로부터 벗어나
대기와 들풀의 감정 속에 용해된다,
가볍게 나를 떠나 더는 내 것이 되지 않은 채
아무런 적의와 만나는 일도 없기에 찬란하게 빛난다.

이것이 끊임없이 나로부터 도망을 가는 것이다,
나는 떠나고 싶지 않건만, 기다리고 머물러 있건만.
내 감각의 한계는 모두 서둘러 뛰쳐나가
어느새 그곳 물속에 닿아 있다.

잠 속에서도 마찬가지다. 우리를 넉넉히 묶어 주는 건 없다.
내 속의 연약한 중심이여, 그 과육을 간직하지 못하는
여린 마음이여. 도주여, 아, 내 외부의 모든 자리에서
벗어나는 비상이여.

거기 물속에 나타나 분명히 나를 닮은 것,
눈물 젖은 모습으로 쳐다보며 떨고 있는 것,
아마 그와 똑같은 모습이 한 여인의
내면에 떠오른 것이리라,
허나 그녀의 속으로 들어가 절박하게 애걸해도

손에 잡히질 않는다. 이제는 그것이
차갑게 무심한 물속에 가림 없이 누워 있어
장미꽃 화관 밑의 그 모습을
나는 놀란 눈으로 오래 바라보고 있다.

거기에는 사랑이 없다. 그 물밑에는
무심히 가라앉아 있는 바위뿐
나는 슬픔에 가득 찬 나를 만난다.
이것이 그녀의 눈에 비친 내 모습일까?

이것이 그녀의 꿈속에서 감미로운 공포로까지
자라난 것이었을까? 허나 그녀의 그 공포를 나도 이제는
느낄 수 있겠다.
넋을 잃고 바라보고 있을 때의
그런 나의 모습은 나에게도 치명적으로 보일 것이기
때문이다.

미리부터 잃어진 연인이여

미리부터 잃어진
연인이여, 한 번도 모습을 드러낸 일 없는 사람이여,
나는 알 길이 없다, 어떤 노래가 당신의 마음에 드는지를.
미래의 물결이 몰려와도 나는 거기서
당신을 알아보려 하지 않는다. 나의 내면의
모든 위대한 영상, 먼 나라에서 본 풍경과
도시와 탑과 다리와 예기치 않은
구부러진 길과
옛날 신들이 어울려 살았던
웅대한 나라가
내 속에서 솟아올라 모두 당신을 알려 주고 있다,
사라져 가는 사람아.
아, 당신은 정원,
아, 희망에 넘쳐 바라보던 정원.
산장의
열려 있는 창 —, 생각에 잠긴 당신이
나를 향해 걸어오는 것 같고, 혹은 오솔길을 만나면 —
당신이 막 그 길을 걸어간 듯했다.
그리고 때로 상점들의 거울은
당신 때문에 현기증을 일으키며 갑작스럽게 나타난 내
모습을

비추며 놀라곤 했다. — 누가 알으리,
같은 한 마리 새의 울음소리가 어제 저녁
우리들 저마다의 가슴을 가르며 지나지는 않았을까?

비탄

누구를 향하여 탄식하는가, 마음이여, 찾는 이도 차츰
　줄어들고
너의 길은 이해할 수 없는 사람들 사이를 힘겹게 헤쳐 간다.
그러나 그것도 헛된 일이리라,
너의 길은 방향이,
미래에로,
상실한 미래로 정해져 있으므로.
전에도 탄식했던 적이 있던가? 무엇이었을까? 환희의
나무에서 떨어진 한 알의 열매, 설익은 열매였으리라.
허나 이제는 내 환희의 나무가 꺾이고 있다,
폭풍 속에서 내 느긋하던 환희의 나무가 쓰러지고 있다.
나의 보이지 않는 풍경 속에서
가장 아름다운 나무,
보이지 않는 천사에게 나를 알려 주던 그 나무가.

거의 모든 사물들이

거의 모든 사물들이 느껴 보라고 손짓을 한다,
모든 변화마다 〈기억하라〉 소곤거린다.
우리들이 낯설게 지나쳐 버린 하루가
언젠가는 우리들을 위한 선물이 된다.

우리들의 수확을 헤아리는 자 누구인가? 우리들을
옛날의 흘러간 세월에서 갈라놓을 수 있는 자 누구인가?
우리가 이 세상에 태어나면서부터 안 것은,
오직 하나가 다른 것 속에서 자신을 확인한다는 일 아닌가?

아무것도 아닌 것이 우리들 속에서 따스해진다는 일
　아닌가?
오, 집이여, 목장의 언덕이여, 저녁노을이여,
불현듯 너희들은 거의 하나의 얼굴이 되어
우리들 곁으로 다가와 서로 얼싸안는다.

모든 존재를 꿰뚫어 〈하나의〉 공간이 펼쳐져 있다,
〈세계 내면 공간〉[30]이. 우리들 속을 가로질러

30 이승과 저승, 삶과 죽음이 하나가 되는 통일의 세계이자 전체의 세계. 그것은 또 깊은 존재의 세계나 열린 세계 혹은 심혼의 세계라는 의미로도 사용되고 있다.

새들이 조용히 날고 있다. 아, 내가 성장하려고
밖을 내다보면, 어느새 나의 〈속에는〉 한 그루 나무가
솟는다.

내가 근심을 하면, 내 속에는 집이 서고,
내가 경계를 하면, 내 속에 가축의 무리가 생겨난다.[31]
내가 애인이 되면, 아름다운 여인의 모습이
나에게 다가와 마음껏 소리 내 운다.

31 우리가 살고 있는 집이 〈근심〉의 상징으로, 초원의 불안한 가축이 〈경계심〉을 상징하는 이미지로 나타나 있다.

마음의 산정에 버려져

마음의 산정에 버려져. 보라, 저기 얼마나 초라한가,
저 언어의 마지막 마을, 거기 조금 더 높은 곳,
그것 역시 보잘것없는
감정의 마지막 농원. 그것이 잘 보이는가,
마음의 산정에 버려져. 손 아래는
돌밭. 여기에는 분명히
피는 꽃 몇 송이 있다, 무언의 절벽에서
한 그루 무의식의 화초[32]가 노래 부르며 피어난다.
그러나 아는 자는? 아, 알기 시작한 자는
이제 말이 없다, 마음의 산정에 버려져.
거기에는 분명 확고한 의식을 지닌
많은 동물이, 늠름한 산짐승들이
이리저리 서성거리며 배회하리라.
그리고 근심 없는 큰 새[33]가
순수 거부의 봉우리[34]를 맴돌고 있으리라 —
그러나 버려진 몸은, 여기 마음의 산정에……

32 미지의 새로운 예술.
33 완벽한 존재인 천사.
34 천사 같은 존재만이 획득할 수 있는 경지.

사랑의 시작

아, 미소, 첫 미소, 우리들의 미소.
보리수 향기를 맡아 보고, 공원의 고요에 귀 기울이고 —
그러다 얼핏 서로의 속을 들여다보고 놀라 웃음 짓고,
참으로 모든 것이 우리를 하나이게 했다.

그 미소에는 추억이 담겨 있다.
건너편 풀밭에서 놀던 그 토끼 한 마리,
우리 미소의 순수함 같았다. 잠시 후
호수를 소리 없는 두 저녁으로 가르며 미끄러지는
백조의 모습을 바라보았다 — 우리의 미소에는
어느새 숙연함이 스며들고 — 그리고
맑고 자유롭고
이미 다가오는 밤을 알리는
하늘로 솟은 나무우듬지의 둘레는
우리들 얼굴의 황홀한 미래를 향한 미소에
한계를 그리고 있었다.

죽음

거기 죽음이 서 있다. 받침도 없이 잔 속에 들어 있는
푸르스름한 탕약.[35]
잔은 어울리지 않게도
묘하게 한 손등 위에 놓여 있다.
유약을 바른 곡선 부분에는 먼지가 묻어 있어
손잡이가 떨어진 흔적이 완연하고, 잔 허리에는
희미한 필체로 〈희망〉이라 쓰여 있다.

먼 옛날 아침 식사 때 이 탕약을 마신
사나이가 그 글자를 읽었으리라.
끝내 독약으로 놀라게 하여 쫓아내야만 하는 인간이란
도대체 어떤 존재들일까?

아니면 그들은 그대로 여전히 현세에 남아 있다는 것인가?
　그들은 이승에서
장애물로 가득 찬 그 음식[36]에 그렇게도 탐닉하는 것일까?
그들에게서 이 각박한 현세를
의치를 뽑아내듯이 끄집어내야 한다.
그러면 그들은 더듬거리리라, 알아들을 수 없는 말을

35 죽음의 상징.
36 현세의 생활 혹은 인생.

중얼중얼..................

언젠가 어느 다리 위에서 바라보던 —
별의 낙하여,
너를 잊지 않고, 서 있으리라![37]

37 릴케가 언젠가 스페인의 톨레도 다리 위에서 바라보았던 유성의 추억이 이 시구를 낳았다고 한다. 유성 같은 찬란한 죽음의 모습이 추한 인간들의 그것과 대비되고 있다.

음악에게

음악, 조상(彫像)들의 숨결. 어쩌면
그림 속에 깃든 정적. 언어가 끝나는 곳의 언어
시작되는 언어. 우리들의
사라져 가는 마음의 방향 위에 수직으로 서 있는
너, 시간.

누구를 향해 움직이는 감정인가? 오, 너는
무엇으로 이어지는 감정의 변화인가 — 귀에 들리는
　풍경으로인가.
음악, 낯선 자여, 감당할 수 없이 자라난
마음의 공간. 우리들의 가장 깊은 곳의 것이면서
우리들을 넘어 멀리 퍼져 가는 것, —
신성한 이별.
이제 우리들의 내면이 우리를 에워싸고 있다.
빼어난 원경처럼, 공기의
다른 쪽처럼
맑게,
거대하게,
우리들이 더는 거기 살 수 없는 자리.

눈물 단지

다른 단지라면 술을 넣으리라, 기름을 넣으리라,
모양새가 분명한 텅 비고 둥근 단지 그 안에.
그러나 작고 화사하기만 한 나는
마땅한 쓸모없어 쏟아져 내리는 눈물을 받는 단지.

술이면 단지 안에서 더 익으리라, 기름이면 더 맑아지리라.
그러나 눈물은 무엇이 되나? — 눈물은 나를 무겁게 하고,

눈멀게 하고, 굽은 배 언저리를 비치고는
마침내 나를 깨어 텅 비게 했네.

에로스

마스크를 다오, 마스크를! 에로스의 눈을 멀게 하라.
마치 하지처럼 에로스가
봄의 서곡을 끊어 버릴 때에
누가 그 빛나는 얼굴을 견뎌 낼 수 있겠는가.

모르는 사이에 우리의 한담은
심각한 것으로 변하고…… 무언가 외치는 소리……
에로스는 신전의 내부 같은
이름할 수 없는 전율을 우리들 위에 내던진다.

아, 무너지는 우리들, 일순에 무너진 우리들!
우리들 안의 신들이 서둘러 포옹을 한다.
삶은 변하고, 운명이 태어난다.
우리들 내면에서 샘이 운다.

이른 봄

혹독한 겨울이 자취를 감추었다. 어느덧 알알이 드러난
목장의
회색빛 언저리에 온화한 기운이 감돌고,
실개천들이 곡조를 바꾸고 있다.
이름할 수 없는 정겨움이

하늘에서 살며시 대지를 향해 손을 뻗는다.
길마다 멀리 이어 가며 농토를 가리켜 보인다.
순간 너는 앙상한 나무에서
솟아오르려는 표정을 만난다.

무상

시간의 모래바람. 행복하게 축복받은 건물마저도
끊임없이 조용히 소멸해 간다.
언제나 바람에 흔들리는 삶. 어느덧 받쳐 줄 지붕도 없이
지주들만이 우뚝 서 있다.

그러나 몰락, 그것은 더 슬픈 것일까, 희미한 빛을 뿌리며
수면으로 되 떨어져 내리는 분수의 낙하보다도?
우리는 무상의 이빨에 물려 있는 것, 그리하여 조용히
　지켜보고 있는
그 얼굴 속으로 자취 없이 녹아드는 것이리라.

새들이 가로질러 나는

새들이 가로질러 나는 공간은
너를 위하여 형상을 드높여 주는 그 친밀한 공간이 아니다.
(저 문밖에서는, 너는 너 자신에게조차 거부당하고 사라져
더는 다시 돌아오지 않는다.)

우리의 내부로부터 펼쳐지는 공간만이 우리를 위해 사물의
말을 옮겨 준다.
그러므로 너를 위해 한 그루 나무를 존재하게 하려면
나무 주위에 네 속에 있는 공간으로부터 내면 공간을
던져 주어야 한다. 자제하는 마음으로 나무를 감싸야 한다.
나무는 스스로를 한정하지 않기 때문이다. 너의 체념[38]
속으로 들어와 형상이 될 때
비로소 나무는 진실한 나무가 된다.

38 심혼의 공간, 세계 내면 공간의 다른 표현. 깨달음에 이른 마음의 상태.

사랑하는 사람들의 얼굴 속에

사랑하는 사람의 얼굴 속에 세계는 있었다 —,
그러나 홀연 세계는 흘러나와
이제는 밖이 되고 손에 잡히지 않는다.

왜 그것을 들어 올렸을 때에 마셔 버리지 않았던가.
넘치는 연인의 얼굴에서
세계를, 내 입 가까이 향기 풍기던 그 세계를?

아, 마셨었지. 지칠 줄 모르고 마셨었지.
그러나 내 속에 너무 많은 세계가 들어 있어
마시면서 나 스스로 넘쳐흐르고 만 것이었어.

중력

중심, 모든 것으로부터
자신을 끌어들이고, 날아가는 것에서까지 자신을
다시 찾는, 중심, 너, 가장 강력한 것.

서 있는 자. 음료가 갈증을 뚫고 떨어져 내려가듯
중력은 그의 속을 거꾸로 떨어뜨린다.

그러나 잠자고 있는 자에게서는
하늘을 덮은 구름에서처럼,
중력의 넉넉한 비로 내린다.

〈거울〉에 비친 모습, 3편

I

오, 수줍은 거울 속 모습의 아름다운 빛남이여!
다른 어디에서도 존속할 수 없는 것이기에 더 빛난다.
그것은 여인들 자신의 갈증을 달래 주는 것,
참으로 여인의 세계는 거울의 벽에 둘러싸여 있는 것 같다.

우리들 본질의 비밀스런 배설 속에 떨어지듯
우리들은 거울의 빛 속으로 떨어져 가는데
여인들은 거기서 자신의 본질을 찾고, 그것을 읽는다.
여인들은 이중으로 존재할 때 온전한 것이 된다.

오, 연인이여, 걸어오라, 맑은 거울 앞으로,
그러면 너는 존재하리라. 너와 너 사이에 긴장이 열리고,
그 속의 말로 할 수 없는 것을 가늠할
척도가 새로이 생겨나리라.

거울 속의 모습만큼 고양될 때 너는 얼마나 화려한가.
너를 위한 너의 긍정이 네 머리칼과 네 볼을 시인하고,
그렇게 스스로를 받아들이는 기쁨에 넘쳐
너의 눈은 취하고, 비교하면서 어두워진다.

II

몇 번이고 거울에서 꺼내
너는 너에게 새로운 자신을 덧붙인다,
마치 꽃병 속에서처럼 네 속에서
너의 모습을 정리하면서 그것을 〈너〉라고 부른다.

이 화려하게 꽃피운 너의 거울 속 모습들,
너는 잠시 가볍게 이 모습에 신경을 기울이지만
이내 그 행복에 압도되면서
그것을 다시 네 몸이라 생각한다.

III

아, 그녀와 그리고 소중한 작은 상자 속의
보석처럼, 온화하게 놓여,
그녀 속에서 계속 존재하는 그 거울 속의 모습에 —
사랑하는 남자는 기대 있다, 그녀와

그녀 내부의 이 보석을 번갈아 느끼면서 ……

자기 속에 자신의 모습을 간직하지 못하고 있는 그 남자,
그의 깊은 내면에는
의식된 세계와 고독이 넘쳐흐른다.

눈물

눈물, 내 속에서 터져 나오는 눈물.
죽음이여, 검은 손이여, 마음의
길잡이여, 눈물이 흘러나오도록
몸을 좀 더 기울이게 해다오. 나는 말을 하고 싶다.

검은, 거대한 마음의 지킴이여,
설혹 내가 말을 한다 하여
침묵이 깨진다고 생각할 것인가?
아, 요람처럼 흔들어 잠재워 다오, 죽음이여.

강렬한 별이여

강렬한 별이여, 여느 별이 의지하는
밤의 도움을 필요로 하지 않는 별이여,
다른 별들이 빛나기 위해서는 먼저 밤의 어둠이 내려야
　하지만
완전한 그 별은 가라앉는다,

천천히 열린 밤 속으로
별들이 운행을 시작할 때에.
사랑에 젖은 여승들의 큰 별이여,[39]
스스로의 감정에 불타올라

마지막까지, 밝게 타며 꺼지는 일 없이
태양이 저 간 곳으로 가라앉는 별이여,
그 순수한 몰락으로
수없는 상승을 초월하면서.

39 오직 자기 자신들의 사랑의 열정 속에서 순수하게 살아간 숭고한 구도자를 말한다.

네가 스스로 던진 것을[40]

네가 스스로 던진 것을 잡는 동안은
모든 것은 재간이고 용서할 수 있는 획득이다 —
한 영원한 상대인 여인이
정확하게 능숙한 곡선을 그리며,
신의 위대한 가교와도 같은 곡선을 그리며
너의 중심을 향해 던지는 공을
문득 네가 잡을 때
그때 비로소 잡는다는 것이 하나의 능력이 되는 거다 —
너의 것이 아니라 하나의 세계의. 그리고 네가 그 공을
되돌려 던질 힘과 용기를 가질 때,
아니 이상하게도 용기와 힘마저 잊고
이미 내던지고 있을 때…… (마치 세월이 새들을 내던지고
지나간 여름이 새 여름을 향해
바다 저 너머로 철새 떼를 던져 버리듯이)
이미 네가 되돌려 던지고 있을 때 — 처음으로
너는 그 과감한 행위로 하여 좋은 놀이 친구가 된다.
그때 던지는 일은 너에게 더 이상 쉬운 일도 아니거니와

40 남녀 간의 사랑의 행위를 두 사람이 서로 던지는 공에 비유하고 있는 시이다. 사랑은 받는 것이 아니라 주는 것이라는 시인의 생각이 담겨 있다. 그것은 세월이 철새를 바다 너머로 던지듯이, 그리고 유성이 넓은 하늘로 날아가듯이 순수해야 한다.

어려운 일도 아니다. 너의 두 손에서
유성이 나타나 그 넓은 공간으로
힘차게 날아가리라……

언제 한 사람이

언제 한 사람이 오늘 아침처럼
눈을 떴을까?
꽃만이 아니라, 실개천만이 아니라
지붕도 기뻐하고 있다.

그 낡은 지붕 가장자리마저도
하늘의 빛을 밝게 받으며
느낀다, 대지가 있고
대답이 있고 세상이 있음을.

모든 것이 숨 쉬며 감사하고 있다.
오, 밤이 주는 수없는 번뇌여,
어이 그리 흔적 없이 사라지는가.

빛의 무리로부터 나온
밤의 어둠,
그것은 순수한 자기모순.

진혼가

Requiem
(1908)

어느 여자 친구[41]를 위하여

1908년 10월 31일, 11월 1일, 2일 파리에서 쓰다

나에게는 죽은 자들이 있다. 나는 그들이 가는 것을 내버려
　두었고
그들이 그처럼 태연하게, 그처럼 빨리
죽음 속에 자리를 잡고 그렇게 잘 적응하여
세상의 소문과는 다르게 지내는 것에 놀라곤 했다. 다만
　그대만이,
그대만이 되돌아오고 있는 것이다. 그대는 나를 가볍게
　스치고, 주변을 서성이고
무언가에 부딪쳐서 소리를 내고
자신의 위치가 밝혀지기를 원하고 있다.
오, 내가 서서히 배워 익히고 있는 것을
나로부터 빼앗아 가지 말아 다오. 내 생각이 옳다,
그대가 흥분하여 무언가 어떤 사물에 향수를 갖는다면
그건 잘못된 일이다. 우리는 이 세상의 사물을 변용시킨다,

41 화가 파울라 모더존 베커Paula Modersohn-Becker을 말한다. 릴케는 화가들의 마을 보르프스베데에서 생활하는 동안 파울라를 알게 된다. 그곳 화가들 가운데서 가장 재능 있는 화가로 평가되던 그녀는 파리에서 지내는 시절 폴 세잔Paul Cézanne 등 후기 인상파의 영향을 많이 받았다. 릴케는 파리에서도 파울라와 친밀하게 교류했으나 1907년 그녀는 산후열로 사망했다. 시인이 알고 있는 많은 사자들 가운데서 〈다만 그대만이, 그대만이 돌아오고 있다〉라는 시구는 파울라에 대한 릴케의 절실한 그리움을 감지하게 한다. 이 시에서는 한 예술가의 정진과, 성숙의 과정에서 만나는 일상생활과의 모순이 그려지고 있다.

그것은 여기에는 없다. 우리가 사물을 인식하는 순간
우리의 존재로부터 그것을 비추고 있는 데 지나지 않는다.
나는 그대가 훨씬 앞으로 가 있으리라고 생각했다.
어느 여자보다도 많은 것을 변용시켰던 그대가 길을 잃고
돌아온 것에 나는 당혹감을 느낀다.
그대가 죽었을 때 우리가 놀랐던 것은, 아니, 그대의 강력한
죽음이
〈그때까지〉와 〈그 이후〉를 갈라놓으면서
우리를 어둡게 끊어 버린 것,
그것은 우리들의 문제이다, 그것을 정리하는 것이
다른 모든 것과 함께 우리가 해야 할 일이리라.
그러나 그대 자신이 놀랐고, 더욱이
이미 놀란다는 것이 아무 의미가 없는 지금도 놀라고
있다는 것,
그대가 그대의 영원의 한 조각을 잃어버리고
이 방으로 들어온 것, 친구여, 이곳,
모든 것이 아직 존재하지 않는 이곳[42]에
들어온 것, 그대가 방심하여,

42 존재하지 않는 곳. 우리가 살고 있는 지상의 세계는 사라짐의 영역이다. 참된 존재는 삶과 죽음이 하나인 통일의 세계에서만 가능하고, 그곳에서 새로운 삶의 순환은 이루어진다.

삼라만상 속에서 처음 겪는 그러한 방심으로 흐릿한
상태에서
무한한 자연의 상승을,
이 세상에서 사물을 이해했듯이 이해하지 못하는 것,
그대를 이미 받아들인 새로운 삶의 순환 속에서
어떤 불안의 소리 없는 중력이
이미 셈이 끝나 버린 시간 속으로 그대를 끌어내린 것 —,
이러한 것들이 마치 몰래 침입해 들어온 도둑처럼 밤마다
나를 깨어나게 한다.
혹은 이렇게 말을 해도 좋을까, 그대가 안전하고
완전히 그대 자신 속에 있으므로 다만 관대한 마음과
넘쳐흐르기에 그러는 것이라고,
그리고 누군가에게 위해를 당할지도 모르는 장소에서 겁
없이
어린애처럼 돌아다니고 있는 것이라고 —,
허나 그렇지가 않다. 그대는 탄원하고 있다.
이것이 내 뼛속에 사무치고 톱날처럼 나를 가른다.
그대가 유령으로 나타나 비난을 퍼부어도,
한밤에 내가 폐나 창자나
심장의 마지막 초라한 심실로 움츠러들 때
나를 비난한다 하여도 —

그러한 비난도 그대의 이 탄원만큼은
무섭지 않으리라. 그대는 무엇을 탄원하고 있는가?
　　　　말을 해다오, 나에게 여행이라도 떠나라는 것인가?
　그대가 어디엔가
하나의 사물을 놓아두고 와서 그것이 괴로워하며
그대를 뒤쫓기라도 하는 것인가?
그대가 본 적이 없는 나라, 그러면서도 그대의 감각의 다른
　반쪽처럼
혈연을 맺고 있는 그 나라로 내가 떠나야 한다는 말인가?
　　　　나는 그 나라의 냇물들을 타고 올라가리라,
육지에 올라가 그 나라의 오래된 습관을 물어보리라,
문가에 서 있는 아낙네들과 말을 나누고
여자들이 아이를 불러들이는 모습을 바라보리라,
그리고 여자들이 목장이나 뜰에서
예로부터 전해 오는 노동을 하는 동안
어떻게 주변의 풍경과 어울리는가를 살피리라.
나는 그들의 왕 앞으로 인도하게 하고,
사제들을 매수해
가장 장엄한 신의 입상 앞에 엎드려
모든 사람을 내보낸 다음 사원의 문을 닫게 하리라.
그리고 많은 것을 알게 되면

지순한 마음으로 짐승들을 바라보리라,
짐승들의 몸 움직임에서 무언가 나의 사지 속으로 흘러
들어오기를 기대해 보기도 하고,
잠시 나를 잡고 있다 조용히
아무 판결도 내리지 않은 채 천천히 풀어 주는
그 눈빛 속에 머무르리라.
정원사들에게 많은 꽃 이름을 물어보고
그 아름다운 이름의 파편 속에
수많은 나머지 향기를 담아 오리라,
그리고 과실도 사리라, 그 속에 그 나라가 다시 한 번
푸른 하늘에 이르기까지 비치는 그 과실을.
그 무르익은 과실, 바로 그것을 그대는 이해하고
있었기 때문이다.
그 과실을 그대는 접시에 담아 앞에 놓고
그 무게를 색채와 균형을 이루게 했다.[43]
그대는 여자들이나 아이들도
과실처럼 보고 그들이 내부로부터
그 존재의 형상으로 밀려드는 것을 바라보았다.
그리고 마지막에는 자기 자신조차도 한 과실처럼 보고는

43 사물의 무게와 색채가 완벽하게 조화를 이룬 정물화를 예술적 변용의 본보기로 삼고 있다.

자신을 그대의 옷 속에서 꺼내어
거울 앞으로 들고 가, 눈만 밖에 남겨 두고,
그 속으로 자기 자신을 밀어 넣었다. 그대의 큰 눈은 그것을
보며
이것이 나다, 라고 말하질 않았다,
아니, 이것은 존재한다고 말을 했다.
이처럼 그대의 눈은 아무 호기심도 없이
아무것도 소유하지 않은 채 참된 가난에 넘쳐
자신을 욕심내는 일조차 없이 성스러운 것이 되어 있었다.
나는 다만 그런 그대를 갖고 싶다, 모든 것을 떠나
깊이 거울 속에 갇혀 있는 그대를.[44]
그런데 왜 그대는 달라진 모습으로 다가오는 것인가?
왜 자기를 부정하려고 하는가?
그대의 목에 두르고 있는 호박 알에는
역시 얼마간의 무게[45]가, 저 조용한 형상의 저승에서는
결코 볼 수 없는, 그런 무게가 있었다는 것을
왜 나에게 말해 주려는 것인가? 왜 그대는
그러한 몸가짐으로 나에게 불길한 예감을 안기는가?

44 순수하고 소박한 예술가의 정체성을 말한다.
45 소유에 가치를 두지 않는 저승의 세계에서 볼 때 호박 같은 장식물이란 한갓 버거운 짐에 지나지 않는다.

무엇이 그대에게 그대의 육신의 윤곽을
손금처럼 해석하게 하는가,
그리하여 내가 그것을 운명 없이는 볼 수 없게 하는 것인가?
여기 촛불 밑으로 오라, 죽은 자를 본다는 것이
두렵지 않다. 그들이 나타난다면
그들에게도 다른 사물과 마찬가지로
우리 앞에 머무를 권리가 있다.
이쪽으로 오라, 우리 잠시 말없이 지켜보자.
여기 내 책상 위에 놓여 있는 장미를 보라,
그것을 둘러싸고 있는 불빛은 그대 위에 내리는 빛처럼
수줍어하고 있지 않는가? 이 장미도 여기 있어서는 안 될 것
같다.
나와 어울리지 말고 저 바깥 정원에
머물러 있거나 거기서 시들어 갔어야 할 일이다 —
장미는 이제 여기 살아 있지만 그것에게 내 의식 같은 것이
무엇이랴?

놀라지 말라, 내가 이제 이해한다고 하여도. 아,
내 속에 솟아오르는 것이 있다, 나는 어쩔 도리가 없다.
그 때문에 죽는 일이 있다 하더라도 나는 이해해야만 한다,
그대가 여기 있는 것을. 나는 이해한다,

장님이 주변의 사물을 이해하듯이
그렇게 나도 그대의 운명을 느끼지만, 그것을 뭐라
　이름할지를 모르고 있다.
누군가가 그대를 거울에서 꺼낸 것을
우리 함께 슬퍼해야 한다. 그대는 아직 울 수 있을까?
그럴 수가 없다. 눈물이 넘쳐 오르는 힘을
그대는 성숙한 응시로 변화시켰기 때문이다,
그대 내부의 모든 생명의 액을,
균형을 이루며 솟구쳐 올라 순환하는
하나의 강력한 존재 속으로 사정없이 흘러들게 했기
　때문이다.
그러나 그때 한 우연이, 마지막 우연이
그대가 가장 멀리 전진한 그 지점으로부터
그대를 생명의 액이 〈욕구하는〉 세계로 다시 끌어들인
　것이었다.
물론 단숨에 그대를 끌어낸 것은 아니다, 처음에는 한
　줌이었지만, 나날이
이 파편의 주변에 현실이 증대하여 무거워졌고,
그대는 또 그대 자신의 전부가 필요하게 되었다.
그곳을 떠난 그대는 법칙의 세계에서
자신을 파편으로 만들어 어렵게 빠져나왔다.

그대는 그대 자신이 필요했기 때문이다.
그렇게 그대는 자신을 들고 나와, 그대의 마음의
어둡고 따스한 토양에서 아직 푸른 씨앗을,
그대의 죽음이 싹터 나올 그 씨앗을 파냈다, 그대의 죽음,
그대의 고유한 삶에 어울리는 그대의 고유한 죽음을.
그대는 그 씨앗을, 그대의 죽음의 날알을 먹었다,
다른 사람들처럼 그 낟알을 먹고
예기치 못한 그 감미로운 뒷맛을
입안에 담은 채 달콤한 입술을 하고 있었다,
이미 내면의 감성이 감미롭게 익어 있던 그대는.

오, 우리 함께 슬퍼하자, 그대가 불러냈기에
그대의 피는 비할 데 없는 그 순환의 세계에서
머뭇거리며 마지못해 돌아온 것이 아닌가?
얼마나 당황스레 그대의 피는
육신의 작은 순환 속으로 다시 한 번 들어갔을 것인가,
얼마나
불신과 놀라움에 가득 차 태반 속으로 들어갔고
그 멀고 먼 역류에 얼마나 지쳤겠는가.
그대는 그것을 몰고, 밀어내고 하면서
마치 가축의 무리를 제물로 끌고 가듯이
화덕 앞으로 끌고 갔다,

더구나 그대는 그대의 피가 기뻐하기를 원하면서
마침내 강요하기까지 했다. 기꺼이 스스로를 내바친 그대의 피.
다른 세계의 척도에 익숙해 있던 그대에게
그것은 한순간 같았으나
이미 그대는 시간 속에 들어와 있었다. 시간은 길다.
시간은 흘러가고, 시간은 늘어난다. 시간은
오랜 병의 반복과도 같다.
그대가 앉아서 수없는 미래의 많은 힘을
그대의 운명이었던
새 태아 속으로 말없이
부어 넣던 그 시간과 비교할 때
그대의 삶은 얼마나 짧은 것이었던가.
그 태아는 또다른 운명이었다.
아, 고달픈 노동이여,
온 힘을 다해도 버거운 노동이여.
그대는 날마다 해냈다. 그 일 앞으로 몸을 끌고 가
아름다운 씨줄을 베틀에서 뽑아내
모든 실을 전과는 다른 목적을 위하여 사용했다.
그래도 그대에게는 마지막 축제를 맞이할 힘이 남아 있었다.

그 일이 끝나면 그대는 병에 잘 듣는
달콤하고 씁쓸한 물약을 먹은 아이처럼
보상을 받게 되길 원하고 있었기 때문이다.
실제로 그대는 그렇게 스스로 보상을 받았다.
지금도 그대는 어느 누구보다도 먼 존재이기 때문이다.
어떤 보상이 그대를 즐겁게 해줄 것인가,
아무도 그것은 생각하지 못했으리라.
허나 그대만은 알고 있었다. 산욕에서 일어나 앉은 그대
앞에는
거울이 놓여 있고, 그것이 그대에게
모든 것을 되돌려 주고 있었다. 이제 그 모든 것이
〈그대〉였고,
그것은 완전히 〈거울 앞에〉 있었다. 그리고 거울 속에는
환영만이,
기뻐하며 몸에 장식품을 달아 보고,
머리를 빗고 하며 변장하는
모든 여자들의 아름다운 그 환영만이 비치고 있었다.
그렇게 그대는 죽었다. 옛날의 여인들이 죽어 갔듯이,
따스한 집 안에서 고풍스러운 죽음을,
산부들의 죽음을 죽어 갔다.
함께 낳은 그 어둠이 다시 한 번 돌아와

몸속으로 밀고 들어오기에
몸을 닫으려고 해도 닫을 수 없는 저 임산부들의 죽음을.

그럼에도 사람들은 울어 주는 여자들[46]을
불러 모았어야 하지 않았을까? 돈 때문에 우는 여자들,
돈을 주면 조용한 밤 밤새도록 우는 여자들을.
옛 관습이여 돌아오라! 우리에게는
너무 관습이 부족하다. 모든 것이 사라지고 잘못 전해지고
있다.
그러기에 그대는, 죽어 있는 채, 다시 돌아와,
나와 함께 여기서 슬픔을 되찾아야 하는 것이다, 내 울음이
들리는가?
나의 목소리를 삼베 천처럼
그대 죽음의 파편 위에 던지고 싶다,
갈기갈기 찢어질 때 그걸 당기고 싶다,
그러나 내가 하는 말은 모두, 그것이 언제까지나 비탄에
젖어 있다면,
그 목소리 속에서 누더기처럼
얼어붙고 말리라. 그래도 나는 고발한다,
그대를 그대의 속으로부터 끌어낸 한 남자를 고발하는 것이

46 고대 로마에서는 장례식 때 돈을 주고 울어 주는 여인을 고용했다.

아니다,
(나는 그를 찾아낼 수가 없다, 다른 모든 사람과 꼭
같으므로),
그렇다, 내가 고발하는 것은 그 남자 속에 들어 있는 모든
사람, 그 사나이이다.
나의 깊은 속 어디에선가 내가 아직 모르는 유년의
날이,
아마도 내 유년의 가장 순수했던 아이의 모습이
솟아 나온다 하여도 그것을 알고 싶지는 않다.
나는 아이로부터 천사를 만들어 그것을 보지 않고 그대로
신을 알리며 외치는 천사들의
맨 앞줄을 향해 내던지리라.
이 고통은 너무도 오래 계속되어 오고
누구도 이겨 낼 수 없기 때문이다. 이 잘못된 사랑의 뒤엉킨
고통,
그것은 우리에게 너무 어렵다.
세월의 굴레와 관습에 기대
스스로 권리를 자처하고 부당함 속에서 번성하는 그 사랑의
고통은.
도대체 소유할 권리를 가진 사나이가 어디 있는가?
손으로 잡아 둘 수 없는 것을 누가 소유할 수 있는가?

아이가 던지는 공처럼 때에 따라
행복하게 받아졌다가는 다시 내던져지는 그것을.
그 신성의 신비스러운 가벼움이
홀연 밝은 바닷바람 속으로 날아오르게 하는
승리의 여신 니케를 사령관도 뱃머리에 잡아 묶어 놓을 수
없듯이
우리들 누구도 여자를 불러 세울 수는 없는 법이다.
여자는 이미 우리에게 눈길도 주지 않은 채
자기 삶의 좁은 길을
기적을 헤치고 가듯이 걸어가는 법이다,
사나이의 직업과 쾌락이 죄가 아니라면, 아무런 불행 없이.
만약 무언가 죄가 되는 일이 있다면, 자기의 내부에
간직하고 있는
모든 자유를 바쳐서 사랑하는 사람의 자유를 넓혀 주지
않는 것,
〈그것〉이야말로 죄가 되는 것이다.
우리가 서로 사랑하고 있을 때 해야 할 것은 오직 이것,
서로 자유롭게 놔주는 일뿐이다. 우리가 서로 잡고 놓지
않는다는 것은
쉬운 일이고 새삼스레 배워야 할 것도 아니기 때문이다.

그대는 아직 거기 있는가? 어느 모퉁이에 숨어 있는가?

—

그대는 이러한 모든 일을 많이 알았고
여러 가지 일을 할 수도 있었다, 그때 그대는
날이 새듯이 모든 것에 자신을 열고 그곳으로 떠나갔다.
여인들은 괴로워한다, 사랑한다는 것은 홀로 있다는 것.
예술가는 때로 작업을 하면서
사랑할 때에는 그것을 변용하여야 한다는 것을 예감한다.
그 두 가지 일을 그대는 시작하고 있었다, 그 두 가지 일을
지금은 명성이 왜곡하여 그대로부터 빼앗아 버린 것이다.[47]
아, 그대는 어떠한 명성과도 거리가 멀었다.
그대는 남모르게 그대의 아름다움을 조용히 자신 속에
　숨기고 있었다,
사람들이 일하는 날 아침이 흐리면
깃발을 거두어들이듯이.
그대가 원하는 것은 오직 긴 작업뿐이었다, —
그 일은, 그럼에도 그 일은 끝내지를 못했다.
　　그대가 아직 거기 있다면, 천장이 높은 방의 흐름
　속에서

47 어떤 명성에도 관심 없이 다만 변용을 지향하던 순수 예술 행위가 왜곡되고 그 참뜻이 가려져 있다는 의미.

한밤중에 외로이 어느 목소리가 불러일으키는
나직한 음파에 그대의 영혼이
민감하게 공명하는 어느 장소가
이 어둠 속에 있다면
부디 들어 다오, 도와 달라고 하는 내 말을. 보라, 우리는
언제인지도 모르면서 우리들의 진보에서 뒤처져
예기치 않은 것 속으로 미끄러져 떨어지고 있다,
그 속에서 꿈에 잠긴 듯 사로잡혀
눈뜨는 일도 없이 죽어 간다.
누구 하나 더 앞으로 나아가는 자는 없다, 누구나
오래 계속되는 작업 속에 피를 위로 들어 올린 자에게는
그것을 더 이상 높이 받쳐 들고 있을 수가 없게 되고
피가 그 중력에 의해 덧없이 흘러 떨어지는 일이 생기기
마련이다.
인간의 생활과 위대한 작업 사이에는
예부터 내려오는 적의가 어딘가에 숨어 도사리고 있기
때문이다.
내가 그 적의를 통찰하고 말할 수 있도록 나를 도와 다오.
돌아와서는 안 된다. 견뎌 낼 수 있으면
죽은 자들과 함께 죽어 있어 다오. 죽은 자에게는 할 일이
많다.

그러나 그대의 마음이 산란해지지 않을만큼만 나에게 힘을
다오,
가끔은 가장 멀리 있는 것이 나를 도와주듯, 나의 속에서.

볼프 그라프 폰 칼크로이트[48]를 위하여

1908년 11월 4일, 5일. 파리에서 쓰다

나는 정말 그대를 본 적이 없었을까? 내 가슴은
사람들이 밀어내는 어려운 일을 착수하는 것처럼
그대 때문에 너무나 무겁다. 내가 그대 말을 시작할 수
  있을까!
사자인 그대, 스스로 정열적으로
죽어 간 그대여. 죽는다는 것이
그대의 생각처럼 그렇게 홀가분한 일이었던가, 아니면
이미 살아 있지 않다는 것은 죽어 있다는 것에서 또 먼
  것이었던가?
소유라는 것에 아무런 가치도 두지 않는 그곳에서
더 잘 소유할 수 있으리라는 그대의 생각은 잘못된 일이다.
이승에서 언제나 그림처럼 닫혀 있던 그 풍경의 내부로
그곳에서는 들어갈 수 있을 것이고
그 안으로부터 연인들에 끼어들어
모든 것을 강하고 경쾌하게 뚫고 갈 수 있으리라 그대는
  생각을 했다.
오, 그대는 어린애 같은 잘못으로
언제까지나 망상을 품고 있어서는 안 된다.
그리고 슬픔의 흐름에 녹아들어

48 볼프 그라프 폰 칼크로이트는 보들레르, 베를렌 등의 시를 번역하고 소개한 시인으로 릴케가 직접 만난 일은 없다.

황홀에 잠겨 반쯤 무의식 속에서
먼 별들의 주변을 떠돌면서
그 기쁨을 찾아야 한다. 그대가 이 지상의 세계에서
꿈의 죽음 속으로 옮겨 놓은 그 기쁨을.
사랑하는 벗이여, 이승에선 그 기쁨과 얼마나 가까웠던가.
그대가 희구하던 그 기쁨, 그대의 강한 그리움의 그 진지한
　기쁨은
이승에서 어떻게 자리하고 있었을까.
그대가 행복과 불행에 환멸을 느끼며
스스로를 찾아 자신의 내부를 파헤치고
하나의 통찰력으로
그대의 어두운 발견물의 무게에
거의 무너져 가면서 어렵게 헤쳐 나왔을 때
그대는 그 기쁨을, 그대가 알지 못하는 기쁨을 등에
　짊어지고 있었다.
그대는 그 기쁨을, 그대의 작은 구세주인 그 기쁨의 짐을
그대의 피의 흐름을 가로질러 저편 기슭으로 건넨 것이다.

　왜 그대는 그 무게를 완전히 견뎌 낼 수 없을 때까지
기다리지 않았던가. 그때 그것은 일변하여
비할 수 없이 무거워지는 법이다. 그때 그것은 비로소

진정한 무게가 되기 때문이다.[49]
아마 그 순간은 그대 가장 가까이에 와 있었으리라,
그 순간은 그대의 문 앞에서
머리의 화환을 손질하고 있었을지도 모른다,
그때 그대가 문을 닫아 버린 것이었다.
오, 그 소리, 어디선가 성급한 날카로운 샛바람이
열려 있는 문을 사정없이 닫아 버릴 때
그 소리가 얼마나 우주를 뚫어 헤치며 울릴 것인가.
그 순간 땅속의 건강한 씨앗에
한 줄기 금이 가지 않았다고 누구 단언할 수 있겠는가,
그 충격이 뇌수에 섬광을 던질 때
길들여진 짐승들 속에
탐욕의 살의가 불타오르지 않는다고 누가 알 것인가.
우리들의 행위 속에서 가까운 끝자락으로
훌쩍 뛰어넘어 옮아가는 영향을 누가 알며
모든 것이 이끌어 가는 그 향방을 누가 다 따라갈 수
있는가?
그대가 파괴했다는 것, 그 말을 사람들이

49 진정한 무게라 함은 〈사랑과 의미와 고난을 지녔던 삶〉, 즉 완숙한 삶을 말한다. 삶의 짐을 도중에 내려놓지 않고 끝까지 짊어지고 있는 자만이 화환을 들고 있는 아름다운 죽음을 만날 수 있다.

미래의 마지막 날까지 해야만 하다니!
한 위인이 나타나 우리들이
사물의 얼굴이라고 생각하는 그 의미를
마치 가면처럼 벗겨 버리고, 오래전부터
말없이 숨겨진 구멍으로 우리를 살펴보고 있는
눈들이 달린 얼굴들을 사정없이 드러나게 한다 하여도
그대가 파괴했다는 것, 그것은 얼굴이다,
이미 변할 수 없는 사실인 것이다. 돌들이 거기 흩어져
있었다,
그리고 그것을 둘러싼 대기에는 억제할 수 없는
건축물의 율동이 감돌고 있었다.
그 주변을 거니는 그대는 하나의 돌이 다른 돌을 가리고
있는
그 질서를 모르고 있었다. 그것을 들어 올리려는
확실한 자신도 서지 않은 채 그대가 지나는 길에 그저
들어 보려고 시도했을 때 돌들이 저마다
뿌리를 내리고 있다는 생각이 들었다. 그러나 그대는
그것들을 모두 들어 올려
갈라진 돌 틈 사이로 다시 던져 넣으려 했지만
그대의 심정에 의해 부풀어 오른 돌들은
그 구멍에 다시는 들어맞지 않았다. 만약 한 여인이 있어

그 가벼운 손을 지금 막 시작되는, 아직은 부드럽던 이
분노의 발단 위에 얹어 놓았다면,
만약 한 사람이, 가장 성실한 마음의 작업에 열중하는
사람이
결연한 행동[50]을 하기 위하여 말없이 외출한
그대를 조용히 만났다면 — 그렇다, 사나이들이 망치를
휘두르고,
하루의 날이 거기서 소박하게 실현되는
활기찬 작업장 근처를 그대가 지나가게 되었다면,
혹은 그대의 충만한 눈빛 속에
애쓰는 딱정벌레의 모습이 뛰어 들어갈 만한
넓은 공간[51]이 있었다면
그대는 홀연 밝은 통찰력으로
그 문자를 읽을 수 있었으리라,
그대가 어린 시절부터 천천히 마음속에 새기고
때로는 거기서 한 문장이 생겨나지 않을까 시험해 보던
그 기호가 만들어 낸 문자를. 아, 그러나 그 문장은 그대에게
무의미하게 생각되었다.
나는 알고 있다, 그대가 그 앞에 누워서,

50 자살을 감행하려는 행위.
51 냉철하게 사물을 바라볼 수 있는 눈과 마음의 여유.

마치 사람들이 묘비명을 손으로 더듬어 보듯,
그 오목하게 패인 문자를 손으로 읽었을 것을 나는 알고
있다.
그대는 밝게 불타는 것은 무엇이든
빛으로 삼아 그 문자 앞으로 가져다 대보았지만
그대가 그 의미를 터득하기 전에 불꽃은 꺼졌다,
아마도 그대의 숨결 때문에, 아마도 그대의 손이 떨렸기에,
아니면
완전히 절로 꺼졌는지도 모른다, 불꽃이 가끔은 그렇게
꺼지듯이.
그리하여 그대는 끝내 그 문자를 읽지 못했다. 그러나 우리
또한
마음의 고통을 통하여 멀리서 그것을 읽을 용기를 내지
못하고 있다.

우리는 다만 시를 보고 있을 뿐이다, 지금도 여전히
그대의 감정의 비탈을 흘러 내려와
그대가 선택한 말을 옮겨 주는 시를.
아니, 그대가 그 말을 모두 선택한 것은
아니었다, 가끔 하나의 발단이
전체로서 부과되고 그것을 그대는 한 과제처럼

따라 말하고 있었다. 그리고 그 시의 실마리가 그대에게는
슬프게 생각되었다.
아, 그대는 그걸 결코 자신의 입에서 듣질 말았어야 했다!
그대의 천사는 지금도 노래하면서 같은 말을
다르게 강조하고 있다, 나는
천사의 그런 노랫소리를 들으며 환호한다,
그대를 위해 환호한다. 모든 사랑하는 것들이
다시금 그대로부터 떨어져 나간 것,
그대가 보는 사람이 됨에 따라 체념을 알게 되고
죽음 속에서 그대의 진보를 찾게 된 것, 이것은 그대가 얻은
것이었기 때문이다.
그대, 예술가여, 가식 없는 이 세 개의 주형(鑄型),
이것이야 말로 그대의 것이었다. 보라, 여기 제1의 주형에서
부어 낸 것이 있다, 그대의 감정을 에워싸고 있는 공간이다.
거기에 나는 제2의 주형에서 그대를 위하여 응시를,
아무것도 욕구하지 않는, 위대한 예술가의 응시를 부어
내리라.
그리고 떨고 있는 지금(地金)의 최초의 유출이
뜨거운 심장으로부터 흘러 들어가기도 전에
그대가 너무 성급하게 깨뜨려 버린
그 제3의 주형에는 잘 만들어진 죽음이

오목한 모양을 갖추고 있었다, 우리를 그처럼 필요로 하는
그 고유한 죽음이. 그 죽음을 우리는 살고 있기 때문이다,
이 지상에서 보다 우리가 그것과 더 가까울 수 있는 곳은
어디에도 없기 때문이다.
이 모든 것이 그대의 재산이고 우정이었다,
그대도 때로 그렇게 생각을 했으리라. 그러나
그대는 이 주형의 속이 비어 있는 것에 놀랐고,
그 속에 손을 넣어 보고 공허만이 잡히는 걸 슬퍼한 게다.
오, 말을 해야 할 때
비탄을 하는, 시인들의 오래된 저주여!
그들은 조형하는 일을 하지 않고
언제나 자신들의 감정을 진술하면서
항상 그들 내부의 슬픔이나 기쁨이라면
자신들이 잘 알고 있기에 그것을 시 속에서
한탄하거나 찬미할 수 있는 것이라고 생각한다. 병자처럼
어디가 아픈지를 말하기 위하여
비통에 찬 언어를 사용한다.
대성당을 짓는 석공이 고통을 꾹 참고 끈기 있게
스스로 무관심한 돌로 변해 가듯이
자기 자신을 엄격하게 언어로 변용하지를 못하고 있는
것이다.

이것만이 빠져나올 길이었다. 〈단 한 번만이라도〉
알았어야 했건만! 어떻게 운명이 시 속으로 들어가
다시 돌아 나오지 않는가, 어떻게 운명이 시 속에서 형상이
되고
형상 외에 아무것도 아니라는 것, 그대가 이따금 쳐다볼 때
액자 속에서 그대를 닮은 것 같기도 하고
닮지 않은 것 같기도 한 조상과 같을 뿐이라는 것을
그대는 참고 견뎌 냈어야 했다.

그러나 있지도 않은 일을
생각한다는 것은 쓸모없는 짓이다. 또한
이 비유 속엔 그대에게 어울리지 않는 비난 같은 것도 있다.
실제로 일어나는 일은 우리의 생각을 넘어서기에
결코 우리가 따라잡을 수도 없고
그것이 사실 어떤 모습을 하고 있었는지 알 수도 없다.
사자들이, 끝까지 견뎌 낸 다른 사자들이
그대를 가볍게 스친다 해도 부끄러워해서는 아니 된다.
(하지만 끝이라는 것이 무엇일까?) 조용히 습관처럼
그들과 눈빛을 나누도록 하여라.
우리의 슬픔이 그대의 기이한 짐이 되어
사자들의 눈에 띄더라도 염려할 것 없다.

일어난 일들이 아직 눈에 보이던 시대의
위대한 말들은 이미 우리 것이 아니다.
누가 승리를 말할 수 있는가? 극복만이 전부인 것을.[52]

52 이 끝 부분에서 우리는 예술가에 있어서의 작품의 완성과 죽음의 일치를 신념으로 생각하는 릴케를 확인할 수 있다.

마리아의 생애[53]

Das Marien-Leben

〈비탄을 가슴에 안고……〉

53 『마리아의 생애』는 릴케가 1912년 두이노 성에서 『두이노의 비가』의 첫 부분들을 쓰기 시작했을 때 곁들여 쓰여진 작품이다. 이 작품들은 후에 시인이 짓쪼 백작 부인이나 퐁스 교수에게 보낸 편지(1924.10.21) 등에서 밝히고 있듯이 완전히 독창적인 것은 아니다. 주로 치치안의 그림 등이 모델이 되고 있고, 외적 동기에 의해 쓰게 된 것이라 고백하고 있다. 헌사에서도 볼 수 있듯이 화가 하인리히 포겔러Heinrich Vogeler(1872~1942)의 여러 차례에 걸친 권유가 크게 작용하고 있음을 알 수 있다. 그 표현 기법은 대체로 언어의 조형화를 표방하고 있는 『신 시집』의 그것을 따르고 있다.

하인리히 포겔러에게

이 시를 위하여
옛날의 그리고 새로운 동기를
준 것에 감사하며

1912년 1월 두이노 성

마리아의 탄생

터져 나오는 울음과도 같은 기쁨의 노래를 참기 위하여
천사들은 얼마나 애를 써야 했을까.
천사들은 알고 있었다. 그날 밤 태어나는 것은
그 아이의 어머니라는 것을. 머지않아 찾아올 단 하나뿐인
아이의.

날개를 흔들면서 천사들은 말없이
요아힘의 농가가 홀로 떨어져 있는 쪽을 가리켜 보였다.
아, 천사들은 마음속에, 공간 속에, 순수한 응집을 느끼고
있었다.
그러나 어느 누구도 감히 그에게 내려갈 수는 없었다.

그 부부는 이미 급히 서두르며 제정신이 아니었다.
이웃 여인이 와서 아는 체했지만 그녀도 어쩌지를 못했다.
늙은 요아힘은 조심스레 밖으로 나가 검정 암소의 울음을
멈추게 했다. 이제껏 그렇게 울어 댄 적이 없었기 때문이다.

신전에서 봉헌한 마리아

그때의 마리아의 모습을 알기 위해서는
먼저 너 스스로를 그러한 자리에 세워 보아야 한다.
그곳은 너의 내부에 돌기둥들이 줄지어 서 있는 곳,
네가 계단들을 감지할 수 있는 곳, 위험이 가득한 홍예교가
너의 내부에 남아 있는 공간의 심연 위에
걸쳐져 있는 곳, 그렇게 돌로 쌓은 것이기에
네가 거기서 하나라도 뽑아내면
너 전체가 무너지고 말리라.
다시 더 나아가 네 마음속의 모든 것이 돌이 되고
벽이 되고 계단이 되고 홍예의 천장이 될 때
네 앞에 드리워진 큰 장막을
두 손으로 조금만 끌어당겨 보거라.
장엄한 내부에서 쏟아져 나오는 빛이
너의 숨과 촉각을 압도하리라.
위로, 아래로 궁전들이 첩첩이 서 있고
난간은 난간으로부터 더 넓게 흘러나오며
그 끝의 상부는 아득히 높은 곳에 이어져 있어
그것을 쳐다보는 너는 현기증을 느끼리라.
수없는 향로에서 뿜어내는 연기가
주변을 흐리게 하고 있지만 가장 멀리 있는 것조차도
너의 가슴속으로 빛살을 던져 주리라 —,

그리고 이제 밝은 불꽃 접시에서 흘러나오는 빛이
천천히 다가오는 사제들의 옷을 비치게 될 때
너는 그 장엄함을 과연 견뎌 낼 수 있겠는가?

그러나 마리아는 다가와
눈을 들어 이 모든 것을 바라보았다.
(여자들 사이에 섞여 있는 어린아이, 한 동녀인 그녀.)
그러고는 자부심에 가득 찬 표정을 하고 조용히
어지러우리만큼 호화로운 신전을 향해 올라갔다.
그처럼 인간의 손으로 만들어진 모든 것은 그녀의 가슴속에
찾아드는 찬미와

내면의 징표에 몸 바치려는
소망으로 압도되고 있었다.
부모는 그녀를 성역으로 인도한 것이라 생각을 했고
보석으로 가슴을 장식한 위엄 있는 승려도
그녀를 맞아들이는 것 같았다, 그러나 동녀는 모든 사람을
헤치고,
모든 사람의 손을 벗어나 어린 몸으로
자신의 운명 속으로 들어갔다. 그것은 회당보다 높게
이미 완성되어 있었다, 신전보다도 더 무겁게.

마리아에의 수태 고지

천사가 찾아온 것, (그것이)
마리아를 놀라게 한 것은 아니었다.
한 줄기 햇살 혹은 밤의 달빛이
소리 없이 방으로 스며든다 하여
놀라 뛰어 일어나는 사람은 없듯이,
그녀도 변장한 천사의 모습에
지나치게 마음을 쓰는 일은 없었다.
천사에게는 그러한 방문이 힘든 일이라는 것도
그녀는 거의 모르고 있었다.
(아, 그처럼 그녀는 순결했다.
언젠가 숲 속에 누워
얼핏 그녀에게 눈이 끌린 암사슴도
깊이 그녀에게 마음을 빼앗기고,
그리하여
짝지은 일도 없이 그 몸속에

일각수,[54] 그 빛의 동물, 그 순수한 동물을 생겨나게 한 것은
아닐까 —.)
천사가 찾아 들어온 것, 그것이 그녀를 놀라게 한 것은

54 일각수는 실제로는 존재하지 않는 동물이다. 릴케는 그것을 가장 순결한 전설적인 꿈의 동물로 동경하고 있다. (『신 시집』 중 「일각수」 참조)

아니다,

아니, 그가, 그 천사가 젊은이의 얼굴을
그녀에게 가까이 숙이고, 그의 눈빛과
쳐다보는 그녀의 눈빛이 격렬하게 마주치어,
외부의 모든 것이 순간 공허로 변하고,
수백만의 사람이 보고, 찾아 헤매고, 얻은 것 그 모두가
그들 내부로 응집된 듯이, 오직 그와 그녀 두 사람뿐이었다.
보는 것, 보이는 것, 보는 눈, 보이는 모습,
이것이 온 세상에서 다만 이 자리에만 있었다 —.
정녕, 그녀를 놀라게 한 것은 이것이다.
두 사람은 함께 놀랐다.

천사는 노래를 불렀다.

마리아의 방문

산길을 걸어가는 것이 처음에는 쉬웠지만
언덕을 오름에 따라 마리아는 가끔
몸이 이상함을 느꼈다 —,
얼마 후 그녀는 숨을 내쉬면서 유다의 산언덕에
섰다. 그녀의 주위에 펼쳐져 있는 것은
그 나라의 땅이 아니라 그녀 자신의 충일이었다.
발을 옮기면서 그녀는 생각했다, 지금 느끼는 이 위대함은
결코 누구도 넘어설 수 없으리라는 것을.

미지의 힘에 이끌려 그녀는 먼저 배가 불러 있는
다른 이의 몸[55]에 손을 얹었다.
두 여인은 비칠거리는 몸을 껴안고
옷과 머리카락을 서로 어루만졌다.

성령을 가득히 입고
서로 감싸 주는 혈연의 여인들.
아, 그녀의 몸속의 구세주는 아직 꽃이었으나
숙모 태중의 세례자는
기쁨에 넘쳐 이미 뛰놀고 있었다.

55 마리아가 방문한 친척 엘리자벳, 즉 세례자 요한의 어머니를 말한다. (「루가의 복음서」 1장 39~45절 참조)

요셉의 의심

천사는 분노의 주먹을 쥐고 있는 사나이에게
달래면서 말을 했다[56]
그대는 그녀의 옷 주름에마다 배어 있는
신의 새벽 같은 청량함을 보지 못하는가.

그러나 사나이는 어두운 표정으로 천사를 바라보며
무엇이 그녀를 저토록 변하게 했는가, 중얼거렸다.
하지만 천사는 외쳤다. 목공아,
그대는 아직도 모르는가, 신이 행하는 일이라는 것을?

그대가 자부심을 갖고 판자를 만들어 낸다고 하여
그대는 그 나무에 겸소한 마음으로
잎을 돋게 하고 봉우리를 움트게 하는 〈그분〉을
진실로 책망하려는 것인가?

사나이는 깨달았다. 깜짝 놀라
눈을 들어 천사를 바라보았지만

56 〈다윗의 자손 요셉아, 두려워하지 말고 마리아를 아내로 맞아들여라. 그의 태중에 있는 아기는 성령으로 말미암은 것이다. 마리아가 아들을 낳을 터이니 그 이름을 예수라 하여라. 예수는 자기 백성을 죄에서 구원할 것이다.〉(「마태오의 복음서」 1장 20~21절)

그 모습은 사라지고 없었다. 그는 천천히
두꺼운 모자를 벗었다, 그리고 찬미의 노래를 불렀다.

목자에의 고지

눈을 들어라, 그대들, 모닥불가에 앉아 있는 그대들,
무한한 하늘을 알고 있는 자,
점성가들이여, 이리 오너라! 보아라,
나는 새롭게 떠오르는 별이다.
내 몸은 남김없이 불타 빛난다. 나는 거대한
빛으로 넘쳐 있어 저 깊은 창공도
나에겐 넉넉하지 않다. 내 광휘를
그대들 안에 받아들여라, 오, 그 어두운 눈빛, 어두운
　마음속에,
그대들을 가득히 채우고 있는 그 칠흑 같은 운명 속에.
목자들이여, 나는
그대들의 내면에 홀로 있는 자.
홀연 내 주위에는 넓은 공간이 열린다.
거대한 빵나무가 던지는 그늘에
놀라지 마라, 그렇다, 내 빛이 낳은 그늘이다.
그대들 겁 없는 자여, 오, 알아야 한다,
어떻게 그대들의 응시하는 얼굴에
미래의 시간이 비치는가를. 그 강력한 빛 속에서
많은 일이 일어나리라. 과묵한 그대들이기에
내가 밝혀 주는 일이다. 이 땅의 모든 것도
정직한 그대들에게 말한다. 햇빛도 말하고 비도 말한다,

줄지어 날아가는 새들, 바람, 그리고 그대들 스스로의 몸,
어느 것 하나 서로 넘어서는 일이 없고
헛되이 탐내지도 않는다.
그대들 또한 그러한 것들을 좁은 가슴에 가두고
괴롭히려 하진 않으리라.
그 기쁨이 천사의 몸에 속속들이 배어 흐르듯이
대지의 힘은 그대들의 속을 뚫고 지난다.
그리하여 가시나무 덤불이 갑자기 불타오른다 해도
그 속에서 영원한 자의 부르는 소리가 들려오고
위엄 있는 천사들이 양 떼 옆을 지나는 일이 있어도
그대들은 놀라지 않으리라.
얼굴을 땅에 묻고 그대들은
기도를 올리고 이것을 대지라 부르리라.

그러나 이것은 지난날에 있었던 일. 지금은 새로운 것이
일어나
온 세상이 더 넓게 맺어진다.
가시나무 덤불이 무엇이랴.[57] 신이 스스로

57 옛날 모세에게는 불타는 떨기를 통해 신의 계시가 내려졌지만 이제는 신이 몸소 강림하고 있다는 것을 강조하는 부분이다. (「출애굽기」 3장 참조)

동녀의 몸속에 자리 잡고 있다. 나는 그녀의
깊은 마음속의 빛, 그대들을 인도하리라.

그리스도의 탄생

당신의 순결이 아니었다면 지금 밤을 밝게 빛내는 일이
어찌 당신의 몸에서 일어날 수 있었겠습니까?
만백성을 노여워하던 신이
온화한 마음으로 당신의 몸을 빌려 세상에 강림하십니다.

이보다 더 위대한 분을 생각하셨습니까?

위대하다는 것이 무엇일까요? 그분이 걸어 지나는 동안
그분의 운명은 세상의 모든 척도를 가로질러 갑니다.
별에게조차 이러한 궤도는 없습니다.
참으로 그 왕들[58]은 위대합니다,

그들은 당신의 무릎 앞으로 경건히 나르고 있습니다,

가장 귀하다고 생각하는 보물을.
당신도 그 선물에 놀라실 것입니다 —
그러나 보세요, 당신의 포대기에 싸여 있는 그분이
얼마나 이 모든 것을 이미 압도하고 있는지를.

먼 바다 건너에서 가져온 모든 용연향,

58 동방 박사 세 사람을 말한다.(「마태오의 복음서」 2장 1~12절 참조)

황금 장식과 오관에 스며들어
생각을 흐리게 만드는 물약,
이 모든 것은 곧 사라져 없어지는 것들,
끝내는 사람들을 후회하게 만들었습니다.

그러나 (당신은 알게 됩니다) 그분은 세상의 기쁨이라는
것을.

이집트 망명 중의 휴식

영아 살해[59]가 벌어지고 있는 가운데
숨 가쁘게 도망쳐 나온 그들은
방랑길에서
어느새 위대해지고 있었다.

두려워 뒤돌아보는 눈에는
여전히 공포의 빛이 감돌고
회색빛 버새를 타고 가는 그들은
모든 마을을 위험으로 몰아넣고 있었다.

넓은 땅에 작디작은 것, 거의 무(無)와도 같은 존재인
그들이 장엄한 사원에 가까이 다가갔을 때
모든 우상들은 배반을 당한 듯
그 의미를 완전히 상실했다.

59 헤로데는 아기 예수를 죽이기 위해서 두 살 이하의 아이에 대한 학살을 자행한다. 마리아 일가는 이것을 피해 이집트로 망명한다.(「마태오의 복음서」 2장 16~18절 참조)

그들이 걸어가는 발길에
모든 것이 절망하여 분노라도 한 것일까?
그들 자신도 스스로의 위력에 불안을 느꼈지만
아기만은 이름할 수 없는 평온에 잠겨 있었다.

그러던 중에도 그들 역시 잠시 쉬어 가기 위해
걸음을 멈추었다. 그런데, 보라, —
조용히 가지를 드리우고 있던 나무가
마치 시종처럼 그들에게 다가왔다.

나무는 고개 숙여 절했다. 그 우거진 수관으로
죽은 파라오들의 이마를
영원토록 보호하고 있는 그 나무가 인사를 했다.
그 나무는 새 왕관이 피어나는 것을 느낀 것이다.
그들은 꿈을 꾸듯 앉아서 쉬었다.

가나의 혼례

마리아는 자랑을 하지 않고 있을 수가 있었을까,
더없이 소박한 그녀를 아름답게 해준 그를.
위대한 것에 친숙한 그 화려한 밤조차도
그가 모습을 드러냈을 때 기쁨에 넋을 잃었지 않았던가?

그가 한때 길을 잃은 아이였던 일조차도
다시없는 그의 영광으로 돌아오지 않았던가?
가장 현명한 사람들도 입을 다물고
귀 기울이지 않았던가? 그리고 그 집은

그의 목소리로 새 생기를 얻은 것 같지 않았던가?
아, 마리아는 몇백 번이고
그를 향한 기쁨이 넘쳐흐르는 것을
스스로 억눌러야 했다. 다만 놀란 심정으로 그의 뒤를 따를
 뿐이었다.

그러나 그 결혼식 잔치가 한창인데
뜻밖에도 포도주가 떨어졌을 때 —
마리아는 그를 바라보며 어떤 표시를 해주길 부탁했지만
그가 거절하는 것이 이해되지 않았다.

그러나 잠시 후 그는 일을 해냈다.[60] 나중에 가서야 어머니는
　알았다,
자기가 아들을 그 길로 떠밀었다는 것을.
이제 그는 참으로 기적을 행하는 몸이 되었고
그의 모든 희생의 길은 정해졌기 때문이다,

막을 수 없이. 그렇다, 그것은 이미 기록되어 있는 일이었다.
하지만 그때 이미 그 준비는 돼 있었을까?
그녀, 마리아가 그것을 불러들인 것이었다,
허영심에 눈이 멀어서.

과일과 채소로 넘치는 잔칫상에
마리아는 함께 기뻐했다, 그리고 조금도 모르고 있었다,
그녀의 눈물샘의 그 많은 눈물이
그 포도주와 더불어 피가 되고 있었음을.

60 〈예수께서 《이제는 퍼서 잔치 맡은 이에게 갖다 주어라》 하셨다. 하인들이 이에게 갖다 주었더니 물은 어느새 포도주로 변해 있었다.〉(「요한의 복음서」 2장 7~9절) 〈해마다 과월절이 되면 예수의 부모는 명절을 지내러 예루살렘으로 가곤 하였는데 예수가 열두 살이 되던 해에도 예년과 마찬가지로 예루살렘으로 올라갔다.〉(「루가의 복음서」 2장 41~52절)

수난이 있기 전에

오, 이러기를 원했었다면
너는 여자의 몸을 아프게 하면서 태어나는 것이 아니었다.
구세주라면 견고한 데서 견고한 것을 깨내는
산에서 파냈어야 했다.

너의 사랑하는 계곡을 그렇게 황패하게 만들어 놓고
스스로 아픔을 느끼지 않았던가? 보아라, 이 나약한 몸을,
내가 지닌 것은 젖과 눈물의 개울뿐,
허나 너는 언제나 수없는 사람들 속에 묻혀 있었다.

너는 그처럼 많은 값으로 나에게 약속된 몸이다.
왜 너는 바로 거칠게 나를 떠나 버리지 않았던가?
호랑이에게 찢겨야만 하는 몸이라면
어이하여 나를 여자의 집에서 자라게 하였는가,

작은 바느질 자국마저도 네 몸을 아프게 하지 않도록
부드럽고 깨끗한 옷을 너를 위해 만들게 하였는가 —
내 생애는 그것이 전부였다,
그러나 이제 너는 갑자기 자연의 질서를 바꾸어 놓고 있다.

피에타

이제 내 불행은 이루어지고, 말할 수 없이
나를 가득 채운다. 돌 속이 굳듯
나는 굳어진다.
그렇게 굳어져, 내가 아는 것은 하나뿐.
너는 큰 것이 되었다 —
……큰 것이 되었다,
너무나 큰 고통으로
내 마음의 모든 절도를
무너지게 하리만큼.
이제 너는 내 무릎에 가로누워 있다,
이제 나는 너를
더는 낳을 수가 없다.

부활한 예수와 위로받은 마리아

그때 그들이[61] 느낀 것은 진실로
어떤 신비보다도 감미롭고
그러면서도 역시 지상의 것이 아니었던가.
그는 묘지에서의 창백함을 가벼이 지닌 채
편안한 몸가짐으로 그녀에게 다가갔다,
온몸에 부활의 빛을 지니고.
오, 맨 먼저 그녀에게로. 그때 그들은
말할 수 없이 쾌유되어 있었다.
그렇다, 완전히 치유된 그들. 서로 손을
힘주어 만져 볼 필요도 없었다.
그는 잠시
이제 곧 영원 속으로 들어갈 손을
여인의 어깨 위에 올려놓았다.
그리고 그들은
봄날의 나무들처럼 조용히,
그러나 무한한 힘으로

61 부활한 예수에 대해서는 「마태오의 복음서」 28장 1절 이하, 「마르코의 복음서」 16장 1~8절, 「루가의 복음서」 24장 1~12절, 「요한의 복음서」 20장 1~10절 등에 기록되어 있다. 그러나 그 어느 곳에서도 성모 마리아와 예수의 만남이 언급되어 있지는 않다. 이 시에서의 마리아는 오히려 막달라의 마리아를 연상하게 한다.

지극히 행복한 교감의
그 계절을 열었다.

마리아의 죽음

세 편

I

예전에 수태를 고지한
그 천사가 다시 찾아와
마리아가 알아보기를 기다리고 서 있다가
입을 열었다, 이제는 그대가 드러나야 할 때라고.
그때와 마찬가지로 그녀는 놀라서
스스로 하녀의 몸이 되어 깊이 그를 맞아들였다.
그는 빛을 뿌리면서 끝없이 가까이 다가와서는
그녀의 얼굴 속으로 스미는 듯이 사라졌다 — 그리고
먼 나라에 가 있는 포교자들을
산언덕의 집으로, 성찬의 집으로
불러 모았다. 그들은 힘겨운 모습으로 돌아와
불안스레 안으로 들어갔다. 거기에는
좁은 침상 위에 몰락과
신의 선택으로 오묘하게 싸여 있는 그녀가
순결한 처녀처럼, 상처 하나 없이 누워
천사의 노래에 귀 기울이고 있었다.
잠시 후 사람들이 촛불 뒤에서
기다리고 있는 것을 본 그녀는
놀란 목소리로 가로막는 사람들을 뿌리치고 몸을 일으켜

자기가 가지고 있는 한 벌의 옷을 정성스레 선사했다,
그리고 얼굴을 들어 이 사람 저 사람을 바라보았다……
(오 이름할 수 없는 눈물의 개울의 원천이여).

그러나 그녀는 연약한 몸으로 누워
하늘나라를 예루살렘으로
가까이 끌어 내렸으므로 그녀의 영혼은
육신을 벗어나 조금만 가면 되었다,
그녀의 모든 것을 알고 있는 그가 서둘러
그녀를 품어 안았다, 그녀의 신성한 자연 속으로.

II

누가 생각했겠는가, 마리아가 승천하기까지는
그 넓은 하늘에 부족함이 있었다는 것을?
부활한 주는 자리를 잡고 있었다,
그러나 그의 옆에는 스물네 해 동안
빈자리가 있었다. 하늘에 있는 자들은
그 순수한 빈 곳에 익숙해 있었고
그것은 마치 아문 상처 같기도 했다, 그의 아름다운 빛으로 아들이 그 자리를 가득 채우고 있었기 때문이다.

그리하여 천국에 들어선 그녀도,
그처럼 그리움에 차 있으면서도, 그에게 다가가질 못했다.
거기에는 자리가 없었다, 오직 〈그〉만이 앉아서 빛을 뿌리고 있고,
그 빛이 그녀를 아프게 했다.
그러나 이제 그녀가 눈물겨운 모습으로
새로 승천한 자들에게 끼어들어
아무도 모르게 조용히 담담하게 자리 잡고 섰을 때
그녀의 존재로부터 숨겨진 광채가 쏟아져 나와
그 빛살에 눈이 부신 천사가 큰 소리로 외쳤다, 그 여자는 누군가?
놀라움이 퍼졌다. 뒤이어 모두는
아버지이신 하나님이 우리의 주님을 말리고 있는 모습을 보았다.
그러자 온화한 어스름에 싸여
그 빈자리가 조그만 아픔처럼
드러났다, 그것은 고독의 흔적,
그것은 주가 아직도 견뎌 내고 있던 것,
지상의 삶의 한 잔여물, 피 마른 상처 같은 것이었다 —.

모두가 그녀를 바라보았다, 그녀는 불안한 빛으로,
깊이 몸을 숙였다, 〈내〉가 바로 그의 오랜 아픔이라고
생각한 듯이 — 그러고는 갑자기 앞으로 쓰러졌다.
그러자 천사들이 그녀를 안아
부축해 주며 축복의 노래를 불렀다,
그리고 그 빈자리를 향해 마지막 길을 인도했다.

III

그러나 때늦게 찾아온 사도 토마[62] 앞에
미리부터 그것을 알고 있던
천사가 다가와
무덤가에서 그에게 명했다.

그 돌을 치워라, 네 마음을 감동하게 만든
그 여인이 어디 있는지 알고 싶거든.
보라, 그 여인은 라벤더 향이 담긴 베개처럼
잠시 거기 누워 있었다,

62 예수의 부활을 믿지 않았던 토마를 말한다.(「요한의 복음서」 20장 24~29절 참조)

앞으로 이 대지가 좋은 천처럼 주름진 곳에서마다
그녀의 향기를 풍기게 하기 위해서이다.
모든 사자와(너는 느끼는가) 병자들이
그 좋은 냄새로 아픔을 잃게 되리라.

이 아마포를 보아라. 이처럼 눈부시고 곱게
표백할 손이 어디 있겠느냐?
그 순결한 시신에서 나오는 빛은
햇빛보다도 이 아마포를 더 맑게 해주고 있다.

얼마나 평온하게 여인이 벗어났는지 놀랍지 않느냐?
아직도 거기 있는 듯 조금도 헝클어진 흔적이 없다.
그러나 저 위의 하늘은 진동했다,
사도야, 무릎을 꿇어라, 떠나는 나를 바라보면서 노래하라.

오르페우스에게
바치는 소네트
Die Sonette an Orpheus

베라 우카마 크노오프[63]를 위한 묘비명으로 쓰다.

63 Wera Ouckama Knoop(1900~1919). 19세에 요절한 무희. 릴케는 이 작품에서 벨라의 죽음을 오르페우스의 연인 에우리디케의 죽음으로 상정하고 있다.

1922년 2월 뮈조 성에서

제1부

I

솟아오르는 한 그루 나무. 오, 순수한 승화!
오, 오르페우스가 노래한다! 오, 귓속에 솟은 높은 나무.[64]
모든 것은 침묵했다, 허나 그 침묵 가운데서도
새로운 시작과 손짓과 변화가 일고 있었다.

정적의 짐승들이 맑게 헤쳐진
숲 속의 굴과 보금자리에서 몰려나왔다.
그들이 그처럼 속으로 조용한 것은 분명
속임수도 아니고 두려움 때문도 아니었다.

다만 듣기 위해서였다. 포효도 노호도 울부짖음도
그들의 마음속에서는 작아 보였다. 그리고 이제
그 노랫소리 받아들일 오두막도 없고

기둥이 흔들리는 문이 달린

64 오르페우스의 노래에 감동한 나무, 청각의 세계로 변용된 나무를 표현한 것이다. 자연은 원래 무디지만 오르페우스의 노래 앞에서만은 깊이 감동하고 노래와 하나가 된다.(『오르페우스에게 바치는 소네트』 제2부 XXVIII 참조)

가장 어두운 욕망의 은신처도 없는 자리,
그곳에 당신은 그들을 위하여 청각 속의 신전을 세웠다.

II

참으로 소녀와도 같은 것,[65] 그것은
노래와 현금이 어우러진 그 행복에서 소생하여
봄의 베일 너머로 맑게 빛나고
내 귓속에 잠자리를 정했다.

그리고 내 안에서 잠들었다. 모든 것은 그녀의 잠이었다.
내가 찬탄하던 나무들이며, 그
감지되는 먼 곳, 발밑에 느껴지는 초원,
그리고 내 자신과 관련된 놀라움도 모두.

소녀는 세계를 잠재우고 있었다. 노래하는 신이여, 어떻게
　당신이

65 여기서의 소녀는 어떤 특정 인물을 말하는 것이 아니다. 오르페우스의 노래로부터 태어나는 순수, 혹은 나의 속에 일어나는 감동이라 할 수 있다. 릴케에게 소녀는 시 자체와도 같은 존재다.

완성해 놓았기에 소녀는 눈뜨는 일마저도
욕망하지 않는가? 보라, 태어나면서 이미 잠든 그 소녀를.

소녀의 죽음은 어디에 있는가? 오, 당신은 당신의 노래가
쇠잔해지기 전에 이러한 시상을 생각해 낼 것인가?
소녀는 나에게서 나와 어디로 소멸해 가는가? ……참으로
　소녀와도 같은 것……

III

신은 할 수 있으리라. 허나 말해다오, 사람이
어떻게 그 좁은 현금을 통해 그를 따라갈 수 있으리?
사람의 마음은 분열된 것. 두 마음의 길이 교차하는 곳에
아폴로의 신전은 서 있지 않다.[66]

당신이 가르쳐 주는 노래는 욕망이 아니다.
마침내 얻어 내는 구애도 아니다.

66 이원 상대적 존재인 인간에게는 릴케적 의미의 〈순수〉를 만나는 것이 불가능하다. 인간 비애의 근원도 여기에 있는 것이라고 릴케는 생각한다. 여기서의 아폴로는 순수 예술의 신을 의미한다.

노래는 존재.[67] 신에게는 쉬우리라.
허나 우리는 언제 〈존재하는가〉? 신은 언제

대지와 별들이 우리의 존재를 향하게 해줄 것인가?[68]
젊은이여, 네가 사랑을 하고, 그래서 목소리가 불쑥 나온다
해도
그것은 아니다 — 네가 한 노래를

잊는 법을 배워야 한다. 그것은 흘러 사라진다.
진실 속에서 노래하는 것, 그것은 다른 숨결이다.
아무것도 원치 않는 숨결. 신 안에서의 나부낌. 바람이다.

IV

오 정겨운 그대들이여. 가끔은
그대들을 헤아리지 않는 숨결 속으로 들어가 보라.

67 릴케에게 있어 음악은 우주 질서이고 법칙 자체이다. 우연적인 영탄이나 감상에서 나오는 것은 음악이 아니다. U형의 칠현금은 순수 예술이 가야 하는 고난의 좁은 길을 상징한다.

68 불변의 영원인 별 그리고 대지와 같은 존재가 인간에게 주어진다는 것은 불가능한 일이다.

그 숨결로 하여 그대들 뺨에서 흩어지게 하라,
숨결은 그대들 뒤에서 다시 떨면서 하나 되리라.

오, 그대들 복받은 자여, 은총받은 자여,
그대들은 모든 마음의 시작 같은 것.
화살을 당기는 활, 화살의 과녁.[69]
그대들의 미소는 눈물에 젖어 더 영원히 빛난다.

번뇌를 두려워 말라, 그 고통의 무거움을
대지의 무게로 되돌려 주어라,
산은 무겁다, 바다는 무겁다.

그대들이 유년에 심은 그 나무들조차도
무거워진 지 오래다. 그대들 힘으로는 감당하기 어렵다.
그러나 바람은…… 그러나 공간은……

69 연인들의 관계는 활과 화살의 경우처럼 긴장 관계에 있다. 그것은 더 고차원적인 사랑을 지향하기 위한 긴장이다. 이러한 비유는 『두이노의 비가』의 「제1 비가」에서 구체적으로 만날 수 있다.

V

기념비를 세우지 말라. 다만 해마다
그를 위해 장미를 피어나게 하라.
그것이 바로 오르페우스이기 때문이다. 여기에도 저기에도
그의 변용이다.[70] 다른 이름을 찾기 위하여

애를 써서는 안 된다. 노래 있으면
그것은 오르페우스다. 그는 바람처럼 왔다가 간다.
때로 그가 며칠만이라도 수반 위의 장미에
머물러 주는 것만도 과분한 일 아닌가?

오, 정녕 그가 사라져 가야만 하는 것을 알아야 한다!
비록 그 스스로도 사라지는 것을 불안해하긴 하여도.
그의 말이 지상의 존재를 노래하며 이승을 넘어가는 순간
그는 어느새 따라갈 수 없는 피안에 있다.
칠현금의 격자도 그의 두 손을 저지하지는 못한다.[71]

70 오르페우스는 이상적인 시인의 모습이라 할 수 있다. 릴케적인 의미에서 시인은 순수 관계의 세계를 지향함으로써만 그 속에서 참된 자유를 얻고, 아름다운 사물 속으로 변용하는 삶이 가능하다. 시인은 그것을 오르페우스를 빌어 상징적으로 읊고 있다.

71 칠현금의 현 받침들 때문에 현 자체가 격자 창살 모양으로 보이는 것

그는 이승을 건너가면서 순종한다.

VI

그는 이승의 존재인가? 아니다,
그의 넓은 본성은 두 세계에서 성장하고 있다.[72]
버드나무 뿌리를 아는 자만이
버드나무 가지를 잘 휠 수 있는 법이다.

잠자리에 들 때 식탁 위에
빵을 놓아두지 말라, 우유를 두지 말라, 죽은 자들을
불러들일지도 모른다 —
그러나 사자를 불러내는 마법사, 그는
온화한 눈꺼풀 그늘 아래서[73]

을, 마치 연주하는 손을 방해하는 듯한 그물망에 비유하고 있다.

72 오르페우스, 혹은 시인은 죽음과 삶의 두 영역을 동시에 살고 있는 존재이다. 그러한 시인에게는 죽은 자를 불러낸다는 미신적 관습이나 신비한 약초 같은 것이 모두 의미를 준다. 이러한 모든 것들이 삶과 죽음이라는 신비스런 전체로서의 존재를 감지하는 데 어떤 작용을 한다고 시인은 생각하고 있다.

73 삶과 죽음의 신비를 전체로 바라보는 내면의 눈을 덮어 주는 눈꺼풀.

죽은 자들의 모습을 눈에 보인 모든 것과 뒤섞어 놓으리라.
그리고 푸마리아와 헨루다[74]의 마법의 힘도
그에게는 가장 투명한 관계처럼 진실한 것 되리라.

아무것도 그가 본 소중한 모습을 해칠 수는 없다.
무덤에서 나오든, 방에서 나오든,
반지를, 팔찌를 그리고 단지를, 그는 찬미하리니.

VII

찬미, 그렇다! 찬미의 소명을 받은 자,
돌의 침묵에서 광석이 나오듯
그는 그렇게 태어났다. 그의 마음은
인간에게 무한한 포도주를 짜주는 착취기.

신의 모범에 사로잡히면
그의 목소리는 먼지가 끼어도 막히지 않는다.
그의 다감한 남쪽 빛에 익으면
모든 것이 포도밭이 되고 포도송이 된다.

74 마법의 힘을 지닌 풀.

무덤 안에서 썩어 가는 왕들의 시신도
그의 찬미를 거짓이라 탓하지는 않는다, 혹은
신들로부터 그림자 하나 내린다 하여도.

그는 영원히 살아 있는 심부름꾼,
죽은 자들의 문 깊은 안으로
찬미의 과일 쟁반을 바친다.

VIII

찬미의 공간에서만 비탄은 걸어다닐 수 있다.
님프여, 우리들의 눈물의 침전이
문과 제단을 받치고 있는 바윗가에서
맑아지기를 지켜보는

눈물의 샘의 님프여. —
보라, 여신의 조용한 어깨 언저리에
아침 햇살처럼 감도는 그 감정을,
마음의 누나들 중에 가장 나이 어린 누나 같은.

환호는 알고, 동경은 고백하는 것, —
다만 비탄만이 아직 배우고 있다. 소녀의 손으로
비탄은 밤이 새도록 지나간 상처를 세어 본다.
허나 비탄은 어느 순간 비스듬히, 서투른 손길로,
우리들의 목소리의 성좌를
비탄의 숨결에 흐려지지 않는 하늘에 높이 걸어 놓는다.

IX

그림자 속에서도
칠현금을 손에 들어 본 자만이
예감하며
무한한 찬미를 바칠 수가 있다.

죽은 자들과 함께 양귀비를,
그 죽은 자들의 양귀비를 먹어 본 자만이
가장 나직한 울림도
다시는 잃지 않는다.

못 속에 비치는 반영은

눈에서 홀연히 사라지지만
그 참모습을 알아라.[75]

두 세계 안에서
목소리는 비로소
영원해지고 부드러워진다.

X

내 마음을 떠난 적이 없는 너희들,
고대의 석관들이여,[76] 내 인사를 받으라,
로마의 나날의 즐거운 물이
편력의 노래 되어 지금도 그 속에 넘쳐흐른다.

75 반영을 있게 하는 본질로서의 모습. 즉 사라지지 않는 참모습.

76 제2연에서는 『말테의 수기』에서도 언급한 바 있는 아를르 근방 알뤼샹의 유명한 옛 묘지의 석관을 생각한 것이다 — 원주. 원주를 보면 제1연과 제2연의 석관은 다르다. 제1연의 석관은 『신 시집』에 나오는 〈로마의 석관〉을 말하는 것 같다. I까지는 오르페우스와 오르페우스의 노래 및 시인과 진실에 관하여 읊은 것이고, X부터 비로소 추억에서 얻은 구체적 사물을 대상으로 삼고 있다.

혹은 저, 잠에서 깨어나는 즐거운 목동의
눈처럼 열려 있는 석관들,
— 내면에는 정적과 광대 수염풀이 가득하고 —
황홀에 잠긴 나비들이 파르르 날아오른다.

의혹을 벗어 버린 모든 너희들,
침묵이 무엇인가를 알았기에
다시 열린 입들이여, 내 인사를 받으라.

우리는 그것을 아는가, 벗이여, 알지 못하는가?
이 둘이 인간의 얼굴에
주저하는 시간을 머물게 하는 것이리라.[77]

XI

하늘을 보라, 〈기수〉[78]라는 별자리는 없는가?

77 인간은 삶과 죽음이라는 두 세계를 의식함으로써 항상 불안을 버리지 못하고 살아간다.

78 기수라는 성좌는 없다. 시인은 말과 사람이 일체가 되는 순간에서 아름다운 상징적 의미를 찾고 있다. 성좌는 지상의 무상함을 벗어난 영원의 모습의 상징이다.(『두이노의 비가』 중 「제10 비가」 참조)

우리들 가슴에 이상스레 깊이 새겨진 모습,
이 대지의 자랑인 준마여. 그리고 또 하나의 존재,[79]
그를 몰아붙이고, 붙잡아 세우고 그리고 등에 실려 가는 자
있다.

쫓기고, 그러다가 길들여지고 하는 것,
존재의 억센 본성이란 그런 것이 아닌가?
길과 방향 전환. 그러나 단 한 번의 박차로 족하다.
새 시야가 넓게 트이고, 둘은 하나가 된다.
그러나 둘은 진정으로 하나인가? 아니면
둘은 길을 함께할 생각을 하지 않는 것일까?
식탁과 초원은 어느새 둘을 이름 없이 갈라놓는다.

별들의 결합마저도 눈을 아련하게 한다.
그러나 우리는 형상을 믿는 것에
잠시나마 기쁨을 느껴야 한다. 그것으로 족하다.

79 말과 기수의 관계를 말한다. 동시에 『두이노의 비가』 중 「제6 비가」에 나오는 개선하는 왕과 준마를 연상할 수 있다.

XII

우리를 결합해 주는 정신에게 축복 있으라.
우리는 참으로 형상 속에서 살아가고 있다.
시계는 총총걸음으로
우리들 본래의 하루 곁을 부지런히 걸어간다.

우리들의 진정한 위치를 알지 못하면서
우리는 실제의 관계에서 행동하고 있다.
안테나는 안테나를 감지하고
텅 빈 먼 공간이 그 사이를 받쳐 준다……

순수한 긴장. 오, 힘의 음악이여!
정신의 너그러운 작용으로
모든 장애가 너를 비켜 가지 않는가?

농부가 아무리 힘써 보살핀다 하여도
씨앗이 여름의 성숙에 이르기 위해서는
그의 힘만으로는 되지 않는다. 대지의 〈은혜가 내려야만〉
한다.

XIII

완숙한 사과, 배 그리고 바나나,
구즈베리…… 입속에 넣으면 그것들은
하나같이 죽음과 삶을 말해 준다…… 예감처럼……
과일을 맛보는 아이의 얼굴에서

읽어 보아라. 그것은 멀리에서 찾아오는 것.
너희 입속에서 차츰 이름 없는 것으로 변해 가지 않는가?
말이 있었던 자리에 이제 과육을 벗어 나와
불현듯 넘쳐흐르는 새로운 발견.

너희들이 사과라고 부르는 것을 힘주어 말해 보라,
이 감미로움, 그것이 지금 진한 즙이 되어
혀 위에서 나직이 몸을 일으켜

맑게 눈뜨고 투명하게
이중의 의미를 지니고 태양과 대지와 이승의 것 되나니 —
오, 이 체험, 감촉, 환희 — 엄청남이여!

XIV

우리는 꽃과 포도 잎과 과실과 어우러져 산다.
그것들은 세월의 언어만을 말하지는 않는다.
어둠 속에서 다채로운 계시가 솟아 나온다.
아마도 거기에는 대지를 강하게 만드는

죽은 자들의 질투의 빛이 숨어 있는지도 모른다.
거기 작용하는 그들의 역할을 우리가 어찌 알 수 있으랴?
예로부터 그들의 자유로운 골수를 진흙에 버무리는 일이
그들의 방식이라고들 한다.

허나 단 한 가지 의문. 그들은 그 일을 정말 좋아서 하는
  것일까?
힘든 노예의 작업, 그것으로 하여 그 과실은
주인인 우리에게 둥글게 뭉쳐져 밀려 나오는 것은 아닐까?

뿌리 곁에 잠들고 있는 〈그들〉이야 말로 주인이 아닐까?
그리고 그들의 넘치는 나머지 중에서
무언의 힘과 입맞춤이 낳은 이 어중간한 것을 우리에게 주는
  것은 아닐까?

XV

기다려라…… 맛있다…… 하지만 순간 사라지고 만다.
……한 가닥 음악 소리, 발 구름, 홍얼거림—
소녀여, 정겨운 소녀여, 소녀여, 말 없는 소녀여,
음미해 본 열매의 그 맛을 춤추어라!

오렌지를 춤추어라.[80] 누가 그것을 잊을 수 있으랴.
제 몸속에 흠뻑 젖어 그 감미로움에 저항하는 모습을.
이제는 너희들의 차지다.
오렌지는 향기롭게 변신하여 너희들이 된다.[81]

오렌지를 춤추어라. 따뜻한 풍경을
너희들 몸 밖으로 뿌려 던져라, 잘 익은 열매가
고향의 대기에서 밝게 빛나도록! 불처럼 타오른 너희들,

80 시인은 소녀의 모습에서 오렌지와 가장 조응하는 존재를 만나고 있다. 그것을 오렌지의 맛과 향기, 빛깔과 촉감, 모양 등 전체로서 파악하고 여러 감각을 동원하여 체험한다.

81 감미로워지는 것조차 거부하며 자신만의 세계를 소유하려던 오렌지가 마침내 완숙하여 소녀에게 자신을 내맡기는 것을 의미한다. 껍질의 쓴맛을 저항으로 표현하고 있다.

향기를 한 꺼풀씩 벗겨라. 혈연을 맺어라,
순수한, 거부하는 그 껍질과,
행복한 과육을 가득 채운 그 달콤한 즙과!

XVI[82]

벗이여, 네가 고독한 까닭은……[83]
우리는 말이나 손가락으로 가리켜
세계를 차츰 우리의 것으로 만들고 있다,
아마도 세계의 가장 연약하고 위험한 부분이겠지만.

누가 손가락으로 냄새를 가리키는 자 있으랴? —
그러나 너는 우리를 위협하는 힘들을

82 이 소네트는 어느 개를 위해 쓴 것이다 — 〈내 주인의 손〉이라 함은, 여기서 시인의 〈주인〉인 오르페우스와의 관계를 생각한 것이다. 시인이 그 손을 잡고 안내하는 것은, 개의 무한한 관여와 헌신을 위하여 개에게도 축복을 내려 주려는 데 있다. 개도 마찬가지로, 그의 것이 되지 않는 유산, 고난과 행복이 함께하는 인간적인 모든 일을 오직 마음속에서 받아들이기 위해서만 털가죽을 썼을 뿐이다.(「창세기」 27장 참조) — 원주.

83 개는 우리들과 함께 살고, 신비스런 감각을 지니고 있지만 인간 세계 자체에 속할 수는 없는 외로운 존재이다. 이는 인간이 세상에 살면서 세상에 속하지 못하는 경우와 같다고 시인은 생각하고 있다.

느낌으로 많은 것을 안다…… 너는 죽은 자들도 알고,
주문을 보고도 놀란다.

그렇다, 우리는 이제 함께
부서진 조각들을 전체인 양 참아 내야만 한다.
너를 도우는 일은 어려우리라. 무엇보다도

나를 네 가슴속에 심지 말아야 한다. 나는 너무 빠르게
성장한다.
그러나 나는 〈내〉 주인의 손을 끌고 가 말하리라.
보세요, 이것이 털을 쓴 에사오입니다.[84]

XVII

제일 밑에는 노인, 뒤엉켜 있는
모든 생성된 자들의
뿌리, 비밀의 샘,

84 실제 성서에서는 털가죽을 쓴 사람은 에사오가 아닌 야곱으로 나온다. 릴케의 착각인지 아니면 다른 의미가 있었는지는 분명하지 않다.(「창세기」 27장 참조)

아무도 그것을 본 적이 없다.

전투용 투구와 사냥꾼 호각,
노인들의 금언,
혈육 간 불화에 빠진 사나이들,
현악기와도 같은 여인들……

서로 뒤트는 나뭇가지들,
어디에도 자유로운 가지는 없다……
아, 하나 있다! 오, 성장하라, 성장하라……

그러나 여전히 가지들은 꺾어지고,
이것 하나만이 높이 솟아 휘어서는
칠현금이 된다.[85]

85 생물의 계통 발생의 관계를 한 그루의 나무에 비유하여 나타낸 그림인 계통수에 견주어, 한 가계의 발전 과정을 노래한 작품이다. 칠현금이 된다 함은 예술가의 탄생을 말한다.

XVIII

주여, 저 새로운 것의
요란스레 진동하며 뒤흔드는 소리를 들으십니까?
그것을 찬양하는
예고자들이 찾아오고 있습니다.

그 사나운 요동 소리 속에서는
어느 귀도 성할 수 없지만,
기계는 그것대로
이제 찬미를 들으려 합니다.
보세요, 저 기계를.
요란스레 구르고, 복수하고,
우리를 불구로 만들고, 쇠약하게 하는 모양을.

비록 기계의 힘이 우리로부터 나오기는 하지만,
기계로 하여금, 냉정하게
활동하고, 봉사하게 해야 되겠습니다.

XIX

세상은 비록 구름의 모습처럼
빠르게 변하지만,
모든 완성된 것은
원초의 것으로 되돌아간다.

변화와 진척을 넘어,
더 멀리 자유로이,
당신의 첫 노래는 살아 번지고 있다,
칠현금을 든 신이여.

번뇌도 깨쳐지지 않고,
사랑도 터득되지 않고,
죽음 안에서 우리를 떠난 것도

아직 그 모습 드러내지 않는다.
다만 광야의 노래만이
모든 것을 기리며 찬양할 뿐.

XX

그러나 주여. 당신에게 무엇을 바치리이까, 말해 주세요.
만물에게 귀를 열어 주신 당신에게 —
어느 봄날에의 내 추억을,
러시아에서의 그날 저녁을, 한 마리의 말을……[86]

그 백마는 건너편 마을에서 홀로 달려왔었다.
앞 발목에 말뚝을 매단 채
그 밤을 초원에서 혼자 지내기 위해서
그 고부라진 갈기는 얼마나 도도하고

신명나게 목덜미를 때렸던가,
거칠게, 그 질주를 멈추었을 때.
준마의 피의 샘은 얼마나 솟구치고 있었던가!

그 말은 끝없는 광야를 느끼고 있었다. 그렇다,

86 릴케가 살로메와 러시아 여행 때 볼가 강가의 초원에서 본 백마의 모습을 회상하며 쓴 시이다. 자유를 찾은 백마의 환희에서 대자연과의 일체를 체험하고 있다. 1922년 2월 11일 살로메에게 보낸 편지에서도 〈말뚝을 발에 매단 채 자유롭게 뛰놀던 말〉에서 얻은 강한 감동이 이 시를 낳게 하였음을 밝히고 있다.

노래하고 또 귀 기울여 듣고 있었다, 당신의 그 모든 전설이
그의 내면에 고이 간직되어 있는 것 같았다.
그 말의 모습, 그것을 나는 바치리다.

XXI[87]

봄이 돌아왔네. 대지는
시를 아는 어린이 같네.
많은, 많은 시를…… 오랜 배움의
노고로 대지는 보상을 받네.

스승은 엄격했지. 우리는 그 노인의
수염이 흰 것[88]을 좋아했네.
이제는 녹색이 어떤지, 푸른색이 어떤지를
물어도 좋으네. 대지는 할 수 있네. 대답할 수 있네!

87 이 조그만 노래는, 언젠가 내가 남 스페인의 론다에 있는 작은 수녀원에서 어린이들이 아침 미사 때 부르는 것을 들었는데, 그 당시의 묘한 춤의 리듬을 지닌 음악을 위한 〈해석〉처럼 생각하고 쓴 것이다. 어린이들은 계속 춤 박자로, 내가 알 수 없는 노랫말을 트라이앵글과 탬버린 반주에 맞추어 부르고 있었다 — 원주.

88 겨울의 눈.

대지여, 휴식을 얻은 행복한 대지여, 어린이들과
놀아라. 즐거운 대지여. 우리가 잡으련다,
제일 즐거운 아이가 잡으리라.

오, 스승이 가르쳐 준 것을, 그 많은 것을,
그리고 나무뿌리와 긴 어려운 줄기[89]에 쓰여 있는 것들을,
대지는 노래하네. 대지는 노래하네!

XXII

우리는 흘러가는 것들.
그러나 시간의 발걸음,
그것을 하찮은 것으로 받아들여라,
끊임없이 머무는 것 속에서.

모든 서두르는 것은
어느새 지나가 버린다.
다만 머물러 있는 것만이

89 문법적인 언어의 어근이나 어간을, 봄날의 나무뿌리와 나무줄기에 비유하고 있다.

우리에게 진실을 알려 줄 뿐.

소년들이여! 오오,
덧없는 속도에도
비상하는 실험에도 마음을 던지지 말라.

모든 것은 조용히 쉬고 있다.
어둠도 밝음도
꽃도 책도.

XXIII

오, 비행이 더는
스스로의 목적을 위하여
하늘의 정적 속으로
스스로 만족하며 높이 올라,

뜻을 이룬 기계가 되어,
빛나는 윤곽을 그리며,
거침없이 멋진 날개 흔들며,

바람의 연인 놀이를 하지 않을 때, 비로소 —

성장해 가는 기계의 비행이
소년의 자만심을 넘어,
순수한 어딘가를 향하게 될 때, 그때 비로소

참된 획득은 이루어지고,
저 먼 곳에 가까이 다가간 자는
고독한 비행 끝에 얻는 〈존재〉가 된다.[90]

XXIV

우리는 우리의 태곳적 우정을,
한 번도 우리의 사랑을 구애하지 않는 위대한 신을,
우리가 엄하게 단련해 온 단단한 강철이 모른다고 해서
뿌리쳐 버려야 하는가, 혹은 지도 위에서 느닷없이 찾아야
하는가?

90 참된 획득은 욕구를 통해서 얻는 것이 아니라 순수 속에서 주어지는 것이다. 그러한 획득이 곧 참 존재이다.

우리로부터 죽은 자들을 앗아 가는 이 강력한 친구들은
어디서도 우리의 수레바퀴를 건드리는 적이 없다.
우리의 향연은 멀다, 우리의 목욕도 멀리 물린 지 오래다,
그리고 우리는
너무도 느리게 찾아오는 신들의 사자를 언제나 앞질러 가고
있다.

이제는 더욱 외롭게 서로만을 의지하며,
그러나 서로를 모르는 채,
우리는 아름다운 굽이진 길이 아니라, 곧게 이어진 메마른

길을 간다. 옛날의 불길은 다만 증기 기관 속에서만 아직
타오르고,
점점 커져 가는 망치를 들어 올린다.
그러나 우리는 수영하는 사람처럼 지쳐 간다.

XXV[91]

그러나 나는 〈너를〉, 이름 모르는 꽃처럼

91 벨라에게 바치는 소네트 — 원주.

알고 있던 〈너를〉 이제,
다시 〈한 번〉 기억하고 신들에게 보이리라, 빼앗긴 여인이여,
참을 수 없는 절규의 아름다운 놀이 친구여.

애초에 무희였다, 주저함으로 가득한 몸을 갑자기 멈추어
　세운 모습은
마치 젊음을 청동 속에 부어 넣은 듯했다.
슬픔에 잠겨, 귀 기울이는 그때 신들로부터
변화한 그녀의 마음속으로 음악이 흘러내렸다.

병이 다가왔다. 어느새 그림자에 사로잡혀
어두운 피가 몰려오고 있었다. 허나 순간 깨달은 듯
피는 자신의 자연의 봄 속으로 솟아올랐다.[92]

몇 번이고 몇 번이고, 어둠과 추락에 가려지면서,
지상의 찬란함으로 빛났다. 마침내 피는 무섭게 고동치고
허망하게 열려 있는 문 안으로 들어갔다.

92 음악에 감흥되어 삶의 의미를 다시 찾은 소녀가, 죽음 앞에서 자신에게 주어진 젊음(봄)을 꽃피우려는 의지를 갖게 된다.

XXVI

그러나 신성한 당신, 끝까지 현금 소리 울리는 당신이여,
퇴박받은 박코스의 무녀들이 떼 지어 달려들었을 때,[93]
그 외쳐 대는 소리를 질서의 노래로 잠재워 버린, 아름다운
　당신,
그 파괴자들 속에서 당신의 감동 어린 음악은 울려 퍼졌다.

아무도 당신의 머리와 현금을 쳐부수지는 못했다,
제아무리 미친 듯 날뛰었지만. 그리고 당신의 심장을 향해
내던진 날카로운 돌은, 모두
당신 곁에서 착한 것이 되어 귀 기울여 들었다.

끝내는 복수심에 사로잡혀 당신을 찢어 죽였으나
당신의 노래는 사자와 바위와, 나무와 새들 속에서
울리고 있었다. 지금도 당신은 그곳에서 노래하고 있다.
오, 잃어버린 신이여! 무한한 발자취여!

93 오르페우스는 죽음의 나라에서 아내를 구해 내는 데 실패한 후, 아내를 그리워하며 노래만 할 뿐 다른 여인들에게는 관심을 보이지 않는다. 이에 모욕을 느낀 박코스의 무녀들에게 그는 죽임을 당한다.

마침내 적의가 당신을 산산이 뿌려 던졌기에
이제 우리는 듣는 자가 되고 자연의 입이 되고 있다.

제2부

I

호흡이여, 보이지 않는 시여!
끊임없이 자기 자신의 존재와
순수하게 교환해 얻는 세계 공간.
리듬과 더불어 내가 나를 성취해 가는 평형이여.

너는 한 줄기 물결, 그것이 차츰 모여 이루는,
나는 바다이다.
모든 바다 가운데서 가장 검소한 바다 —
서서히 공간이 획득된다.

공간의 그 자리들 중에 얼마나 많은 자리가
내 속에 이미 존재했던가! 많은 바람은
내 아들과 같다.

나를 기억하고 있는가, 내 지난날의 장소로 가득한 공기여,
너는 내 말의, 한때는 매끄러운 나무껍질,
둥근 원, 그리고 잎새.

II

얼핏 손에 잡히는 가까운 화지가
때론 대가의 〈진실한〉 한 획을 받아 내듯이
그렇게 거울은 흔히 소녀들의 신성한
단 한 번의 미소를 받아들인다,

소녀들이 홀로 아침을 음미할 때 —
혹은 시중드는 등불 빛에 비추일 때.
그러면 호흡하는 진짜 얼굴에는,
나중에, 다만 반영이 남을 뿐이다.

한때 우리의 눈은 얼마나 응시했던가,
오래 그을리며 꺼져 가는 벽난로의 불빛을.
영원히 상실한 삶의 시선이여.

아, 대지의 상실을 아는 자 누구일까?
다만, 그럼에도 찬미하는 소리로
전체 속에 태어난 마음을 노래하는 자뿐이리라.

III

거울이여, 너희들의 참모습을
알고 묘사한 사람은 아직 아무도 없다.
순전히 체 구멍으로 얽힌 듯한
무수한 시간의 틈새인 너희들.

너희들은 인적 없는 넓은 방을 비추는 낭비자 —
황혼이 깃들면 숲처럼 넓어지고……
그러면 샹들리에가 열여섯 뿔 달린 사슴처럼
아무도 발 들여놓을 수 없는 너희들의 세계를 뚫고 지난다.

때로 너희들은 그림으로 가득하다.
어떤 것은 너희들 속으로까지 들어간 듯하나 —
어떤 것은 그냥 살며시 지나치게 한다.

허나 가장 아름다운 사람은 남아 있으리라 —,
저 너머 세계에서, 그녀의 여린 두 볼 속으로
맑게 풀린 나르시스가 스며들기까지.[94]

94 거울은 앞에 있는 것을 모두 받아들이고 또 모두 버리는 사치스런 낭비자 같은 것이지만 때로 순수 그 자체를 만나게 하는 것이기도 하다.

IV

오, 이것은 현실에는 존재하지 않는 짐승.[95]
사람들은 그것을 모르면서도 사랑해 왔다,
— 그 걸음새, 그 몸가짐, 그 목덜미,
그 고요한 눈빛을 — .

실제로는 존재하지 않았다. 그러나 사람들이
　사랑하였으므로
순수한 한 마리 짐승이 태어났다. 사람들은 항상 공간을
　열어 놓았다.
그 맑게 비워진 공간 속에서
그 짐승은 가볍게 머리를 쳐들었고, 거의

95 일각수는 중세로부터 끊임없이 찬미되어 온 처녀 순결을 의미한다. 그러므로 속인의 눈에는 존재하지 않는 일각수는, 모습을 드러내는 순간, 처녀가 들고 있는 〈은거울〉 속에(15세기의 벽걸이 융단화를 보라), 그리고 마찬가지로 순수하고 비밀스러운 제2의 거울이라 할 수 있는 〈그녀의 마음속에〉 존재하게 되는 것이라고 시인은 주장하고 있다 — 원주. 일각수는 『신시집』에서, 전설적인 하얀 동물로 묘사되고 있다. 『말테의 수기』에서도 파리의 클뤼니 중세 박물관에 있는 벽걸이 양탄자가 상세히 언급되고 있다. 여기서의 일각수는 사자와는 달리 음악에 감동하는 아름다운 동물이기도 하다.

존재할 필요마저 없었다. 사람들은 곡식이 아니라
항상 오직 존재하리라는 가능성만으로 그것을 키웠다.
그것이 짐승에게는 큰 힘이 되어
이마에 뿔이 돋아났다. 외뿔이었다.
한 처녀에게로 짐승은 흰 모습으로 다가갔다 —
그리고 은거울 속에서, 처녀의 내면에서 참 존재가 되었다.

V

아네모네의, 초원의 아침을
서서히 열어 주는 꽃잎의 힘이여,
마침내 맑게 트인 하늘의 다채로운 소리의 빛이
꽃의 품속으로 밀려 들어간다.

팽팽한 근육을 펴고
끝없이 받아들이는 조용한 별 모양의 중심.
때로 그 충일을 〈너무〉 억누를 수 없어
석양이 보내는 휴식의 눈짓마저도

활짝 펼쳐진 꽃잎을

너에게로 다시 불러 모으지를 못한다.
〈얼마나 많은〉 세계의 결의이며 힘인가, 너는![96]

우리는 억척스런 존재, 우리는 더 오래 살아남으리라.
그러나 〈언제〉, 그 모든 삶 가운데 어느 삶 속에서
우리는 마침내 열려 받아들이는 자가 될 것인가?

VI

장미여, 꽃 중의 여왕이여, 옛날에는
너는 소박한 외겹의 꽃받침이었다.[97]
그러나 〈우리에게는〉 무수한 꽃잎을 지닌 충만한 꽃,
무한한 의미를 주는 꽃이다.

너의 풍만함은 마치 광채뿐인 너의 육체를

96 석양의 유혹을 이겨 내고 영원한 밤을 향하여 활짝 피어 있는 꽃의 모습에서 어떤 열린 존재의 힘을 만나고 있다.

97 고대의 장미는 단순한 〈에글란티네〉로서, 그 색은 불꽃 속에서 볼 수 있는 빨갛고 노란 빛이다. 그것이 이곳 발리스 지방 여기 저기 정원에 피어 있다 — 원주. 스위스의 발리스는 릴케가 『두이노의 비가』와 『오르페우스에게 바치는 소네트』를 완성한 곳이다.

옷으로 겹겹이 두른 것 같다.
그러나 너의 잎 하나하나는
옷이라는 것을 일체 피하고 거부한다.

기나긴 세기에 걸쳐 너의 향기는 우리에게
가장 아름다운 이름을 불러 주고 있다.
그것은 홀연히 명성처럼 대기 속에 번져 있다.

그러나 우리는 그것을 무어라 이름할지 모른다, 다만 억측할
뿐……
추억만이 그 향기를 찾아 다가갈 뿐이다,
불러낼 수 있는 시간으로부터 어렵게 얻어 낸 우리의
추억만이.

VII

꽃이여, 마침내 가다듬어 주는 손과
(지난날의 그리고 오늘의 소녀들의 손과) 혈연이 되는
꽃이여,
정원의 식탁 위, 가장자리까지 가득히,

지치고, 가벼운 상처 입은 채, 누워 있던 꽃들이여,

이미 시작된 죽음으로부터 다시 한 번
소생시켜 줄 물을 기다리면서 —
이제 너희들은 다감한 정이 흐르는
손가락들의 양극 사이로 몸을 세운다.
너희들, 가벼운 너희들이 생각한 것보다 자애로운 손가락.
너희들이 화병 속에서 어느덧 생기를 얻고
천천히 생기를 돋우면서, 참회처럼,

꺾이게 된 슬프고 지친 죄처럼,
소녀들의 온기를 풍기며, 소녀들과 다시 연관을 맺으면
소녀들은 꽃으로 피어나 너희와 하나가 된다.

VIII

도시에 흩어져 있는 정원에서 함께 놀던
몇 안 되는 유년의 벗들이여,
우리는 어쩌다 만나 소심하게 정을 나누며

말하는 띠[98]를 물린 양처럼

침묵으로 말을 나누었지. 기쁜 일이 생겨도
그것은 누구의 것도 아니었다. 누구의 것이었을까?
어느새 그것은 지나가는 어른들 틈에서
그리고 긴 일월의 불안 속에서 사라져 갔다.

마차는 무심히 우리 곁을 굴러가고
주위의 집들은 늠름하게 서 있었지만, 진실이 아니었다 —
어느 집도 우리를 모르고 있었다. 참으로 이 세상에서
　진실된 것은 무엇이었을까?

아무것도 없었다. 다만 공들만, 그 멋진 곡선만 있었다.
아이들도 없었다…… 그러나 때로 한 아이가
아, 사라져 가는 한 아이가, 낙하하는 공 아래로 걸어갔다.

에곤 폰 릴케[99]를 회상하며

98 (그림 속의)양은 명대(銘帶)를 통해서만 말을 한다 — 원주. 명대는 중세의 그림에서 그 내용을 설명하기 위하여 붙여지던 글 띠를 말한다. 이 시에서는 양이 말을 하는 대신 말이 적혀 있는 띠를 물고 있는 것을 상정할 수 있다.

99 릴케가 어린 시절 정겹게 지내던 사촌 형제. 〈슬픈 어린이의 화신〉과

IX

재판관들이여, 찬양하지 말라, 고문대가 쓸모없게 된 것을,
그리고 더는 목에 칼이 씌워지지 않게 된 것을.
마음은, 마음은 어느 것 하나 승화된 게 없다 — 위장된
자비의 경련이 그대들 얼굴을 묘하게 일그러뜨릴 뿐.

오랜 세월을 두고 얻은 것을 단두대는 되돌려 줄 뿐이다,
아이들이 오래전 생일에 받은 장난감을 내버리듯이.
진정한 자비의 신은 그와는 다르게
순수한, 높은 문처럼 열린 가슴속으로

찾아 들어오리라, 힘차게 찾아와
모든 신이 그러하듯이, 주위에 밝은 빛을 뿌려 주리라,
흔들리지 않는 큰 배를 밀어 주는 바람보다도 〈크게〉.

혹은 무한한 포옹 속에서 태어나 무심하게 놀고 있는
　아이처럼,
소리 없이 내면에서 우리의 마음을 사로잡는

도 같으며 어린 나이에 죽은 그는 『말테의 수기』에서도 에릭 브라에로 등장한다.

은밀하고 조용한 지각(知覺)과도 같은 모양으로.[100]

X

기계가 순종하지 않고, 정신으로 자처하는 한,
그것은 우리가 이룩한 모든 것을 위협한다.
절묘한 손의 아름다운 망설임을 더는 자랑 삼지 못하도록
기계는 작심한 건축을 위해 단호하게 돌을 절단한다.
기계는 어디서도 양보하는 일이 없어, 우리는 〈한 번도〉
그를 벗어날 길이 없다.
그러면 기계는 조용한 공장 안에서 기름칠하면서 스스로
주인이 된다.
기계는 생명이다 — 생명의 문제는 자신이 가장 잘해
낸다고 생각하는 기계는
동일한 결단력으로 정돈하고, 만들고, 또 파괴한다.

그러나 우리에게 존재는 여전히 황홀하다. 수없이 많은
자리에는

100 시인은 신의 존재를 지순한 어린아이, 혹은 우리들 마음속의 소리 없는 지각과 인지(認知)에서 찾고 있다.

아직 원천이 있다. 무릎 꿇고 경탄하지 않는 자는 누구도
손댈 수 없는 순수한 힘의 유희가 있다.

말은 여전히 말할 수 없는 것을 정겹게 스쳐 가며 사라져
가고……
음악은 끊임없이 새롭게 가장 진동하기 쉬운 돌을 쌓아
무용한 순수 공간에 신성한 집을 짓는다.

XI[101]

정복을 계속하는 인간이여, 너희가 사냥을 고집하면서부터
많은, 조용한 질서 있는 죽음의 법칙이 생겨났다.
나는 너를 덫이나 그물보다도 더 잘 안다, 흰 돛 같은 한
폭의 천,
카르스트의 동굴 속에 사람들이 드리우던 그 하얀 천.

101 카르스트의 어느 지방에서 옛날부터 이어져 오는 일종의 사냥 관습과 관계가 있다. 조심스럽게 동굴 속으로 내려 보낸 천을 갑자기 어떤 묘한 방법으로 흔들어, 독특한 흰색의 동굴 비둘기를 놀라게 한 다음 지하에서 밖으로 날아오를 때 잡아 죽인다 — 원주. 카르스트는 알프스 산중의 석회암 대지(臺地)다.

평화를 축하하는 신호인 양 사람들은 너를 슬며시 내려
　주었다.
그러나 하인이 끝자락을 슬쩍 끌어당기면,
— 밤이 동굴 밖으로 창백하고 비칠대는 비둘기 떼 한 줌을
밝은 빛 속으로 내던졌다…… 그러나 〈그〉 또한 옳은 일이다.

구경꾼도 비탄의 한숨을 내쉴 건 없다,
때맞추어 냉정하고 능숙하게
비둘기를 처치하는 사냥꾼과 〈마찬가지로〉.

〈죽인다는 것은 우리의 방황하는 슬픔의 한 모습일 뿐……〉
맑은 정신 속에서는
우리 자신에게 일어나는 일들은 모두 순수하다.

XII

변용을 지향하라, 오, 불꽃에 열광하라,
불꽃 속에서 사물은 화려하게 변용하며 너를 떠난다.
지상의 모든 것을 주관하는 창조 정신은
형상이 고양하는 가운데 무엇보다 전환점을 사랑한다.

머무름 속에 스스로 가두는 것은 이미 굳어진 존재[102]
초라한 회색의 비호 안에서 안전하다고 생각하는가?
보라, 그 굳어진 것을 멀리에서 가장 굳은 것이 경고하고
　있다.
아, — 내려치려는 부재(不在)의 망치!

스스로 샘물 되어 흐르는 자만을 인식은 알아보나니,
기쁨에 넘쳐 인식은 그를 빛나는 창조물 속으로 이끈다.
그것은 때로 시작과 더불어 끝나고 끝과 더불어 시작된다.

모든 행복의 공간은 이별의 자식이며 손자,
놀라운 마음으로 그들은 공간을 지난다. 그리고 변신한
　다프네는
스스로 월계수라 느끼면서부터 네가 바람이 되기를 바라고
　있다.[103]

102 삶의 흐름에 순응하지 않고 그것을 피하여 멈추어 있으려 욕망하는 자는 오히려 죽은 자(굳어진 존재)와 같다. 〈스스로 샘물 되어 흐르는 자〉만이 열린 세계의 참된 존재에 이를 수 있는 것이라고 릴케는 말한다.

103 아폴로에게 쫓기던 다프네는 월계수로 변신하여 몸을 숨긴다.

XIII

모든 이별에 앞서 가라,[104] 금방 지나가는 겨울처럼,
마치 이별이 이미 네 등 뒤에 있는 듯이.
겨울 가운데서도 한 겨울[105]은 끝을 헤아릴 수 없는
　겨울이기에
겨울을 견뎌 내며, 너의 마음은 모든 것을 이겨 낸다.

영원히 에우리디케 안에 죽어 있어라, 더욱 노래 부르며
　상승하라,
더욱 찬미하며 순수 관련 속으로 상승해 돌아가라.
여기, 사라지는 것들과 더불어, 기울임[106]의 영역에 존재하라,
울림 속에서 이미 깨진, 울리는 유리잔이 되어라.

존재하라 — 그리고 동시에 알아라, 비존재의 조건을,
네 마음속 진동의 그 끝없는 근원을 알아라,

104 이별은 인간관계에서 피할 수 없는 일이다. 그러나 그 이별을 외부에서 오는 것이 아니라 스스로의 운명으로 받아들이는 것이 중요하다. 스스로의 의지로, 모든 소유를 넘어서, 오직 순수 관계에 눈뜰 때 인간은 비로소 내면의 자유를 얻을 수 있다고 시인은 생각한다.

105 죽음을 의미한다.

106 무상에 대한 다른 표현이다.

단 한 번뿐인 이 삶에서 완벽한 진동을 성취하기 위하여.

충만한 자연의, 쓰고 남은 재고와 묵묵히 말 없는 재고의
그 무한한 총계에
환호하며 네 자신을 더하고, 그리고 그 수를 없애라.[107]

XIV

꽃들을 보라, 지상에 충실한 이 꽃들을.
우리는 운명의 언저리에서 운명을 그들에게 빌려 준다,[108]—
그러나 누가 알리! 꽃들이 저들의 시듦을 후회할 때
그들의 후회는 정작 우리들 탓이리라.

모든 것은 떠다니려 한다. 허나 우리는 서진(書鎭)처럼 옮겨
다니며
모든 것에 자신을 올려놓고 그 무게에 황홀해한다.

107 수는 개개의 존재를 의미한다. 개체로서의 존립을 버리고 전체 속에 몸을 던질 때 그 속에서 참된 자유와 새로운 생명을 얻게 된다. 순수 관계 속으로의 상승을 의미한다.

108 꽃에게는 생명의 선택권이 없다. 우리가 운명을 빌려 주는 것과 같다.

오, 우리는 얼마나 사물을 괴롭히는 교사인가,
그들에겐 영원한 유년 시절이 복 내리고 있건만.

꽃들을 내면의 잠 속으로 이끌어
사물과 깊이 잠에 잠기는 자 — 오, 그는 얼마나 가벼이
함께 잠든 그 깊이로부터, 다른 날, 다른 모습으로 깨어날
　것인가!

아니면 그대로 머물러 있으리라, 그러면 꽃들은 피어나
자신들과 같아진 개심자,[109] 그를 찬미하리라,
초원의 바람 속에 흔들리는 모든 조용한 자매와 하나 된
　그를.

XV

오, 샘의 입이여, 너 주기만 하는 자,
끊임없이 한 가지, 순수만을 말하는 입, —
너는 흐르는 물의 얼굴이 쓰고 있는

109 자연을 밖에서 보는 속인이 아니라 자연 속에 침잠하여 꽃과 하나가 되는 자를 말한다.

대리석 가면, 그 배후에는

수로교[110]의 원천이 있다. 멀리로부터
많은 무덤을 지나, 아페닌 산허리에서
수로교는 너만의 이야기를 전해 오고는
검게 늙어 가는 네 턱을 스치고 지나

네 앞의 수반으로 떨어져 내린다.
그것은 잠들어 누워 있는 귀,
대리석 귀, 그 귀에 대고 너는 쉼 없이 속삭인다.

대지의 귀.[111] 그렇게 대지는 제 자신과만 말을 나눈다.
물 항아리 하나 밀어 넣으면, 대지에게는
네가 혼잣말을 막는다는 생각이 든다.

110 수로교(水路橋)는 고대 로마의 수도 시설을 말한다.
111 대지의 귀. 3연의 〈대리석 귀〉를 말한다.

XVI

끊임없이 우리에게 찢기면서도
신은 언제나 곧 아무는 상처.
우리는 날카로운 칼과 같아, 알아내려고 하지만,
신은 무심히 어디에나 있다.

순수하고 신성한 제물을 그의 세계로
받아들일 때마저도, 신은 다만
그 자유로운 끝을 향하여[112]
냉담하게 자신을 세울 뿐이다.

이승의 우리 귀에 〈들리던〉 샘물을
마실 수 있는 것은 죽은 자뿐이다,
신이 그에게, 그 사자에게, 무언의 신호를 보낼 때.

〈우리에게〉 주어지는 것은 소음뿐이다.
그러나 양은 더 조용한 본능에서

112 자유로운 끝이란 우리의 손이 미치지 못하는 피안을 말한다. 신은 우리와의 접촉에는 관심이 없다. 신은 언제나 자유롭게, 그리고 무심하게 편재한다.

우리에게 방울을 간청한다.[113]

XVII

어디서, 끊임없이 축복의 물이 뿌려지는 어느 정원에서,
어떤 나무에, 어떤 곱게 잎이 진 꽃받침에서
그 낯선 위안의 열매는 영그는 것일까?
그 향그러운 열매들, 너의 가난의 짓밟힌 풀밭에서

어쩌다 발견되는 열매 하나.
언제나 너는 그 열매의 크기와
건실함과 껍질의 부드러움,
그리고 새의 경솔함이나 발밑 버러지의 시기심이

미처 상처 내지 않은 것에 경탄한다. 천사들이 날고,
보이지 않는 느릿한 정원사의 이상한 보살핌을 받아
우리의 것이 아니면서도 우리의 열매를 맺는, 그런 나무들이

113 양이 목자들로부터 기꺼이 방울 종을 받아들이는 것은 어디까지나 그들의 조용한 본능 탓이다. 우리들의 떠들썩한 일상에 끼어들지 않고 보다 높은 차원의 조화를 찾으려는 것인지도 모른다.

있을까?

우리들, 그림자이며 환영인 우리는
우리의 성급한 성숙과 바로 시드는 태도로 하여
저 태연한 여름의 무관심을 한 번도 헝클지 못한 것일까?

XVIII

오, 모든 사라짐을 율동으로 옮겨 놓는, 무희여,
어떻게 그것을 해냈는가!
그리고 최후의 선회, 운동으로 성장한 나무,
그 속에는 진동의 세월이 가득 차 있지 않는가?

이제 막 너의 진동에 휩싸여
불현듯 나무우듬지에는 고요의 꽃이 피어나지 않았던가?
그리고 그 위의 태양도 여름도
네 몸에서 솟아 나오는 열기, 그 끝없는 온기가 아니었던가?
그러나 너의 황홀의 나무는 열매도 맺었다, 열매를.
완숙해 가며 줄무늬가 생긴 항아리, 더 완숙한 꽃병,
이 모두 그 나무의 조용히 영근 열매가 아닌가?

그리고 그 그림 속에, 너의 눈썹의 검은 선이
재빨리 스스로의 회전의 벽에 그려 놓은
그 소묘가 남아 있지 않는가?[114]

XIX

어디선가 사치스러운 은행에 살면서
금은 많은 사람과 친분을 맺는다. 그러나
저 눈먼 사람, 저 걸인은 십 전짜리 동전에게조차도
잃어버린 장소, 장롱 밑 먼지 끼인 구석과도 같다.[115]

늘어선 상점에서 돈은 자기 집처럼 편히
비단과 카네이션과 모피로 화려하게 차려입고 있다.
허나 말 없는 그 사나이는, 깨어 있거나
혹은 잠자며 숨 쉬는 모든 돈의 숨결 사이에 서 있다.

아, 밤이면 얼마나 접고 싶을까, 언제나 펼쳐 있는 저 손은.

114 그리스 병에 그려진 무희의 그림을 생각하며 노래한 시이다. 릴케는 로마에서 접한 그리스의 병을 늘 찬탄하고 있다.
115 걸인들에게 버리듯 던져지는 동전을 연상시킨다.

아침이면 운명은 손을 다시 끌어내, 날마다 내밀게 한다,
맑고, 비참하고, 한없이 망가지기 쉬운 그 손을.

그러나 누군가, 진정한 관찰자 하나 있어, 마침내
그 오래인 손의 끈기를 놀라며 알아보고, 찬양하리라,
다만 찬미하는 자에게만 할 수 있는 말, 신만이 들을 수 있는
　말로.

XX

별과 별 사이, 얼마나 먼 거리인가! 그러나
우리가 이승에서 알게 되는 사물들은 몇 배나 더 먼가!
누군가 한 사람, 가령 한 아이…… 그리고 바로 옆 사람, 또
　한 사람 —
오, 믿을 수 없이 먼 거리 아닌가.

운명, 어쩌면 그것은 우리를 존재의 척도로 재고, 그래서
우리에게는 운명이 낯선지도 모른다.
생각해 보라, 소녀와 사나이의 사이란 얼마나 먼 거리인가,
소녀가 사나이를 피하면서도 속으로는 생각하고 있을 때.

모든 것은 멀다, 그리고 어디서도 원이 닫히는 곳은 없다.
기분 좋게 차려진 식탁 위 접시에 놓인
묘한 생선의 얼굴을 보라.

물고기는 말이 없다…… 그렇게 한때는 생각했었지. 정말
그럴까?
그러나 결국, 물고기의 말일지도 모르는 말을
물고기 〈없이〉, 우리가 말하는 어느 장소가 있지는 않을까?

XXI

노래하라, 마음이여, 네가 보지 못한 정원을, 유리 속에
부어 넣은 정원처럼, 맑고, 손댈 수 없는.
이스파한이나 쉬라즈[116] 정원의 물과 장미,
기쁨에 넘쳐 그들을 노래하라, 찬미하라, 그 무엇과도 비할
수 없이.

마음이여, 보여라, 널 위해 그 정원들이 존재하고 있음을,

116 페르시아의 옛 도시들이며 아름다운 정원으로 유명하다. 시에서도 말하고 있지만, 이 유명한 정원들을 시인은 실제로 본 적이 없다.

거기 영그는 무화과 열매가 너를 생각하고 있음을,
그 꽃 피는 가지 사이사이로
얼굴에 스며 오르듯 부는 바람과 네가 하나 되고 있음을.

존재하려는 결의, 이미 내려진 그 결단에
모자람이 있으리라는 그릇된 생각을 피하라!
비단실이여, 너는 이미 직물 속으로 깊이 들어가 있다.

그 속에서 어떤 모양으로 짜여져 있던
(비록 고뇌의 삶의 한 가닥이라 하더라도)
찬미의 가치 있는, 양탄자 전체임을 느껴라.

XXII

오, 운명에도 불구하고 우리들 존재의
찬란한 충일이여, 공원마다 넘쳐흐르도록 가득하다 —
혹은 높은 정문의 종석 옆에서
발코니를 떠받치고 서 있는 석상의 사나이들!

오, 생기 없는 일상에 맞서 날마다

공이를 쳐드는 청동의 종.
혹은 〈하나의〉 기둥, 카르나크 신전[117]의 기둥,
영원한 신전보다도 오래 살아남는 그 돌기둥.

오늘날에는, 그 똑같은 충일의 힘이, 다만
수평의 노란 낮으로부터 눈부시게 현란한 밤을 향해
서둘러 미친 듯 지날 뿐이다.
그러나 광란은 사라지고, 흔적도 남기지 않는다.
하늘을 가르는 비행의 곡선, 그리고 그것이 남긴 흔적,
아마도 어느 것 하나 헛된 일은 아니리라. 그러나 다만
생각일 뿐인 것.[118]

117 이집트의 나일 강변에 있는 고대 왕조의 유적. 릴케는 1911년 이집트 여행 중 이곳 사원을 찾았을 때 깊은 감동을 받았다.

118 광적으로 벌어지는 오늘의 여러 현상은 고대의 아름답고 절도 있는 유적 같은 흔적을 남기지 못한다. 다만 그 귀한 가치들이 우리들 뇌 속에 쌓이는 경우가 많다. 그러나 시인은 순전히 생각의 소산인 그러한 오늘의 현상도 그것대로 헛된 것만은 아니라고 말한다.(『두이노의 비가』 중 「제7 비가」 참조)

XXIII[119]

끊임없이 너에게 저항하는 시간의
어느 한때에 나를 불러 다오.
간청하듯, 개의 얼굴처럼 가까이 다가와,
마침내 잡았다고 생각하는 순간

언제나 다시 고개를 돌려 버리는 시간.
그처럼 빠져나간 것은 대부분 너의 것이다.
우리는 자유다. 간신히 환대받는다고 생각하는 순간
그 자리에서 우리는 쫓겨나고 만다.
불안스레 우리는 의지할 곳을 갈망한다.
오래된 것에는 때로 너무 어리고
아직 존재한 적 없는 것에는 너무 늙은 우리들.

그래도 찬미를 할 때만이 우리는 옳은 것이다,
아, 우리는 나뭇가지이며, 도끼이고
성숙해 가는 위험의 감미로운 과즙이므로.

119 독자에게 — 원주.

XXIV

부드럽게 풀린 진흙[120]에서 태어나는, 언제나 새로운 이 환희!
옛날 최초의 모험자들에게는 도와주는 사람이 거의 없었다.
그래도 축복받은 바닷가 물굽이를 따라 도시가 탄생하고
물과 기름은 항아리를 가득 채웠다.

많은 신들, 우리는 처음 그것들을 대담하게 구상해 보지만
짓궂은 운명은 그때마다 무너뜨린다.
그러나 신은 불멸의 것. 보라, 끝내는
우리의 청을 들어주는 신의 목소리를 듣게 되리라.

우리는 수천 년을 이어 온 종족, 어머니들이며 아버지들,
끊임없이 미래의 아이로 넘쳐 나고,
언젠가 훗날에는 아이가 우리를 넘어서 흔들어 놓으리라.

우리는 무한한 도전자, 우리의 시간은 얼마나 먼가!
다만 말 없는 죽음만이, 우리가 무엇인가를, 그리고
우리에게 빌려 준 시간에서, 무엇을 건질 것인지 알고 있다.

120 인간이 자연으로부터 만들어 내는 모든 문화적 창조를 의미한다.

XXV[121]

들어 보라, 어느덧 첫 갈퀴 소리 들린다.
힘찬 이른 봄 대지의
숨죽인 고요 속에 다시금 일어서는
삶의 리듬. 아직 한 번도 맛본 일 없는 듯

다가오는 것. 그렇게 자주 찾아왔던 것이건만
새것인 듯 새삼스럽다. 언제나
원했으면서도 한 번도 손에 넣지 못한 것,
그것이 너를 사로잡고 만다.

겨울을 겪은 떡갈나무 잎마저
저녁빛 속에 무언가 미래의 갈색처럼 보인다.
얼핏 스치는 바람결이 주고받는 신호.

덤불이 검게 빛난다. 허나 들판에 쌓여 있는
퇴비 더미는 더 짙은 검정색이다.
지나는 시간마다 젊어져 간다.

121『오르페우스에게 바치는 소네트』 제1부 XXI에 나오는 아이들의 봄노래와 짝을 이룬다 — 원주.

XXVI

새들의 울음소리 얼마나 우리를 사로잡는가……
아득한 언제에 생겨난 울음소리.
그러나 어느새 밖에서 뛰노는 아이들은
진실의 외침에서 비켜 가는 소리를 지른다.

우연을 외치는 소리. (꿈속으로 들어가는 사람처럼
새의 맑은 울음소리가 울려 들어가는 —)
저 세계 공간의 빈틈 사이로
아이들은 새된 소리의 쐐기를 박는다.

아, 우리는 어디에 존재하고 있는가? 우리는 여전히
더 자유롭게, 줄 끊긴 연 모양,
바람에 찢긴 옷자락처럼 너풀대는 웃음을 하고

어중간한 하늘을 떠돈다 — 외치는 자들에게 질서를 줘라,
노래하는 신이여! 그들로 하여금 소란스레 깨어나
물결[122]이 되어 머리와 칠현금을 실어 가도록.

122 바쿠스의 무녀들은 오르페우스의 몸을 찢어 버렸지만 그의 머리와 칠현금을 해치지는 않았다. 그것들이 물결에 흘러 레스포스 섬에 이르게 되

XXVII

파괴하는 시간은 진실로 존재하는 것일까?
시간은 언제 조용히 쉬고 있는 저 산 위의 옛 성을
  무너뜨릴까?
무한히 신들의 것인 이 마음을
데미우르고스[123]가 파멸시키는 것은 언제일까?

우리들은 운명이 욕구하리 만큼, 실제로,
그렇게 불안스레 허물어지기 쉬운 존재일까?
저 깊은 뿌리 밑에서, 미래를 언약하는
유년 시절이 — 나중에는 — 활기를 잃고 마는 것일까?

아, 무상의 유령이여,
천진한 삶의 수용자의 몸속을
유령은 연기처럼 뚫고 지나간다.

었고, 거기서부터 음악이 온 천하에 전파되었다고 한다.(『오르페우스에게 바치는 소네트』 제1부 XXVI 참조)

123 옛 그리스도교 시대의 그노시스파 철학에서는 데미우르고스를 선으로서의 그리스도에 대비되는 악의 창조자로 보고 있다.

우리들, 살아 있는 우리들, 흘러가는 존재이지만,
그래도 우리는, 영원히 머물러 있는 우주의 힘 곁에서
신이 필요로 하는 가치는 잃지 않으리라.

XXVIII[124]

오, 오라, 그리고 가거라. 거의 아직 어린애 같은 너.
춤추는 그 모습이, 어느 한 찰나,
저 춤의 순수한 성좌가 되기까지 힘을 다하여라.
무상한 우리가 무딘 자연의 질서를

능가할 그 춤이 되어라. 자연은 다만
오르페우스가 노래했을 때만 귀 기울여 감동했기 때문이다.
너는 그때부터 마음의 감동을 받은 자,
그리하여 한 그루의 나무가 너와 함께 청각의 세계로
　들어가기를

오래 주저했을 때, 너는 잠시 상심했었다.

124 베라에게 — 원주. 『오르페우스에게 바치는 소네트』 전체가 베라의 죽음을 위하여 쓰인 것이나 여기에도 특별히 부제가 붙어 있다.

너는 칠현금이 소리를 울리기 시작한
그 장소도 알고 있었다, 말로는 표현할 수 없는 그 중심을.

그 중심을 위하여 너는 아름다운 걸음을 시험해 보았고,
언젠가는 걸음과 얼굴을
완벽한 친구의 축제를 향해 돌릴 수 있기를 희망했었다.

XXIX[125]

수많은 아득한 먼 곳의 조용한 벗이여, 너의 숨결이
공간을 더욱 풍요롭게 넓혀 감을 느껴 보아라.
어두운 종루 안을 너 스스로의 소리로 울리게 하라.
네 몸을 여위게 하는 비애가

너를 양분으로 강한 것 되리라.
변용의 세계를 자유로이 넘나들어라.
네 가장 괴로운 경험은 무엇인가?
마시는 것이 쓰거든, 스스로 포도주가 되어라.

125 베라의 어느 남자 친구에게 — 원주. 릴케 자신을 가리킨다.

이 헤아릴 길 없는 밤에
너의 오감(五感)의 교차로에서 마법의 힘이 되어라.
오감의 기묘한 만남의 의미가 되어라.

그리고 만일 지상의 것이 너를 잊었다면,
조용한 대지를 향해 말하라, 나는 흐른다, 라고.
부지런한 흐름을 향해 말하라, 나는 있다, 라고.[126]

126 이 역설적 표현 기법은 삶(있음)과 죽음(흐름)을 동시에 지니고 있는 인간 존재의 모순을 시적으로 절실하게 드러내 준다. 무감각한 망각의 세계인 자연 속에서 이를 깨닫고 삶과 죽음을 하나로 받아들이는 것은 순전히 우리들의 몫이다. 시는 그것을 〈말하라〉라는 표현의 반복을 통해서 강조한다.

두이노의 비가

Duineser Elegien

(1912~1922)

마리 폰 투른 운트 탁시스 —
호엔로에 후작 부인[127]의 소유에서

127 Marie von Thurn und Taxis-Hohenlohe(1855~1934). 많은 문인과 예술가의 후견인으로 활약한 오스트리아 여인. 릴케는 1911년에서 1912년 사이의 겨울에 그녀가 제공한 아드리아 해안의 두이노 성에 머물면서 「제1 비가」와 「제2 비가」를 탈고했다. 그 후 10년이 지난 뒤 스위스의 뮈조트 성에서 10편에 대한 작업을 완성했다.

제1 비가

내가 소리쳐 부른들, 천사의 서열에서 어느 누가
그 소리를 들어 주랴? 설혹 어느 천사 하나 있어
나를 불현듯 안아 준다 하여도 나는 그의 보다 강력한
존재에 소멸하리라, 아름다움이란
우리가 아직은 견뎌 내는 두려움의 시작일 뿐이기 때문이다.
아름다움을 우리가 그처럼 찬탄하는 것도 그것이
우리를 파멸시키는 일 따위는 멸시하는 까닭이다. 모든
　천사는 두렵다.[128]
그리하여 나는 암울한 흐느낌이 섞인 유혹의 소리를
억누르고 삼켜 버린다. 아, 우리는
누구를 의지해야 하는가? 천사도 아니다. 인간도 아니다.
명민한 짐승들은 우리가 이 해석된 세계[129]에서
마음 편히 뿌리내리지 못하고 있음을
잘 알고 있다. 우리에게 남겨진 것이란 아마도
날마다 바라보는 언덕의 한 그루 나무, 어제 거닐던 길
또는 한사코 우리 곁을 떠날 줄 모르는 어떤 관습에의
　맹종이리라.

128 절대미로서의 천사에 대한 경외심. 릴케의 천사는 기독교적 의미의 천사와는 다르다. 그것은 그 자체로서 완벽한 절대 존재이며 절대미다.

129 전일(全一)의 세계 혹은 열린 세계에 대한 인간의 폐쇄된 세계. 갈등 속에 사는 인간은 항상 세계를 설명하고 해석하려 한다.

오, 그리고 밤이 있다. 세계 공간을 가득 메운 바람이
우리의 얼굴을 파고드는 밤, 그리움에 기다려지고,
가벼이 실망을 안기며, 모두의 가슴에마다 고통스레
다가서는 밤.
그런 밤은 누구에게나 있으리라.
연인들이라면 그러한 밤도 조금은 견디기 쉬울까?
아, 그들은 다만 서로의 운명을 숨기고 있을 뿐이다.
너는 〈아직도〉 그것을 모르는가? 두 팔로 움켜 안고 있는 그
공허를
우리가 숨 쉬는 공간 속으로 내던져라. 그러면 새들은 아마
더 넓어진 그 대기를 한결 정겹게 날갯짓하며 느끼리라.

그렇다. 해마다 봄은 너를 필요로 했으리라. 많은 별들은
네가 느껴 주기를 갈망했으리라.
지난날의 큰 물결이 밀려오고, 혹은 네가
열려 있는 창 옆을 지날 때
바이올린 소리가 몸을 맡기며 네 속으로 깊이 젖어
들었으리라. 그것은 모두 위탁이었다.
그러나 너는 그 위탁을 다해냈는가? 너는 끊임없이
기대하는 마음에 산만하지 않았던가? 마치 모든 것이
너에게 새 연인을 알려 주기라도 하는 듯이. (크나큰 낯선

생각들이
마음속을 드나들고, 밤이면 가끔은 그대로 남아 있기도
한데, 너는
어디다 연인을 숨겨 두려는가).
그래도 그리움에 견디기 어려우면, 사랑으로 살다 간
여인들을 노래하여라.
그녀들의 자랑스러운 그 감정도 불멸의 것이 되기엔 아직
부족하다.
네가 부러워하기까지 하는 저 버림받은 여인들,
그들은 그 사랑에 만족했던 자들보다, 더 사랑을 할 줄 안
사람들이었다.
다함이 없는 찬미를 거듭하여라.
생각하라, 영웅은 스스로 자신의 존재를 유지하는 법,
몰락조차도 그에겐
존재를 위한 구실, 최후의 탄생에 불과했나니.
그러나 지친 자연은, 두 번 다시 그러한 사랑을 생산할
힘이 없는 듯, 사랑으로 살다 간 여인들을 자신의 안으로
다시 거두어들인다. 너는 가스파라 스탐파[130]를

130 Gaspara Stampa(1523~1554). 이탈리아의 시인. 베니스의 귀족 콜랄티노 디 콜랄토Collaltino di Collalto에게 버림받고 그 고통을 시로써 승화시킨 여인. 릴케는 그녀에게서 〈위대한 사랑의 여인〉을 만날 수 있다고 생각

마음속 깊이 생각해 본 적 있는가? 연인으로부터 버림받은
어느 소녀가 이 사랑하는 여인의 고결한 모범을 본받아
자기도 그녀처럼 되리라는 생각을 간직하게 하리만큼.
이제야말로 이 오래된 아픔이 우리에게
더욱 풍요한 결실을 맺게 해야 하지 않겠는가? 우리가
사랑하면서
연인으로부터 벗어나, 떨면서 참아 내야 할 때가 아닌가,
마치 화살이 힘을 모아 날아가서 〈그 이상의〉 존재가 되기
위하여 떨면서
시위를 견뎌 내듯이. 참으로 머무름이란 어디에도 없다.

목소리, 목소리가 들린다. 들어라, 마음아, 그 옛날 오직
성자들만이 귀 기울여 들었던 그런 몸가짐으로. 거대한
소리가
성자들을 땅에서 불러일으키려 했지만, 그들은,
가능을 넘어선 그들은, 여전히 무릎을 꿇은 채 흔들리지
않았다.
그렇게 성자들은 경청했었다. 너도 〈신〉의 목소리를
참아 넘기라는 것은 아니다. 결코 아니다. 그러나 바람처럼
불어오는 소리를 들어라,

한다.

적막 속에서 일어나는 끊임없는 소식을.
저 죽어 간 젊은이들로부터 오는 너를 향한 부름이다.
지난날 네가 로마나 나폴리에서 교회에 들어설 때마다
그들의 운명이 조용히 말을 건네 오지 않았던가?
혹은 얼마 전 산타 마리아 포르모사[131]에서도 그러했듯
하나의 묘비명이 숙연하게 너에게 위탁하지 않았던가.
그들이 나로부터 원하는 것은 무엇일까? 비운의 외관을
조용히 거두어 달라는 일이다. 그것이 때로 그들의 정신의
맑은 운동을 조금은 방해하기 때문이다.

참으로 이상한 일이다. 이 지상의 세계에 더는 살아 있지
 않다는 것은,
간신히 익힌 관습을 따라 하는 일도 없이,
장미꽃, 그리고 그 밖의 특별히 희망을 언약하던 사물에게,
인간적 삶의 미래의 의미를 주지 않는다는 것은.
끝없이 불안한 손안에 들어 있는 존재가 더 이상 아니고,
스스로의 이름마저도
부서진 장난감처럼 내버린다는 것은.
이상한 일이다. 세상의 소망을 더는 소원하는 일도 없이,

131 이탈리아 베네치아에 있는 교회. 릴케는 1911년 4월 3일 탁시스 후작 부인과 함께 이 교회를 찾은 일이 있다.

서로 얽혀 있던 모든 것들이 나뭇잎처럼
흩날리는 것을 바라본다는 것은.
그리고 죽음의 세계에 들어가서도 수고롭고,
못 다한 일들을 만회하기에 분주하다. 사자들은
시간이 흐름에 따라 간신히 조그마한 영원을 느끼게 될
뿐이다. —
그러나 살아 있는 자들은 지나치게 분별하는 과오를 범하고
만다.
(전하는 말에 의하면) 천사들은 살아 있는 자들 사이에
있는지
혹은 죽은 자들 속에 있는지를 모른다고 한다.
영원한 흐름이 삶과 죽음의 두 영역에 걸쳐 온 세대를
휩쓸어서는
모두를 굉음 속에 삼켜 버린다.

마침내 요절한 그들은 우리를 필요로 하지 않는다.
언젠가 어머니 가슴을 떠나 성장하듯이 사자들도 조용히
지상의 품을 떠나기 마련이다.
그러나 우리들, 그 큰 비밀을 필요로 하는 우리들,
가끔은 슬픔으로부터 지극히 행복한 진전을 얻는 우리들
우리는 과연 그 죽은 자들 없이 〈살아갈 수〉 있을까?

그 전설은 헛된 이야기인가? 언젠가 리노스[132]의 죽음을
슬퍼하는 통곡이
최초의 과감한 음악이 되어 메마른 곳을 속속들이
적시었다는 것은.
거의 신에 가까운 그 젊은이가 홀연히 영원한 발걸음을
들여놓은 순간 경악한 공간 속에
그 공허함이 마침내 울림을 일으켰다고 한다.[133]
지금도 그 울림은 우리를 황홀하게 하고, 위로하고, 그리고
힘을 갖게 한다.

132 Linus. 그리스 신화의 음악의 신. 신적인 미를 지닌 청년이었으나 아깝게도 젊어서 요절했다. 봄의 자연력에 대한 인격화로도 통용되고, 오르페우스와 같이 신화적 가인으로도 찬미되고 있다. 그의 음악을 질투한 아폴로 신에 의해 죽임을 당했다고 한다.

133 리노스의 죽음이 허무한 현세(공허함)를 음악으로 바꾸어 놓아 우리에게 황홀함과 위안을 안겨 주고 있다는 의미다. 릴케에게 있어 음악은 예술의 상위 개념이다.

제2 비가

모든 천사는 두렵다. 아, 그러나 그대들,
생명을 앗아 갈 수 있는 영혼의 새들이여,
그대들을 알기에 나는 그대들을 향해 찬미한다. 토비아[134]의
　시대는 어디로 갔는가?
그날은 찬란한 천사 하나 여정을 위해 가볍게 꾸며 입고,
두려운 모습 조금도 보이는 일 없이, 소박한 집 문 앞에 서
　있었다.
(호기심에 찬 토비아도 젊은이끼리 대하듯 그렇게
　바라보았건만)
그러나 이제, 만일 대천사, 그 위험한 존재가 별들 너머에서
한 발자국이라도 우리를 향해 내딛는다면, 우리의 심장은
높이 고동치며 우리를 파멸시키리라. 그대들은 누구인가?

그대들은 창세의 걸작, 조화의 총아,

134 Tobias. 토비아스는 아버지의 심부름을 위해 멀고 험한 메대로 길을 떠나야 하는데 마침 한 청년이 동행을 자처하고 나선다. 토비아스는 그의 도움으로 무사히 일을 마치고 돌아오게 되고 그의 가난했던 집안에는 다시 행복이 깃든다. 그 후 라파엘 천사는 자신의 정체를 밝히고 사라진다. 〈토비아스는 밖으로 나가서 메대로 가는 길을 잘 알 뿐만 아니라 자기와 함께 가 줄 사람을 찾아보았다. 그러던 중 그는 천사 라파엘을 만났는데 자기 앞에 서 있는 그가 하느님의 천사인 줄은 몰랐다.〉(「토비트」 5장 4절) 천사와 인간의 만남이 가능했던 전일의 시간에 대한 동경이 강하게 드러나 있다.

창조의 산맥, 아침 햇살에 빛나는
지붕의 당마루, 만발한 신성의 꽃가루,
빛의 굴절, 복도, 계단, 왕좌,
본질의 전당, 환희의 방패, 폭풍 같은
황홀의 소용돌이, 그러나 불현듯 저마다 하나가 되면
〈거울〉, 넘치는 스스로의 아름다움을
다시금 얼굴 속으로 거두어들이는 거울.

그러나 우리는 느끼는 순간 흩날리고 만다.
아, 내쉬는 숨결과 더불어 사라져 가는 우리들. 불타
　사그라지는 나무처럼
우리의 향은 시시로 희미해진다. 그러한 때 누군가 말하는
　자 있으리라.
그래, 너는 내 핏속으로 스며드는 게다. 이 방이며, 봄이
너로 하여 충만해진다고…… 그러나 무슨 소용 있으랴,
　그렇게 말하는 자도 우리를 멈추게 하지는 못한다.
그의 속에서 그리고 그의 주변에서 우리는 사라져 간다.
　그리고 저 아름다운 여인들,
오, 누가 그들을 멈출 수 있으랴? 끊임없이
얼굴에 감도는 고운 빛도 사라져 가나니. 새벽녘 풀에 내린
　이슬처럼

우리의 것은 우리를 떠난다, 뜨거운 음식으로부터
열기가 날아가듯이. 오, 미소여, 어디로 가는가? 오,
우러러보는 시선이여
끊임없이 용솟음치며 사라져 가는 뜨거운 마음의 물결이여
—
아, 우리는 그래도 이렇게 살아가고 있다. 우리가 사라져
녹아 들어가는
세계 공간에는 우리의 맛이나 향이 배어 있을까? 진실로
천사들은
오직 자기들의 것, 자기들로부터 넘쳐흐르는 것만을
거두어들이는 것일까?
아니면 가끔은 실수에서라도 조금은
우리들의 본질도 함께 섞여 들어갈까? 천사들의 표정에
깃드는
우리 것이란 다만 임산부의 얼굴에 스미는
모호함 같은 그런 것일까? 그러나 천사들은
스스로의 내면을 향한 회귀의 소용돌이 속에서
그것을 눈치 못 챈다(어찌 그러한 하찮은 것을 알아채랴).

연인들은, 서로 마음을 읽을 수 있다면, 밤의 대기 속에서
오묘한 이야기를 나눌 수 있으리라. 그러나 모든 것이

우리에게는 숨겨져 있는 듯싶다. 보라, 나무들은 〈있다〉.
　우리가 살고 있는
집들도 여전히 서 있다. 우리들만이
이 모든 것을 스쳐 지난다, 오고 가는 바람처럼.
그리고 만물은 하나같이 우리의 일을 침묵하고 있다.
치욕으로 여김인가, 아니면 말할 수 없는 희망에서인가?

연인들이여, 어울려 만족하는 그대들이여,
너희들에게 묻는다, 우리의 존재를. 너희들은 손을 꼭
　잡는다. 그것으로 증명하는 것인가?
그렇다, 내 자신의 두 손도 서로를 느끼고, 혹은 그 두 손
　안에
지친 얼굴을 묻고 쉬는 일도 있다. 그것이 얼마간은
내 스스로를 감지하게도 한다. 허나 누가 그것으로 자신의
　존재를 확신할 수 있는가?
그러나 연인들이여, 서로가 상대의 환희 속에서
성장하는 너희들. 끝내는 압도되는 상대가
〈이제 그만〉, 하고 애원하는 너희들 — 서로의 애무 속에서
풍년 든 포도처럼 풍요하게 영그는 너희들.
다만 상대가 완전한 우위를 차지하는 것만으로도
가끔은 소멸하는 너희들. 너희에게 묻는다, 우리들 인간의

존재를. 나는 알고 있다,
너희들이 그처럼 행복하게 서로를 어루만지는 것은, 애무가
시간을 멈추기 때문이다.
애정 깊은 너희들이 가리고 있는
그 장소가 사라지지 않기 때문이다.
너희들이 그 아래서 순수한 지속을 느끼기 때문이다.
그렇게 너희들은 서로의 포옹이 영원하기를 약속하리라.
허나 첫 시선의 놀라움과 창가에서의 그리움을 이겨 내고,
함께 거닐던 〈첫〉 산책, 단 한 번뿐이던 그 정원에서의
산책을 견뎌 냈을 때,
연인들이여, 그때에도 너희들은 〈영원한〉 연인으로 남아
있을 것인가?
너희들이 발돋움하며 입술을 맞대고 서로 마실 때
아, 얼마나 그때 기이하게도 마시는 자는 그 행위로부터
멀어져 가는가![135]

너희는 아티카의 묘석[136]에 새겨진 인간의 몸짓의 조심성에

135 릴케에 의하면 진정한 사랑은 받는 데 있는 것이 아니라 주는 데 있다. 그리움을 이겨 낸 두 연인이 서로 만나 〈마시는 자, 즉 사랑을 받는 자〉가 될 때 그는 〈사랑의 순수 지속〉으로부터 멀어지게 된다.

136 고대 희랍 묘석의 부조에서는 이러한 인간상을 흔히 발견할 수 있다. 시인은 그들의 모습에서 인간적 한계를 알고, 사랑과 이별을 하나로 받아들

놀란 적은 없었던가? 거기서는 사랑과 이별이,
마치 우리의 경우와는 다른 소재로 만들어진 듯,
가볍게 두 사람의 어깨 위에 얹혀 있지 않는가. 상기해 보라,
두 사람의 그 손을.
체구에는 힘이 넘쳐 있음에도 그 손은 얼마나 강압의 기미
없이 편하게 포개져 있는가를.
절제하고 있는 그들은 〈그렇게〉 우리 인간의 한계를 알고
있었다.
살며시 어루만지는 것, 그것만이 우리가 할 수 있는 일임을.
신들은 우리에게 더욱 강하게 힘을 가한다.
그러나 그것은 신들이 하는 일이다.

우리도 순수하고 조촐하고 좁다란 인간적인 세계를,
강물과 암벽[137] 사이에 우리의 한 줄기 기름진 땅을
찾아낼 수 있으련만. 우리의 심정은
지금도 예나 마찬가지로 우리 자신을 넘어선다. 그러나
우리는 이제 더는

이는 숭고함을 만나고 있다.
137 삶의 무상함과 메마름을 의미한다.

우리의 마음을 부드럽게 해주는 그림 속에서도, 더 위대한
　절도를 지닌 기품 있는 육체에서도
그 격정을 잠재울 힘을 찾지 못하고 있다.[138]

138 고대인들은 심정의 격랑을 예술 작품을 통해 승화시킴으로써 그 속에서 평온과 절도와 기품을 찾았지만, 오늘의 우리는 그러한 능력을 상실한 것이라고 시인은 생각하고 있다.

제3 비가

연인을 노래하는 것은 좋은 일이다. 아, 그러나 숨어 사는
죄 많은 피의 하신[139]을 노래하는 것은 전혀 다른 일이다.
멀리서도 소녀가 알아보는 그 젊은이,
그가 쾌락의 왕에 관하여 무엇을 알까, 욕망의 왕은 종종
이 고독한 젊은이로부터, — 소녀가 위로를 해주기도 전에,
　그리고 때로는 소녀가 옆에 없기라도 하듯,
— 아, 얼마나 그 이름할 수 없는 것에 흠뻑 젖어, 그 거대한
　머리를 들어 올렸던가,
밤을 끝없는 소용돌이 속으로 몰아넣으며.
오, 피의 넵튠, 오, 무서운 그 삼지창.
오, 나선형 소라를 불어 대는 그 가슴 깊이로부터 우러나는
　어두운 숨결이여!
들어 보라, 파헤치고 후벼 대는 저 밤의 소리를. 별들이여,
사랑하는 사내가 사랑하는 여인의 미소에서 얻는 기쁨은
너희들로부터 오는 것이 아닌가? 여인의 맑은 얼굴로
　보내는
그의 애정 어린 시선은 그 순수한 성좌가 주는 선물이
　아닌가?

139 Neptun. 로마 신화 속 피의 하신(河神). 오랜 세대를 거쳐 종족의 피를 지배하는 근원적 힘으로써 성(姓)을 상징하며 삼지창과 소라고둥이 표징이다. 사랑의 본질과 에로스 신의 차이를 강조하는 부분이다.

젊은이의 눈썹의 호선을 그처럼 기다림에 가득 차 팽팽히
　펴게 한 것은
소녀여, 네가 아니다. 아, 그의 어머니도 아니다.
너 때문에, 그를 느끼는 소녀여, 너 때문에
그의 입술이 더 탐스러운 표정으로 둥글게 된 것은 아니다.
아침 바람처럼 거니는 소녀여,[140] 너의 가벼운 출현이
그를 그처럼 흔들어 놓았다고 믿고 있는가? 그렇다, 그의
　가슴을 놀라게 한 것은 너였다.
그러나 그 감격의 충격과 더불어 그의 속에 밀려 들어온
　것은 더 오래된 공포였다.
그를 눈뜨게 하라…… 그러나 너는 어둠과의 교섭으로부터
　그를 완전히 불러내지는 못하리라.
물론 그는 〈탈출해 나오기를 원한다〉, 실제로 도망친다,
　홀가분한 마음으로 그는
너의 정겨운 가슴에 몸을 맡기고, 자신을 가누고, 자기가
　되기 시작한다.
그러나 과연 그가 실제로 자기 자신이 된 적이 있었던가?
어머니, 〈당신이〉 그를 작게 만들었습니다. 그를 시작한
　것은 당신이었습니다.
당신에게 그는 새로운 존재였습니다. 그 새로운 두 눈 위에

140 젊은이의 마음속에 나타나는 〈심정적 소녀상〉.

당신은 다정한 세계를 드리우며 낯선 세계의 위협을 막아
　주셨습니다.
아, 당신이 그 가냘픈 몸만으로도
들끓는 혼돈을 막아 주시던 그 세월은 어디로 갔는지요?
그처럼 당신은 많은 것을 숨겨 주셨습니다. 의심스러운 밤의
　방으로부터
위험을 거두어 주시고, 은신처로 충만한 당신의 가슴에서
보다 인간적인 공간을 꺼내 그의 밤의 공간에 섞어
　넣으셨습니다.
당신이 들고 들어오는 작은 등불은, 어둠 속이 아니라,
가까이에 있는 당신의 존재를 밝혀 주었고, 그러면 불빛은
　정겹게 번졌습니다.
어디선가 삐걱대는 소리가 들리면 당신은 언제나 미소
　지으며 설명해 주셨습니다.
마치 마루청이 〈언제〉 소리를 내는지를 미리부터 알고
　있었듯이……
그러면 그는 당신 이야기에 귀 기울이며 불안한 마음을
　가라앉히곤 했지요.
당신의 보살핌이 그처럼 많은 것을 애정 어리게 했었습니다.
　그의 운명은
훌쩍 일어나 외투를 걸치고 옷장 뒤로 숨었고,

불안한 그의 미래는 자리를 피해 커튼 주름 속으로 몸을
 숨겼습니다.

그리고 그는 홀가분한 마음으로 졸린 눈을 감고 누워
차츰 스며드는 잠 속으로 당신의 가벼운 모습의
감미로움을 풀어 넣으면서
자신은 〈보호받는 몸이라 생각했습니다〉 — 그러나
 〈내면에서는〉
그의 내면에 흐르는 그 오랜 세대의 큰 물결을 누가 맞서
 막을 수 있었겠습니까?
아, 잠자는 자에게는 아무런 경계심이 없다. 잠자면서,
그러나 꿈을 꾸면서, 그러나 열에 들떠서 그는 흠뻑
 빠져들었다.
풋내기로, 수줍어하며, 그는 사정없이 말려 들어간다.
내면으로 마구 뻗어 가는 덩굴과 뒤엉키며
갖가지 문양을 이루고, 숨 막힐 듯 무성하게 자라면서,
질주하는 야수의 모양이 된다.[141] 얼마나 빠져들었던가 —
 사랑했던가.
사랑했다, 그의 내면을, 그 내면의 황야를,

141 뒤엉킨 식물과 역동적인 동물의 형상 등의 비유를 통한 에로티시즘을 나타낸다.

그 원시림을. 거기 무너져 내린 바윗덩이 위에
그의 마음은 담녹색을 하고 서 있었다. 사랑했다. 그것을
떠나 그는
자신의 뿌리를 헤치고 지나서
그의 작은 탄생을 이미 멀리 넘어
강력한 근원 속으로 들어섰다. 사랑하면서
그는 더 오래된 핏속으로, 계곡 밑으로 향해 내려갔다.
거기에는 그 무서운 괴수[142]가, 우리의 조상을 포식하고 누워
있었다. 그리고
괴수마다 그를 알아보고, 눈짓을 했다. 그의 마음을 알고
있다는 듯이.
아니, 그 섬뜩한 것이 미소를 지었다…… 어머니,
어머니도 그렇게 정겨운 미소를 지은 적은 없었습니다.
어떻게
사랑하지 않을 수 있겠습니까, 그것이 미소를 보내는데.
당신에의 사랑에 〈앞서〉
그는 그것을 사랑했습니다. 당신이 그를 잉태했을 때
이미 그 괴수는 태아를 띄우는 양수 속에 녹아들어
있었으니까요.

142 무의식의 심층 세계를 지배하고 있는 인류 최초의 어머니. 두려움과 애정을 함축하고 있다.

보라, 우리는 꽃들처럼, 단 한 해 동안만
사랑하는 것은 아니다. 우리가 사랑을 할 때면 우리의 사지에는
기억도 닿을 수 없는 태고로부터의 수액이 타고 오른다.
소녀여, 〈이것이다〉. 우리가 서로의 〈안에서〉 사랑했던 것은, 단 하나의 것, 미래의 존재가 아니라
끓어오르는 무수한 것들이다. 그것은 단 하나의 아이가 아니다,
무너져 내린 산의 잔해처럼 우리들의 내면 저 밑바닥에 쉬고 있는
아버지들이다. 과거의 어머니들의 메마른 하상(河床)의 흔적이다. 구름에 덮인 숙명,
혹은 푸른 숙명의 하늘 아래 소리 없이 펼쳐져 있는 모든 풍경이다. 이것이, 소녀여, 너에의 사랑보다 앞서 있었다.

그리고 너 스스로도, 자신도 모르는 사이에, 너를 사랑하는 젊은이 마음속에
태고를 불러내 용솟음치게 한다. 이미 이 세상을 떠나간
사람들의 감정이 얼마나 격렬하게 들끓고 있는가.
너를 향한 여인들의 질투. 지난날의 사나이들의 암울한 열정이 젊은이의 혈관 속에 불타오른다.

죽은 아이들조차 일어나 너에게 다가가려 한다…… 오,
조용히, 조용히
젊은이를 위하여 정다움을 보여 주어라, 믿음이 가는
일상사를 —
정원으로 가까이 그를 데리고 나가, 그에게 밤의 무게를
견뎌 낼 힘을 주어라……
그를 자제하게 하라……[143]

143 밤의 혼돈으로부터 젊은이를 구해 내 순수 사랑을 되찾게 하는 것은 절제와 절도뿐이다.

제4 비가

오, 생명의 나무여, 오, 겨울은 언제인가?
우리는 자연과 하나 되지 못하고 있다. 철새들처럼
그것과의 교감이 없다. 지나치거나 뒤처지다가
다급히 바람을 밀고 들어가서는
무심한 못 위로 추락한다.
꽃이 피고, 꽃이 지는 일이 우리에겐 동시에 의식된다.
그러나, 어디선가 사자(獅子)들은 여전히 어슬렁거리며,
치열하게 살아 있는 한, 노쇠를 모르고 있으리라.

그러나 우리는 한 가지 일에 마음을 모으고 있는 때에도
다른 것의 손실을 감지한다. 갈등 대립은
우리와 가장 가까운 것. 연인들마저도
넓은 세계와 사냥과 고향을 굳게 언약하면서도
서로의 내면에서는 항상 벼랑 끝으로 다가서지 않는가.
　　　　한순간의 소묘에도
그것이 눈에 보이게 하기 위해서는
힘들여 정반대 빛의 바탕색을 채색하기 마련이다. 그것은
우리들의 상식이다. 우리는 감정의 윤곽을
모른다. 다만 외부에서 그 윤곽을 형성하는 것, 그것을 알 뿐이다.
마음의 막 앞에 불안감 없이 앉아 본 자 누가 있으랴?

막이 올랐다. 장면은 이별.
뻔히 알 수 있다. 눈에 익은 그 정원이다.
조용히 그것이 흔들리더니, 무용수가 먼저 등장한다.
그 사나이는 아니다. 됐다, 그만! 비록 그의 몸짓이 그처럼
　능숙해도
그는 변장했을 뿐이다. 그도 한 시민이 되어
부엌을 거쳐 거실로 들어가리라.
절반만 채워진 이런 가면이 나는 싫다.
차라리 인형이 좋다. 인형은 가득 채워져 있다. 몸통과
　그것을 조정하는
철사 줄 그리고 외모뿐인 그 얼굴도 참아 줄 수 있다. 여기.
　나는 인형의 무대 앞에 있다.
조명이 꺼지고, 누가 나에게 〈다 끝났다〉라고 말을 해도,
　무대로부터
공허함이 잿빛 바람과 더불어 밀려온다 해도,
그리고 말 없는 조상들 중 누구 하나 함께 없어도, 어느
　여인도,
심지어 갈색의 그 사팔눈 소년[144]마저 거기 없어도
나는 남아 있으리라. 끊임없이 응시하며.

144 사팔뜨기 소년은 릴케의 사촌 에곤 폰 릴케를 말한다.

제가 옳지 않을까요? 저 때문에, 저의 삶을 맛보시며,
그토록 인생의 쓴맛을 겪으신 아버지,
제가 성장하면서, 저의 필연의 삶이 우려내는
흐릿한 국물을, 언제나 맨 처음 맛보시면서,
그리고 그처럼 기이한 저의 미래의 뒷맛에 괴로워하시면서,
당신은 희미한 앞날을 우러르는 나의 시선을 살피셨습니다
—
아버지, 당신은 돌아가신 뒤에도,
제가 희망 속에 있을 때조차도, 가끔 내 안에서, 불안을
느끼셨습니다,
망자들만이 갖는 평온을, 그 평온의 세계를,
저의 보잘것없는 운명을 위하여 포기하셨습니다.
제가 옳지 않을까요? 그리고 당신들, 제 생각이 옳지
않을까요?
당신들을 향한 나의 작은 사랑의 발로로 하여, 나를
사랑했던 당신들,
내가 거기서 멀어진 것은,
당신들의 얼굴에 담긴 공간이,
내가 그것을 사랑했을 때, 이미 당신들이 살고 있지 않는
세계 공간으로 변해 갔기 때문이다 — 나는 인형극 무대
앞에서

기다리리라. 아니, 온몸으로 응시하려 한다. 그러면 마침내
나의 응시에 대응하여 한 천사 나타나 연기자가 되어
인형들의 몸통을 추어올리리라.
천사와 인형, 그러면 드디어 연희는 시작된다.
그러면 우리가 존재한다는 것, 그 존재한다는 것 자체로
　인하여
항상 분열되어 있던 것이 하나가 된다.
그때 비로소 우리들 인생의 계절은 완전한 순환의
원을 이루리라. 그러면 우리들 머리 위 높은 곳에서는
천사가 연희를 펼치리라.
죽음에 이르는 우리들 인간이여,
우리가 이승에서 행하는 모든 일이
얼마나 가식으로 가득 차 있는가를
우리는 알아야 하리라. 이 세상 모든 것은
그것 자체가 아니다. 오, 어린 시절의 나날이여,
그때에는 우리가 본 여러 형상 뒤엔 단순한 과거
이상의 것이 있었고, 앞에는 미래가 없었다.
물론 우리는 성장해 갔다. 때로는 좀 더 빨리 성장하려고
서두르기도 했다. 더러는 성인이라는 것 외에는
아무것도 가진 것이 없는 어른들의 기쁨을 사기
　위해서이기도 했다.

그래도 우리가 혼자 길을 걸을 때에는
과거도 미래도 없는 지속을 즐기며,
세계와 장난감 사이에 있는 중간 지대[145]의,
태초로부터 순수한 사건을 위해 마련된
그 어느 한자리에 서 있었다.

누가 어린아이를 있는 모습 그대로 보여 주는가? 누가
어린아이를 별들 사이에 세우고 거리를 재는 자를
손에 들려 주는가? 누가 굳어지는 잿빛 빵으로
어린 죽음을 만드는가? 혹은 그 죽음을,
달콤한 사과의 속처럼, 어린아이의 동그란 입속에
물려 주는가? — 살인자들을
알아보기는 쉽다. 그러나 이것, 죽음을,
완전한 죽음을, 미처 삶의 계절이 시작되기도 전에
그토록 부드럽게 품고 있으면서 성을 내지 않는 것,
이것은 말로는 표현할 길이 없다.

145 어른들의 세계를 벗어나 오직 인형과 하나가 될 수 있었던 어린 날의 어느 순수한 시간을 의미한다. 릴케는 그것을 〈순수 과정〉이라고 표현하기도 한다.

제5 비가

— 헤르타 쾨니히 부인[146]에게 바침

그런데 도대체 그들은 누구인가?
이 떠도는 무리들, 우리보다
조금은 더 덧없는 사람들. 결코 만족할 줄 모르는 하나의
　의지가
일찍부터 그들을 쥐어짜고 있다. 〈누구〉를, 〈누구〉를
　위해서인가?
만족을 모르는 그 의지는 그들을 구부리고, 휘어 감고,
　흔들어 대고,
내던졌다가는 되받는다. 기름을 칠한 듯 매끄러운
공중에서 닳고 닳은 양탄자 위로 떨어진다. 끊임없는
도약과 착지로 더 얇아진, 우주 속에 버려진
이 양탄자.
교외의 하늘이 그곳 땅 위에 입힌 상처인 듯,
거기 한 조각 반창고처럼 붙어 있는.
그리고 이제 거기 똑바로 내려서서 〈둘러선 자세〉의
큰 머리글자[147]를 그려 보이는 순간 — 어느새 그 손길은 또

146 Hertha Koenig(1884~1976). 1915년 6월부터 10월 사이 릴케는 뮌헨의 헤르타 부인 집에 머문 일이 있다. 이곳에서 그는 피카소의 「곡예사 가족La famille des saltimbanques」을 보게 된다. 「제5 비가」는 이 그림과 그가 실제로 파리에서 본 적이 있는 곡예에 대한 인상이 어우러져 쓰게 된 작품으로 알려져 있다.

147 피카소의 그림에는 왼쪽에 5인이 반원형으로 서 있고 오른쪽에 한

다가와
가장 건장한 그 사나이들을, 장난하듯이 연신 굴려 댄다,
마치 강력한 아우구스트 대왕[148]이 식탁에서
주석 접시를 말아 굴렸듯이.

아, 이 곡예의 중심을 에워싸고
피었다 흩어지는
구경의 장미꽃.[149]
발을 구르는 사나이는 암술인가
스스로 피어 내는 꽃가루를 뒤집어쓰고 또다시
마음에도 없는 거짓 열매[150]를 맺는다,
조금도 그런 속내를 모르는 열매, — 얇디얇은
표피를 반짝거리며, 내키지 않는 거짓 미소를 가볍게 담고
있는.

여자가 앉아 있어 마치 D자형을 이루고 있다. 늘어선 모습을 나타내는 〈*Dastehen*〉은 현존재*Dasein*의 의미도 지니고 있지만, 여기서는 곡예사들이 다음 행위를 위해 잠시 둘러선다는 의미로서 그들의 안전하지 못한 숙명을 암시한다.

148 August der Starke(1670~1733). 작센의 프리드리히 아우구스트 1세를 말한다. 그는 손님을 맞아 연회를 베푸는 자리에서 무거운 주석 접시를 둘둘 말아 굴리며 흥을 돋우었다고 한다.

149 둘러서서 구경하다가 무심히 흩어져 버리는 관중들의 비유.

150 거짓 열매. 곡예사들이 만들어 내는 곡예의 허망함을 말한다.

보라, 저기 맥없이 주름진 장사,
이제는 늙어 북이나 치는 신세다.
축 늘어진 억센 피부 속으로 쪼그라든 것이, 흡사 예전에는
그 안에
〈두〉 사나이가 들어 있다가 하나는 이미
죽어 묘지에 누워 있고, 살아남은 그만이 이제 홀로
짝 잃은 피부 속에 들어 있는 듯,
귀도 어두워지고, 가끔은 실성기마저 있다.

그러나 여기 이 젊은이, 목덜미와 수녀 사이의 아들인가,
팽팽하고, 탄탄하고,
근육과 소박함이 넘친다.

오, 그대들,
고통이 아직 어렸을 적에,
그 오랜 회복기 어느 한때,
괴로움을 달래는 장난감이 되어 주기도 했던 그대들……[151]

151 고통이 주체이고 곡예사들이 객체가 됨으로써 인간의 무력화, 개성 상실의 현상이 강조되고 있다. 고통은 〈결코 만족할 줄 모르는 어느 의지〉의 다른 표현이다. 고도의 기예를 성취하기 위해 오랜 시련을 겪는 동안 곡예사들은 자신의 몸을 고통받는 의지에게 장난감처럼 내맡겨야만 한다. 극한 직업인 곡예사들의 지옥 같은 훈련을 강조하고 있다.

너, 오직 열매들만이 아는
낙하법으로, 설익은 채,
하루에도 몇백 번씩, 함께 쌓아 올린 곡예의 나무에서
떨어지는 너, (분수보다도 빠르게, 순식간에
봄, 여름, 그리고 가을을 겪는 나무),
거기서 떨어지며 너는 무덤에 부딪친다. 이따금 숨을 돌리는
  사이
너는 사랑스런 표정을 얼굴에 띄우며,
거의 애정이라곤 보인 적이 없던 어머니 쪽을 향한다.
  그러나 수줍게
간신히 지어 본 그 표정은 네 몸의 표피에 빨려 들어
사라져 버린다, 어느새 사나이는
또 뛰어오르라고 손뼉을 친다, 그러면
언제나 빠르게 뛰고 있는 너의 심장 가까이에서
고통이 더 뚜렷이 느껴지기도 전에, 발바닥의 타는 아픔이
불현듯 솟구치는 육신의 눈물방울과 더불어,
그 아픔의 원천, 마음의 아픔을 앞지른다.
그러면서도 자신도 모르게 짓는
미소…….

천사여, 오, 쥐어라, 꺾어라, 작은 꽃이 피는 이 약초를.[152]
병을 만들어 그것을 간직하여라! 〈아직〉은 우리에게 열리지
않은
저 많은 기쁨들 한가운데 놓아라, 아담한 단지에 넣어
생동하는 꽃 글씨를 새겨 찬미해라, 〈곡예사의 미소〉라고.

다음은 너, 사랑스런 소녀여,
많은 황홀한 기쁨이
말없이 건너 뛰어넘고 간 소녀여,[153]
아마도 너 때문에 행복한 것은 네 옷의 술 장식이리라 —,
혹은 네 젊은
탄력 있는 젖가슴 위의 금속 같은 초록빛 비단이
한없는 호강을 누리며 만족할는지도 모른다.
너는,
평형을 찾아 흔들거리는 모든 저울 위에 그때그때
다르게 올려지는, 누구의 관심도 없는 시장의 과일,
어깨 사이로 잘 보이게 내놓은 과일.

152 고통을 이겨 내고 미소 짓는 소녀에 대한 비유.
153 진정한 삶의 기쁨을 잃고 기계적으로 살아가야 하는 소녀의 비애를 의미한다. 피나는 노예 훈련에 얽매여 살아가는 곡예 소녀의 애환을 담은 부분이다.

어디에, 오, 〈어디〉에 그 장소는 있는가 — 나는 내 가슴속에
　지녀 본다만 —
그들이 아직 미숙하여, 뛰어오르면서도
짝짓기를 〈제대로〉 못 하는 짐승처럼,
떨어져 나가기만 하는 그 장소는 —
무게가 아직은 무게 그대로 무거운 장소,
서투른 작대 끝에서
접시들이
아직은 비틀거리며 떨어지는 그 장소……

그러다 갑자기 이 힘겨운 어디도 아닌 곳에,[154] 불현듯
말로 표현할 길 없는 지점이 나타나고, 거기서 순수한
　부족함[155]이
놀랍게 변하여 — 저 공허한 넘침으로

154 〈어디도 아닌 곳〉은 어디에도 없으면서 동시에 힘겹게 이를 수 있는 더 높은 곳, 즉 곡예사들의 강한 의지를 통하여 인고의 노력 끝에 얻어지는 곡예의 극치, 예술적 경지를 말한다. 이러한 경지는 〈말로는 표현할 수 없는 지점〉이라고 시는 말하고 있다. 불교에서의 불립 문자(不立文字)의 경지라 할 수 있다. 릴케의 시에서 동양 사상과의 접목을 찾으려는 것도 이런 이유에서이다. 〈어디도 아닌 곳〉이 「제8 비가」에서는 〈순수〉로 나타난다.

155 정상을 향한 곡예사의 생활은 항상 수련 과정에 있기에 부족할 수밖에 없다.

급변한다.[156]
자릿수 많은 계산이
남는 수 없이 나누어지는 곳.[157]

광장들, 오, 파리의 광장이여, 끊임없이 구경거리가 펼쳐지는
곳,
거기서는 유행품점 주인 마담 라모르[158]가
이 지상의 안식 없는 길, 끝없는 리본으로
감고, 매고 하면서 새로운 매듭을 고안해 낸다.
주름 장식, 조화, 모표, 모조 열매 — 하나같이
거짓으로 물들인 것들이다 — 운명의
값싼 겨울 모자들에나 어울리는.

156 곡예사가 정상에 오르는 것은 어떤 순간에 이루어지는 성취일 뿐 영속적인 것이 아니다. 그것은 넘치고 과다한 순간과도 같은 것이기에 공허한 것이기도 하다. 정점 뒤에는 내리막길이 기다리고 있기 때문이다.

157 힘겹고 고달픈 곡예 과정이 도달하는 극치는 순간이며 영이다. 〈결코 만족할 줄 모르는 어느 의지〉의 강요는 다시 시작될 수밖에 없다.

158 Madame Lamort. 릴케의 조어. la mort는 죽음. 즉 죽음의 부인이라는 뜻이다. 여기서 말하는 죽음은 릴케의 이른바 위대하고 진실한 죽음이 아니라 세속적인 삶에서 오는 죽음을 의미한다.

천사여, 우리가 모르는 어느 광장이 있으리라, 그곳에서는
이름할 수 없는 양탄자 위에서, 이승에서는 실현한 적 없는
연인들이, 그 약동하는 심정의
과감하고, 높은 형상을,
기쁨으로 쌓아 올린 탑을,
바닥 없는 공간에서 언제까지나 오직 둘만이 서로
떨면서 기대 세운 그 사다리를 보여 주리라 — 둘러선 관중,
그 많은 조용한 사자(死者)들 앞에서 〈해내리라〉.
그러면 사자들은 항상 아끼고, 숨겨 두었던, 우리가 모르는
　마지막 돈,
영원히 통용되는 행복의 동전을 던져 주리라,
마침내 평온을 찾은 양탄자 위에서
진정으로 미소 짓는 두 연인 앞에.

제6 비가

무화과나무여, 너는 이미 오래전부터 나에게 깊은 의미를
주고 있다.
어떻게 너는 그처럼 개화기를 건너뛰어
때를 맞추어 결단의 열매 속으로,
누구의 찬미도 없이, 그 순수한 비밀을 밀어 넣는가!
분수의 관처럼 굽은 가지들은
수액을 위아래로 나르고, 그러면 수액은 미처 눈도 뜨지
않은 채,
잠 속에서 그 가장 감미로운 성취의 행복 속으로 뛰어든다.
마치 신이 백조의 몸으로 변하였듯이.
……그러나 우리는 머뭇거린다,
아, 우리에겐 꽃피는 일이 영광이지만, 마침내 맺는 우리의
열매[159]는
버림받은 채, 때 잃은 내부로 들어간다.
꽃피우려는 유혹이 온화한 밤바람처럼
젊은이들의 입술과 눈꺼풀을 스칠 때,
분연히 일어나, 넘치는 심정 속에서 치열하리만큼
강력한 행동에의 충동을 일으키는 자는 극히 드물다,
아마도 그렇게 할 수 있는 것은 영웅들이거나, 혹은 일찍

159 자연(무화과)과는 달리 인간이 맺는 성과란 철 잃은 미숙한 열매와 같은 것이다. 인간은 항상 분열 상태를 벗어날 수 없기 때문이다.

저세상으로 가도록 운명 지어진 사람들뿐이리라.
죽음의 원정은 그들의 혈관을 우리와는 다르게 휘어 놓고 있다.
그들은 돌진한다. 자신의 미소보다도 앞서 간다, 마치 카르나크 신전의
우아한 음각화에서 수레를 끄는 준마들이
개선하는 왕보다도 앞서 들어가듯이.

영웅은 어려서 죽은 자들과 이상하리만치 가깝다. 그는 지속에
유혹되지 않는다. 그에게는 상승이 존재이다. 끊임없이
그는 자신을 버리면서 우리가 아는 것과는 다른
부단한 위험의 별자리로 걸어 들어간다. 그곳에서 그를 알아보는 사람은 거의 없다. 그러나
우리의 암울한 침묵을 지키는 운명은 갑작스레 열광하며
그를 솟구치는 세계의 질풍 속으로 들어오라 찬미한다.
들어라, 다시없는 〈그의 목소리를〉. 순간 어둠 속으로 멀어지는 그의 목소리가
흐르는 바람과 더불어 나를 뚫고 지난다.

그럴 때면 나는 그 그리움을 피하여 숨고 싶다. 오 지금도

이 몸이 소년이라면, 소년으로 다시 돌아갈 수 있다면,
그리하여
미래의 팔에 머리를 괴고 앉아 삼손의 이야기를 읽을 수
있다면,
애를 낳지 못하던 어머니가 나중에 가서는 전부와도 같은
영웅을 낳았다는.

오, 어머니여, 그는 이미 당신의 몸속에서 영웅이었지
않았던가, 이미 그곳에서,
당신의 몸속에서, 그의 당당한 선택은 시작되지 않았던가?
무수한 생명이 자궁 속에서 요동치며 그가 되려고 했다.
그러나 보라, 취하고, 버린 것은 그였다 — 그만이 선택했다,
해냈다.
그리고 그가 후에 기둥들을 밀어 부수었지만, 그것은 이미
그가 당신의 육신의 세계로부터
좁은 세계로 뛰쳐나왔을 때의 일과 같은 것이었다.
이곳에서도
그는 계속하여 선택하고 성취했다. 오, 영웅의 어머니들,
오, 거친 흐름의 원천!
그대들 협곡이여! 그 속으로 심정의 높은 벼랑으로부터
소녀들이 이미

슬피 울면서 몸을 내던졌던 것이다, 미래의 아들에의 제물이
되어.

왜냐하면, 영웅은 사랑이 머무는 곳을 돌풍처럼 뚫고 지났기
때문이다.[160]
모두가, 그를 찬양하는 모든 심장의 고동이, 그를 드높이
들어 올렸지만,
어느새 그는 몸을 돌려 미소의 끝에 가 서 있었다 — 다른
사람이 되어, 홀로.

160 영웅의 사랑은 안주가 아니라 해방에 있다. 그의 삶과 마찬가지로 사랑 역시 끊임없는 초월적 행위에 있기에 그는 죽음 앞에서도 기쁨의 미소를 남긴다.

제7 비가

구애가 아니다, 더는 구애가 아니다, 참을 수 없이 터져
나오는 목소리,
그것이 네 외침의 본성이게 하라. 너는 상승하는 계절이 높이
품어 주는 새처럼 순수하게 외치리라,
그때 계절은, 거의 잊고 있는 법이다,
새가 근심에 차 있는 한 마리 짐승이라는 것을, 그리고
청명한 대기 속으로,
그 지순의 하늘 속으로 계절이 던져 올리는 오직 유일한
마음이 아니라는 것을.
새처럼 너 또한 아니, 그보다도 더 사랑을 찾는 것이리라,
그러면 아직은 보이지 않는 연인이
네 목소리를 알아듣고 서서히 조용한 마음속에
화답의 눈을 뜨고 귀 기울이며 설레리라,
너의 과감한 감정에 불타는 연인의 마음.

오, 봄은 알리라 — 어디에도
봄을 알리는 소리가 배어나지 않는 자리는 없다.
처음에는 무엇인가 묻는 듯한 저 나직한 소리,
짙어 가는 적막과 더불어 순수한 희망의 하루가 그 소리를
감싼다.
그것은 잠시일 뿐, 노랫소리는 큰 계단을, 절규의 큰 계단을

거쳐
미래의 꿈의 사원으로 울려 퍼진다, 그리고 떨리는 소리,
분수,
솟구치는 물줄기는 낙하를 예감하며
약속의 유희를 반복한다…… 그리고 수면에 감도는 여름.

여름의 모든 아침들 — 아침이
낮으로 변하면서 하루의 시작을 빛낸다.
그러나 그것뿐이 아니다. 낮은 꽃에게는 자상하게,
우람하게 자란 나무 위에서는 위세를 뽐낸다,
풀어 헤쳐진 이 힘들의 경건함,
그러나 그것뿐이 아니다. 저녁이 깃드는 길과 목장
늦은 뇌우가 지난 뒤의 숨 쉬는 해맑음,
저녁이면 다가오는 잠과 예감 —
그러나 그것뿐이 아니다. 뒤이어 오는 밤! 그 하늘 높은
여름의 밤들,
별, 지상의 별들.
언젠가 죽은 자들 속에 들어가면 그것들을 영원히 알게
되리라,
그 모든 별들을. 어떻게, 어떻게 그것들을 잊을 수 있으랴.

보라, 나는 그 별들 아래서 사랑에 몸 바친 여인을
불러내리라. 그러나 〈그녀〉만이
나오는 것은 아니리라…… 무너진 무덤에서마다
소녀들이 나와 거기 서리라…… 한 번 내지른 목소리를
내가 어떻게 막을 수 있으랴. 흙 속에 묻힌 소녀들은
지금도 여전히 대지를 찾고 있다 — 너희, 어린 것들이여,
너희들이 이승에서 손에 쥐었던 단 하나의 사물도 많은
사물의 가치를 지니리라.
운명이 유년기의 밀도보다 더한 것이라 생각하지 마라.
너희들은 얼마나 자주 너희들의 연인들을 앞질러 갔던가,
무엇을 얻으려는 목표 없이, 오직 자유의 세계를 향한 복된
질주에 숨을 내쉬며, 숨을 내쉬며.

이승에 있다는 것은 멋진 일이다. 소녀들이여, 너희들도
그것은 알고 있었지.
아마도 보람 없이 살다 죽어 갔을 〈너희들〉.
도시의 역겨운 골목에서, 혹은 곪은 상처에 시달리고, 혹은
쓰레기처럼 버려졌던 너희들,
왜냐하면 너희들 누구에게나 한때란 주어졌던 것이니까.
아마 한 시간도 안 되는, 시간의 자로는 잴 수도 없는,
찰나와 찰나 사이의 일순이리라 —, 그러나 그때

너희들은 존재를 갖고 있었다. 모든 것을 갖고 있었다. 혈맥
　가득 찬 존재를.
다만 우리들은 웃어 대는 이웃들이
인정해 주지 않는 것, 부러워하지 않는 것을 쉽게 잊을
　뿐이다.
우리는 행복을 눈에 보이도록 높이 들어 올리려 한다, 가장
　분명한 행복은
그것을 내면에서 변용시킬 때 비로소 현현하는 것이건만.

사랑하는 사람들이여, 세계란 우리들의 내면에 아니고는
　어디에도 없다.
우리의 삶은 변용하며 떠나간다.[161] 그리고 외부 세계는
시시로 초라하게 사라진다. 한때 불변의 집이 서 있던 곳에
가공의 형상이 비스듬히 모습을 드러낸다, 순전한 생각의
　산물이, 마치 뇌 속에 살아 있는 듯.
시대정신은 힘의 큰 창고를 세우고 있으나

161 릴케에 의하면 변용이란 〈눈에 보이는 것을 눈에 보이지 않는 것으로 옮기는 것〉을 말한다. 현상 세계를 깊은 존재의 세계로 변용하여 다시 살아나게 한다는 것이다. 그 열린 세계, 전일의 세계, 세계 내면 공간에서 비로소 삶과 사랑의 완성이 이루어진다는 것으로, 인간 존재의 무상을 넘어서려는 초월의 행위라 할 수 있다. 우리들 인간은 항상 변용해 가는 과정에 있다고 시인은 생각한다.

그것은 현대가 모든 것으로부터 짜내는 동력과 마찬가지로
형체가 없다.
시대정신은 더 이상 신전을 모른다. 이러한 마음의 낭비를
우리는 더욱 은밀하게 아껴 둔다. 그렇다.
한때는 기원과 봉헌과 갈망의 대상이던 것, 그런 것이 하나
남아 있는 경우에도
그것은 이미 있는 모습 그대로 눈에 보이지 않는 세계로
들어가고 있다.
많은 사람들에겐 그것이 눈에 띄지 않는다.
그들은 자신들의 〈내면에〉 석주와 조각상을 더 크게 세울
힘을 상실하고 있는 것이다!

세계가 숨 막히는 전환을 할 때는 언제나 그런 부평초들이
생기기 마련이다.
그들에게는 과거도 없고 미래도 없다.
가장 가까운 것마저도 멀다. 그러나 우리는
이런 것에 현혹되어서는 안 된다. 우리들 내면에서
아직도 인식되고 있는 그 현상을 간직하도록 힘을 모아야
한다 — 그것은 한때 인간계에 우뚝 서 있었다.
운명의 한가운데에. 일체를 파괴하는 운명,
향방을 모르는 상태 속에, 존재하는 것처럼 솟아 있었다.

그리고
흔들리지 않는 하늘로부터 별들을 끌어 내렸다. 천사여,
그대에게 나는 지금도 그것을 보여 주련다. 보라, 여기 있다!
그대가 눈여겨보는 가운데
그것이 마침내 구원을 받아 드디어 늠름하게 우뚝 섰다.
지주, 탑문, 스핑크스, 사라져 가는 도시 혹은 낯선 도시에
버티고 서 있는 회색의 대성당.

그것은 기적이 아니었던가? 오, 천사여, 경탄하라. 그것을
해낸 것은 우리들이다.
우리들, 오, 위대한 천사여, 말하라, 우리가 그것을
해냈노라고.
나의 호흡은
그것을 찬미하기에는 너무 벅차다. 결국 우리는 역시
공간을 놓치지 않은 것이다. 우리에게 허락된 이 우리들의
공간을. (얼마나 엄청난 넓은 공간인가, 우리들의 수천 년
감정으로도 넘쳐 나지 않으니).
그러나 탑은 위대하지 않았던가? 오, 천사여, 탑은 위대했다
—
그대 옆에 놓여도 위대했다. 샤르트르 성당은 위대했다 —
그리고 음악은

더욱 높이 솟아올라 우리를 넘어섰다. 하지만
사랑에 젖은 여인 하나마저도 —, 오, 홀로 밤이 깃든 창가에
서 있는 여인 —
그 여인도 그대의 무릎에까지 다다르지 않았던가 —?
내가 구애한다고는 생각지 말라.
천사여, 설혹 내가 구애한다고 해도 그대는 오지 않으리라,
나의 목소리는 망설임으로 가득 차 있으므로.
그렇게 거센 물살을 거슬러 그대가 올 수는 없다. 나의
외침은 내뻗친 팔과 같다.
그리고 붙잡으려고 넓게 편 손은
잡을 수 없는 천사여, 그대 앞에 공허하게 열려 있다,
거부와 경고의 표시인 듯.[162]

162 절대자인 천사와 인간의 한계를 인식하기에, 천사와의 관련을 거부하는 인간의 태도 또한 단호하다.

제8 비가

— 루돌프 카스너[163]에게 바침

모든 눈으로 생물들은
열린 세계를 보고 있다. 우리들 인간의 눈만이
반대 방향을 보는 듯,[164]
그들의 자유로운 출구를, 덫이 되어 둘러막고 있다.
출구 밖에 〈있는〉 것, 그것을 우리는
동물의 표정에서 읽을 뿐이다. 어린아이 때부터 우린 이미
아이의 등을 돌려놓고 형상의 세계를 뒤쪽으로 보도록 강요하기 때문이다.
동물의 얼굴에 깊이 깃들어 있는 열린 세계를 보지 못하게 한다,
죽음으로부터 자유로운 그 세계를.
죽음을 보는 것은 우리들뿐이다. 자유로운 존재인 동물은
언제나 몰락을 뒤에 두고
앞에는 신을 보고 있다. 걸을 때에는 영원 속으로
걸어 들어간다, 마치 샘물이 흘러가듯이.
〈우리는〉 단 한 번도, 단 하루의 날도

163 Rudolf Kassner(1873~1959). 릴케와 친교를 맺고 있던 오스트리아의 철학자이며 문화 비평가.

164 릴케는 동물과 인간의 차이를 〈동물은 세계 안에 있고 인간은 세계와 마주 서 있다〉는 데서 찾고 있다. 합일된 세계인 열린 공간에서 동물은 자유로울 수 있지만 인간은 숙명적으로 갈등, 분열을 벗어날 수 없는 존재라는 것이다.

꽃들이 끊임없이 피어 들어가는 그 순수 공간을
만나는 적이 없다. 우리가 만나는 것은 언제나 세계이다.
결코 〈부정이 없는 어디도 아닌 곳〉,[165]
공기처럼 숨쉬고, 무한정이라고 〈알기에〉 탐내지 않는
순수한 것,
감시받지 않는 것이던 적은 한 번도 없다. 어릴 때에는
아무도 모르게 거기 몰입했다가 누군가에게 흔들려
　깨어난다. 혹은
죽을 때 그것이[166] 되는 사람도 있다.
왜냐하면 죽음에 이른 사람이 보는 건 이미 죽음이 아니라
〈먼 곳〉이기 때문이다. 어쩌면 짐승의 큰 눈을 하고.
사랑하는 사람들도 시선을 방해하는 상대가 없으면
거기에 가까이 다가서고, 그리고 놀란다……
마치 실수에서인 듯 그들에게도 그 순수의 경지가

165 〈부정이 없는 어디도 아닌 곳〉이란 결코 아무 데도 없다는 것이 아니라 우리가 일상적으로 만나는 어두운 현실 세계와 대비되는 〈순수 세계〉를 강조하는 말이다. 어디라고 말로는 표현할 수 없는, 그러나 분명히 있는 곳, 공기처럼 숨 쉴 수 있는 순수 공간, 그것은 릴케가 지향하는 이상향이다. 〈순수〉는 편재하는 것이지만 〈세계〉 때문에 우리는 그것을 늘 놓치고 살아간다. 릴케는 그 순수를 우리가 만날 수 있는 것은 어린 시절의 어느 한때, 영웅의 죽음, 주는 사랑, 혹은 죽어 가는 사람의 눈빛 같은 데서라고 말한다. 〈부정이 없는〉이란 〈부정할 수 없는〉을 다르게 표현한 것으로 확실함을 강조한다.

166 순수, 혹은 순수 세계.

상대의 등 뒤에 열리지만…… 그러나 아무도
상대를 넘어 더 나아가는 사람은 없다. 그리고 그의 앞에는
세계가 다시 가로막는다.
우리는 언제나 피조물의 세계를 마주하고 있으면서도,
다만 거기에 드리워진 자유로운 세계의 반영을 볼 뿐이다,
우리의 그림자로 가려진 어둑한 반영을. 혹은 한 마리
짐승이,
말 없는 짐승이, 고개를 들어 조용히 우리를 꿰뚫어 보고
있는지도 모른다.
운명이란 그런 것이다. 마주 서 있는 것,
오직 그것일 뿐이다, 언제나 마주 보고 있는 것.

우리 반대쪽에서 우리를 향해 걸어오는 침착한 짐승에게
우리와 같은 의식이 있다면
그는 우리를 자기의 가는 길로 끌어 세우리라.
그러나 그에게 있어 그의 존재는 무한하고, 꾸밈이 없고,
자신의 상태를
눈여겨 바라보는 일 없이, 앞을 향한 그의 시선처럼,
순수하다.
그리고 우리가 미래를 볼 때 그는 일체를 본다.
그 모든 것 속에서 자신을, 영원히 온전한 존재인 자신을

본다.

그러나 경계하면서도 따스한 짐승의 내면에도
크나큰 우수의 무게와 근심은 있다.
항상 떠나지 않는 것이 있나니
그것은 우리를 가끔 사로잡는 것, 바로 추억이다.
우리가 지금 애타게 찾는 것, 그것이
한때는 더 가까이 있었고, 더 순종적이었고
그것과의 관련이 한없이 정겨웠던 듯한 그 추억이다.
옛날에는 한 숨결 같았건만 지금은 모든 것이 너무 멀다.
첫 고향을 떠난 후, 제2의 고향은 어중간하고 바람뿐이다.
〈오, 작은〉 생물들의 행복함이여,
언제까지나 자기를 품어 주던 모태 속에 〈살고 있는〉
미물이여.
오, 모기의 행복. 짝짓기를 할 때조차 여전히
〈모태 속에서〉 뛰논다, 하루살이에겐 모태가 전부이므로.
그러나 안전을 상실한 새를 보라,
새는 태어나면서부터 두 세계를 거의 알고 있다,
마치 죽은 에트루리아인[167]의 영혼인 듯이,

167 Etrurien. 로마 북쪽의 지명. 에트루리아인은 사람이 사후에도 살아 있는 것처럼 생활을 계속한다고 믿어서 관 뚜껑에는 죽은 자의 모습을 새겨

몸은 관 속에 들어 있으면서도 자신의 쉬는 모습이 새겨진
뚜껑을 덮고 있는.
모태에서 태어나면서 날아야만 하는 생명체는
얼마나 당혹스러울까. 스스로 놀란 듯
새는 찻잔에 금이 가듯이 허공을 가른다. 그처럼
도자기빛 저녁을 가르며 나는 박쥐의 흔적.

그리고 우리는 관객, 언제나, 어디서나
모든 것을 마주 보면서도, 결코 저 넓은 곳으로 넘어가질
못한다!
모든 것이 넘친다. 우리는 정돈한다. 무너진다.
다시 정돈한다, 그러다 우리는 스스로 무너진다.

누가 우리를 이렇게 돌려놓았기에
무슨 일을 하여도 우리는
떠나는 자의 자세를 벗어나지 못하는가? 떠나는 자는
온 계곡이 다시 한 번 훤히 내려다보이는 마지막 언덕에서
뒤돌아보고, 걸음을 멈추고, 서성인다.
그렇게 우리는 살면서, 언제나 이별을 한다.

놓고 관 속에는 여러 가지 식기 등을 넣는다고 한다.

제9 비가

이 존재의 짧은 시간을 보내기 위해서는
다른 모든 초록빛보다 좀 더 짙게
잎새 가장자리마다 (바람의 미소 같은) 작은 물결이 이는
월계수[168]처럼 될 수도 있으련만, 왜
인간의 삶을 어렵게 계속하여야만 하는가 — 그리고 운명을
피하면서
운명을 그리워하는가? ……

오, 거기 행복이 있어서가 아니다.
행복이란 다가오는 손실에 성급하게 앞서 오는 이득일
뿐이다.
호기심에서도 아니다, 마음의 수련을 위해서도 아니다.
마음은 월계수 속에도 살아 〈있으리라〉……

아니, 그것은 이 지상에 살아 있다는 것이 중요하기
때문이다. 그리고 어쩌면
이 지상에 존재하는 모든 것이 우리를 필요로 할 것이기
때문이다,
그 사라지기 쉬운 것들이 이상스럽게도 우리와 관계하고
있기 때문이다, 가장 사라지기 쉬운 이 우리들과.

168 시간의 순수성에 대한 향수를 상징한다.

모든 존재는 한 번뿐이다. 단 한 번. 한 번뿐, 더는 없다. 우리
또한
한 번뿐이다. 다시는 되돌아오지 않는다. 그러나
비록 한 번이지만, 이 한 번 존재했다는 것,
지상에 있었다는 사실, 그것은 철회할 길이 없다.

그리하여 우리는 절박하게 그 존재를 성취하려 든다.
맨손으로 움켜잡으려 한다.
넘치는 시선 속에, 말 없는 심장 속에 간직하려 한다.
지상의 존재가 되고저 한다. — 누구에게 주기 위해서인가?
가능한 한
모든 것을 영원히 우리 것으로 보존하기 위해서…… 아,
그러나 저세상의 다른 관계 속으로
우리는 무엇을 들고 갈 것인가? 이승에서 더디게 배운
관조가 아니다,
여기서 생겼던 일도 아니다. 아무것도.
우리가 갖고 가는 것은 고통이다. 무엇보다도 삶의
무거움이다.
사랑의 긴 경험이다 — 그렇다,
순전히 말로는 할 수 없는 것들이다. 그러나 훗날
별들의 세계에 이르면, 그런 것도 다 무엇이랴. 〈별이야 말로

더더욱〉 말로는 표현할 길 없는 것들이다.
방랑자도 산비탈에서 골짜기로 들고 오는 것은
정녕 말로 할 수 없는 한 줌의 흙이 아니다,
힘겹게 얻어 낸 낱말 하나, 순수한 말, 노랗고 파란
용담꽃이다.
아마도 우리가 지상에 존재하는 것은 말을 하기
위해서이리라. 집,
다리, 샘물, 문, 항아리, 과수, 창문,
혹은 기껏해야 원주니 탑이니 하고…… 그러나 이해하라,
말을 한다 함은,
사물들 스스로도 결코 자기들이 그런 존재라고는
깊이 생각하지 못하고 있던 것처럼, 그렇게 말하기
위해서이다.[169] 대지의 힘에 의하여
연인들의 정감 속에서 모든 것 하나하나가 황홀에 잠기게
되는 것은
말 없는 이 대지의 은밀한 계략이 아닐까?
가령 문턱은 어떤가. 두 연인은
옛부터 이어오는 그 문턱을,
앞서 간 많은 사람들 다음에, 그리고 뒤에 올 미래의

169 사물의 본질을 드러나게 한다는 의미이다. 〈사물에 언어를 주어 사물 스스로 말하게 한다〉는 그의 말과도 같다.

사람들에 앞서,
그들과 마찬가지로 조금은 닮게 하겠지만…… 가볍게
넘으리라.

〈이 지상은 말할 수 있는 존재〉의 시간, 〈이 지상은〉 그
고향이다.
말하라, 그리고 고백하라. 그 어느 시대보다도
사물들이, 체험 가능한 사물들이 사라지고 있다.
그것들을 몰아내고 자리 잡은 것은 형상 없는 행위다.
껍데기뿐인 행위. 껍데기는 행위가 속에서 성장하여 한계가
드러나면 이내 부서지고 만다.
우리의 심정은 망치질 틈새에 끼어 살고 있다.
마치 우리의 혀가
치아 사이에 있으면서도
한사코 찬미를 멈추지 않는 혀로 남아 있듯이.

천사에게 찬미하라, 이 세계를, 그러나 말할 수 없는 세계는
안 된다.[170] 〈천사에게는〉

170 천사의 세계는 〈말로는 할 수 없는〉 절대 세계이며, 말의 세계가 아닌 감성의 세계이다. 말은 인간에게만 주어진 축복이다. 그러므로 말이 있는 지상의 세계에서 우리가 만들어 낸 모든 것을 말로써 찬양하고 자랑하라는 것이다.

화려한 너의 감성도 자랑이 될 수는 없다, 우주 공간에서
보다 절실한 감성을 지니고 있는 천사에게 너는 풋내기일
뿐이다.
천사에게는 다만 소박한 것을 보여라. 세대에서 세대로
이어지며 형성되어
우리의 손 가까이, 그리고 눈에 보이게 살아 있는, 우리의
것을.
천사에게 사물들을 말하라. 그것이 그를 더욱 놀라게
하리라. 언젠가 네가
로마의 밧줄 제조공이나 혹은 나일 강가의 도공을 보고
놀랐듯이.
천사에게 보여라. 하나의 사물이 얼마나 행복하게, 얼마나
순수하게, 그리고 얼마나 우리의 소유가 될 수 있는가를,
비탄하는 고뇌조차도 그것이 얼마나 형상을 갖추기 위하여
순수한 결의를 하고,
하나의 사물로 봉사할 수 있는가, 혹은 죽어서 하나의
사물이 되는가를 — 그리고 그 죽음 속에서
얼마나 행복스런 선율로 바이올린으로부터 흘러나오는가를
— 사라짐 속에서
살아가는 이들 사물은 이해하고 있다, 네가 그들을 찬미하고
있음을. 덧없이

사물들은 우리에게, 가장 덧없는 존재인 우리에게,[171] 구원을
기대한다.
사물들은 원한다, 우리가 그들을 눈에 보이지 않는 심정
속에서 변용시켜 주기를,
— 오, 우리들 내면으로의 무한한 변용을! 비록 우리가
하찮은 존재일지라도.

대지여, 이것이 네가 원하는 것 아닌가, 〈눈에 보이지 않는〉
것으로
우리들 마음속에서 되살아나는 것,
— 그것이 너의 꿈이 아닌가?
언젠가 눈에 보이지 않는 것으로 되는 것? — 대지여! 눈에
보이지 않는 것으로 다시 살아나는 것이!
변용 아니면, 무엇이 너의 절박한 위탁이겠는가?
대지여, 사랑하는 대지여, 나는 너의 위탁을 해내리라. 오
믿어라. 나를 너에게 귀의하게 하기 위해서는
너의 많은 봄은 필요하지 않다 — 단 한 번의 봄,
아, 단 한 번의 봄으로도 나의 피에는 넘친다.
이름도 없이 나는 너와 하나 되기로 결의했다, 멀리서부터.
언제나 너의 뜻은 옳았다, 친숙한 죽음이야말로

171 사물과는 달리 인간에게는 소멸 의식이 있기 때문이다.

너의 신성한 착상이다.[172]

보라, 나는 살아 있다. 무엇으로? 유년도 미래도
줄지 않는다. ……넘치는 지금의 존재가
나의 마음속에서 용솟음친다.

172 대지의 변용은 죽음의 공포가 아니라 또 다른 삶을 실현하는 〈친숙한 죽음〉을 가져온다. 결국 변용이란 언어를 통하여 시적 공간을 획득하는 초월의 행위이다.

제10 비가

나 언젠가 무서운 인식의 끝에[173] 서서
화답하는 천사를 향해 환호와 찬미의 노래 크게 부르게
되기를.
맑게 내려친 심장의 망치가
연약한 현, 주저하는 현 혹은 에는 듯한 현에 닿아도
그 울림소리 흩어지지 않기를, 쏟아지는 눈물이
내 얼굴을 더욱 빛나게 하기를, 남모르는 울음이
꽃으로 피어나기를. 오, 밤이여, 비애의 밤들이여, 그때에는
너희들이
얼마나 나에게 정겨운 것이 되랴.
슬픔의 자매들이여, 너희들 앞에 더 낮게 무릎을 꿇어
받아들이고,
풀어 헤친 너희들 머리칼 속에
나를 더 풀어 몸 바쳐야 했었건만. 우리들, 고통의
낭비자들이여.
슬픔이 지속되는 가운데서도 우리는 행여 끝나지 않을까
기대하며 산다. 그러나 고통은
인동의 나뭇잎, 우리의 짙은 상록수,
마음속의 은밀한 세월의 어느 한 계절 —, 아니 계절만이
아니다 —,

173 천사와 인간 사이의 구조적 차이를 인식하는 계기를 의미한다.

고통은 장소, 정착지, 잠자리, 토지며 거처이다.

참으로 슬픈 일이다, 고통의 도시의 골목길들은 너무도
낯설다.
그곳에는 소음으로 만들어진 허위의 적막 속에
공허의 주형에서 떠 만든 주물,
도금된 소동, 파열하는 기념비가 의연하게 서 있다.
오, 천사라면 흔적도 남기지 않고 이 위안의 장터를 짓밟아
버리리라,
그 장터를 경계로 시에서 기성품으로 사들인 교회가
깨끗하게, 문이 닫힌 채 일요일의 우체국처럼 실망스레 서
있다.
그러나 그 바깥 장터의 주변은 일상의 물결로 넘실거린다.
자유의 그네! 열의로 가득 찬 곡예사와 잠수부!
예쁘게 꾸민 행운의 인형을 겨누는 사격장.
어느 능숙한 사람이 명중시키면
과녁은 버둥거리며 양철 소리를 낸다. 갈채에서 다른 우연을
찾아
그는 다시 비틀거리며 옮겨 간다. 오만가지 호기심을
불러일으키는 노점들이
선전하고 북을 치고 떠들어 댄다. 그러나 어른들에게는

또 다른 특별한 볼거리가 있다. 돈은 어떻게 새끼를 치는가,
해부학적으로 설명한다,
이것은 단순한 흥미 본위의 볼거리만은 아니다. 돈의 성기를
보여 준다,
무엇이든지 보여 준다, 몽땅 보여 준다, 모든 과정을 보여
준다. 교육적이고
그리고 생산력을 증진시키고……,
……오, 그러나 바로 그곳을 벗어나면,
마지막 판자 뒤쪽에 〈불사(不死)〉라는 포스터가 붙어 있다.
그 씁쓸한 맥주 광고다. 마실 때마다 신선한 심심풀이를
곁들어 씹노라면
달콤하게 느껴지기도 하는 맥주……
그 판자 저쪽, 바로 뒤에는 〈현실〉이 있다.
아이들은 놀고, 연인들은
끌어안는다 — 사람들한테서 떨어져,
진지한 표정으로 초라한 풀밭에 앉아 있다. 개들도 자연
그대로이다.
젊은이는 조금 더 앞으로 따라간다. 아마도
탄식이라는 그 젊은 여인을 사랑하고 있기 때문이리라……
여인[174]의 뒤를 따라 그는 초원으로 들어선다. 여인은

174 여성 명사 〈탄식*die Klage*〉의 의인화.

말한다.
— 멀어요. 우리는 저 바깥쪽에 살아요…….
어디요? 그리고 젊은이는 따라간다. 그녀의 몸가짐이 그의
마음을 흔든다. 그 어깨, 그 목덜미 — 필경
훌륭한 가문 출신일 게다. 그러나 그는 그녀를 내버려 두고,
돌아선다,
몸을 돌려 작별의 손짓을 한다……
따라간들 무엇하랴? 탄식인 그녀를.

다만 어려서 죽은 자들만이 시간을 넘어선 무관심의 처음
상태,
지상의 관습을 벗어난 상태에서
사랑으로 탄식을 따라간다. 탄식은
소녀들을 기다리고 그들과 친숙해진다. 그리고 조용히
자기 몸에 지니고 있는 것들을 보여 준다, 고통의 진주와
인고의
고운 면사포를 — 젊은이들과 걸을 때에는 탄식은
말이 없다.

그러나 탄식들이 살고 있는 골짜기에 이르자 탄식 가운데 한
나이 든 탄식이

젊은이의 질문을 떠맡아 말을 한다. 우리들,
탄식인 우리는 한때 큰 종족을 이루고 있었어. 우리
  조상들은
저기 저 큰 산 속에서 채광을 업으로 삼고 있었지.
  사람들에게서
가끔 잘 닦아진 원초의 고통덩어리라든가
혹은 오래된 화산에서 흘러서 그대로 화석이 된 분노를 볼
  거야.
그래, 다 거기서 생겨난 것들이지. 한때 우리는 부자였거든.
그러고는 그를 가벼운 발걸음으로 탄식의 넓은 풍경 속으로
  인도하면서
사원의 기둥들이거나 혹은 옛날 이 나라를 슬기롭게
  다스렸던
탄식의 왕족의 저 성채의 폐허를 손짓해 보인다. 그리고
높이 솟은 눈물의 나무들과 꽃 피는 우수의 들과
(살아 있는 자들은 이를 다만 부드러운 잎으로 알고 있다)
슬픔의 짐승들이 풀을 뜯고 있는 모습을 보여 주기도 한다
  — 이따금
놀란 새 한 마리 쳐다보는 두 사람 위로 나직이 날아간다,
고독한 절규의 상형 문자 모양을 멀리 그리면서.
저녁이 되자 탄식은 그를 탄식의 종족,

옛 조상들의 묘지로 데리고 간다, 무녀나 예언자들이다.
그러나 밤이 가까워지면서 두 사람의 발걸음 소리는 더
　낮아진다, 뒤이어
달빛을 받으며 솟아오르는 것, 그것은 모든 것을 감시하는
　묘비,
나일 강가의 형제,
그 숭고한 스핑크스다, 말 없는 묘혈의
얼굴.
둘은 왕관을 쓴 머리에 경탄한다. 그것은 영원히
입을 다문 채, 별들의 저울 위에
인간의 얼굴을 올려놓고 있다.

젊은이의 시선은, 이른 죽음에 현기증을 느끼며,
그것을 파악하지 못한다. 그러나 탄식의 응시는
왕관의 깃 뒤 숨어 있는 부엉이를 깨워 일으킨다. 부엉이는
스핑크스의 두 뺨, 그 완숙한 곡선을 따라 쓰다듬으며
천천히 내려와
망자의 새로 얻은 청각, 그 양쪽으로 펼쳐진 지면[175] 위에

175 두 귀를 뜻한다. 지혜를 통하여 청각과 시각의 분열이 지양되는 일치의 상태에 대한 경이로움을 말한다. 부엉이는 지혜와 기예의 여신인 미네르바Minerva가 데리고 다니는 새이다.

형언할 길 없는 소리의 윤곽을
부드럽게 그려 넣는다.

그리고 더 높은 곳에는 별들, 새 별들, 고뇌의 나라의 별들.
탄식은 조용히 별들의 이름을 부른다 — 여기,
내가 가리키는 쪽을 봐. 저건 〈기수〉, 〈지팡이〉, 그리고 별이
　무리 지어 있는 저 성좌,
저건 〈열매의 화환〉이라고들 하지. 그리고 더 북극 쪽으로
요람, 길, 불타는 책, 인형, 창문.
하지만 남쪽 하늘에는, 축복받은 손바닥에 쓰인 듯 맑게
대문자 M이 밝게 빛나고 있지,
그건 어머니들[176]을 뜻하는 거야……

그러나 사자는 떠나야 한다. 말없이 나이 든 탄식은
그를 골짜기 끝에까지 데리고 간다,
거기에는 달빛 속에 빛나는 것이 있다,
기쁨의 샘이다.[177] 경외심에 잠겨
탄식은 그 이름을 부르면서 말한다 —

176 M. Mütter의 머리글자.

177 릴케에 있어서는 삶과 죽음이 하나이듯이 슬픔과 기쁨도 하나다. 그러기에 기쁨의 샘 역시 슬픔에서 나온다.

인간들의 세계에서는 이것이 생명을 낳는 흐름이 되는 거야
—

둘이는 산 밑에서 걸음을 멈추고 선다.
탄식은 그를 껴안는다, 울면서.
사자는 외로이 올라간다, 원초적 고뇌의 깊은 산속으로.
소리 없는 운명에서는 그의 발걸음 소리 하나 안 들린다.

그러나 그들, 무한의 죽음 속으로 들어간 사자들이 하나의
비유를 일깨운다면,
보라, 그들은 아마도 앙상한 개암나무 가지에 맺혀 있는
꽃차례를 가리킬지도 모른다, 아니면
이른 봄 검은 대지에 내리는 비를 생각하게 하리라 —

그리고 우리들, 〈상승하는〉 행복을 생각하는 우리는
경악에 가까운
감동을 받으리라,
〈아래로 내리는〉 행복을 만날 때.

역자 해설

릴케의 삶과 시 세계

릴케는 1875년 12월 4일, 당시 오스트리아 제국의 지배하에 있던 체코의 프라하에서 태어났다. 장교가 되어 사회적 신분 상승을 획득하려던 그의 아버지는 자신의 좌절한 꿈을 아들이 성취해 주기를 기대한다. 그리고 릴케를 장크트 푈텐St. Pölten의 육군 초등 실과 학교와 메리쉬 봐이스 키르헨Mährisch Weißkirchen의 육군 고등 실과 학교에 보낸다. 그러나 육체적, 정신적으로 감당할 수 없었던 릴케는 신병을 이유로 퇴교하게 된다. 릴케는 그 5년의 세월을 〈공포의 죄임쇠〉의 시간이라고 회상한다. 뒤이어 린쯔 상업 학교에 입학하지만 여기서도 1년을 넘기지 못한다.

몇 년 후 릴케는 독학으로 대학 입학 자격증을 획득하고 프라하 대학에 이어 뮌헨과 베를린 대학에서 학업을 계속하게 된다. 그의 시작(詩作) 활동은 이미 이때부터 활발하게 전개되고 있었다.

릴케는 『인생과 노래*Leben und Lieder*』(1894)를 시작으로 『가신봉제*Larenopfer*』(1896), 『꿈의 왕관을 쓰고*Traumgekrönt*』

(1897), 『강림절*Advent*』(1898) 등 거의 해마다 시집을 내놓는다. 이 초기 시에서는 프라하의 오래된 풍물과 역사, 보헤미아의 전설 등에 대한 애착과 몽상적이고 낭만적인 동경이 짙게 깔려 있어 신낭만파 시의 흔적을 감지할 수 있다. 비록 정신적으로 성숙하지 못한 시인이 자신을 찾아 헤매던 시기의 작품으로서 아직 릴케다운 개성이 확립되어 있지는 않지만 그의 풍부한 시적 감정과 소질이 충분히 담겨 있다.

제5 시집 『나의 축제를 위하여*Mir zur Feier*』(1899)는 릴케 자신도 〈최초의 나 자신의 시집〉이라고 했을 만큼 그의 애정이 담긴 시집이다. 〈영원과의 나직한 대화〉를 나누려는 시인의 소망과 기초 감정이 짙게 깔려 있다.

고향과 가족의 속박으로부터 벗어나기 위한 뮌헨행은 그 후 거의 방랑 생활과도 같은 그의 편력의 당초가 된다. 특히 루 안드레아스 살로메Lou Andreas-Salomé와의 만남은 젊은 릴케의 시적 태도에 큰 변화를 안겨 준다. 러시아 출신 장군의 딸로서 한때 니체의 친구이기도 했던 루 살로메는 문화계에 널리 알려져 있는 인물이었고, 릴케는 그녀에게서 문학적 정신적인 여성의 전형을 발견한다. 그는 살로메로부터 받은 깊은 감화가 〈어떤 결정적인 새로운 세계를 열어 주는 계기〉가 되었다고까지 회고한다.

특히 1899년과 1900년 두 차례에 걸친 살로메와의 러시아 여행은 릴케로 하여금 시인으로서의 충격적인 경험을 겪게 한다. 똘스또이를 만난 일도 감동이었지만 러시아의 대자연은 프라하나 뮌헨 혹은 베를린에서 느껴 보지 못한 〈참 고향〉을 만나게 해준다. 그 광활한 자연이야말로 인간과 신이 만나는 곳이라 생각한 것이다. 실제로 러시아에서의 이러한 충격은 『오르페우스에게 바치는 소네트』와 『두이노의 비가』 등 후기 작품에까지 시적 모티브가 되고 있다.

러시아 여행에서 돌아온 후 릴케는 화가 하인리히 포겔러의 초대로 보르프스베데Worpswede를 찾는다. 화가들의 마을인 이곳에서 그는 낯선 예술가들과 어울려 한동안 실내 협연, 시낭송, 미술 전시회 등을 찾으며 새로운 삶을 경험한다. 조각가 클라라 베스트호프와의 결혼도 여기서 이루어진다. 러시아를 상기하게 하는 보르프스베데의 광활한 자연은 릴케에게 시적 고향을 열어 주며 많은 작품의 토양이 된다.

그러나 이곳 예술가들과의 자유분방한 생활이 그에게 만족스러운 것만은 아니었다. 다음의 시는 이 시절의 시인의 혼란스런 심정을 말해 준다.

단 한 번만이라도 완전히 조용해진다면
뜻밖의 일과 우연한 일과
이웃의 웃음이 멈춰 준다면
나의 오관이 불러일으키는 소음이
깨어 있는 나를 이렇듯 방해하지 않는다면

나는 더없이 깊은 사념에 잠겨
당신을 끝에서 끝까지 생각할 수 있으리다.
당신을 (미소의 한순간만큼이나마) 차지할 수 있으리다.
모든 생명에게 하나의 감사처럼
당신을 선사하기 위하여.

릴케가 한때 베스터베데로 거처를 옮긴 것도 이런 분위기를 벗어나려 했기 때문이다.

릴케는 1902년 『형상 시집』을 세상에 내놓는다. 하우프트만 Hauptmann에게 바친 이 시집에는 주로 1899년 베를린 근교의 슈마르겐돌후에서 쓰인 것과, 같은 해에 이루어진 러시아 여행이나 릴케의 생애에서 중요한 자리를 차지하는 보르프스베데에서의 체험이 낳은 작품들이 수록되고 있다.

〈형상 시집〉이라는 이름이 말해 주듯이 이 작품의 특징은 외계의 사물에 대한 깊은 관조와 조형화의 과정이다. 말하자면 〈사물을 보는 눈〉을 뜬 시인을 만나게 해준다. 릴케는 그것을 「진보」라는 시에서 〈사물마다 차차 다정히 다가오고 / 형상마다 더 명료하게 떠오른다 / 이름 없는 것에마저 믿음이 가나니……〉라고 시적 태도의 변모를 고백하고 있다.

『형상 시집』은 중기의 사물 시*Dinggedichte*로 이어지는 교량 역할을 하는 것으로서 중요한 위치를 차지한다. 이 시집에는 1906년 재판이 나올 때 36편의 새 시가 첨가된다. 이것들은 주로 릴케가 파리에 있던 시절에 쓰여진 작품들이다. 대표적인 애송시로 유명한 「가을」이라든가 「가을날」은 여기에 속한다.

『형상 시집』의 작품들과 거의 같은 시기에 쓰여진 것으로 『기도 시집』의 제1부 〈수도사 생활의 서〉(1899)와 제2부 〈순례의 서〉(1901)가 있다. 『형상 시집』이 독립된 개개의 주제를 갖는 시들의 모음인 반면 『기도 시집』은 한 주제를 배경으로 전개되는 연작시의 형태를 취하고 있다는 데 그 차이가 있다.

제1부는 대체로 시인의 이탈리아 여행과 러시아 여행에서 얻은 체험의 직접적인 산물로서 시인의 범신론적 사상이 짙게 배

어 있다. 신은 우주에 편재하며 모든 사물에 깃들어 있어 우리 주변에 가까이 있지만 손에 잡히지 않는 존재다.

제2부는 주로 보르프스베데의 평원에서 겪는 체험을 배경으로 한다. 신이란 모든 생명과 더불어 성숙하는, 말하자면 〈생성되어 가는 신〉이라는 데 그 핵심이 놓여 있다. 따라서 신은 아직 한 번도 확고하게 완성된 적 없는, 다만 〈미래〉일 뿐이다. 그러나 그 미래의 〈신에 이르는 길은 끝없이 멀고 / 오래도록 걸어간 사람이 없어 황량〉/ 하고 〈신은 고독하다〉. 신이 고독 자체라 함은 오직 끝없이 외로운 순례자의 깊은 기도 속에서만 만날 수 있다는 것과도 같다.

그러나 제3부 〈가난과 죽음의 서〉에서는 새로운 현실에 충격받은 시인의 변화된 모습을 만나게 된다. 릴케는 1902년 8월에 『로댕론』을 쓰기 위하여 가정을 떠나 홀로 조각가 로댕을 찾아 파리로 온다. 파리는 그가 기대했던 화려한 예술의 도시가 아니라 가난과 죽음이 뒤엉키고 〈하얀 꽃처럼 창백한 사람들이 살다가/무거운 세상을 놀라면서 죽어 가는,/비참한 장소〉이다.

여기서 릴케는 가난과 죽음과 신의 문제에 심각하게 조우하며 〈참된 가난〉과 〈위대한 죽음〉의 의미를 탐색하게 된다. 『기도 시집』에서의 이러한 현실과 사물관에 대한 변화 과정은 그의 실존주의적 삶의 철학을 감지하게 한다.

『기도 시집』은 제3부가 완성된 후 1905년에 간행된다. 〈기도 시집〉이란 이름은 릴케가 기독교의 『시도서』에서 차용한 것이다. 아마도 시인은 자신의 시가 일종의 기도서처럼 읽혀지기를 원했는지도 모른다. 실제로 『기도 시집』의 작품들은 마치 영혼의 목소리가 흘러나와 그대로 시가 된 듯이 유려하다. 『기도 시집』은 『형상 시집』과 함께 릴케의 전기 시의 정점을 이루고 있으며 『두이노의 비가』를 위한 본질적인 기조가 되고 있다.

릴케는 한때 로댕의 비서로 일했을 만큼 그와 가까이 지냈으나 그 친근함이 오히려 두 사이에 갈등을 불러오는 결과로 발전하여 잠시 소원해지기도 한다. 그러나 로댕에 대한 그의 경외심은 한결같았고 그에게 받은 영향은 곧 시작 행위로 연결된다. 그것은 무엇보다도 〈돌 속에서 빛〉을 찾아내는 조각가의 인내와 사물에 대한 경건한 마음가짐이다. 파리의 고독한 생활 속에서 조각 예술의 대가 로댕과 그의 작품에 심취하는 릴케에게는 새로운 시의 세계가 열린다. 이른바 사물 시가 그것이다.

릴케는 시가 단순한 서정시를 넘어 감미로운 음악성을 탈피하여 엄격한 언어의 조형으로 고양되어야 한다고 생각한다. 한 조각 작품이 그것 자체로서 독립된 하나의 우주를 형성하고 있듯이 시 역시 그것대로의 우주를 형성하는, 말하자면 시공을 초월한 절대 공간 속에 존재하는 사물이 되어야 한다는 것이다. 〈모든 사물은 형상이 되기 위하여 존재하는 것〉이므로 〈그 사물에게 언어를 주어 사물로 하여금 스스로 말을 하게 해야 한다〉고 그는 말한다. 사물이 주체가 되고 실체로서 우리에게 다가올 때 비로소 사물과 인간의 진정한 관계가 성립되기 때문이다.

사물 시의 특징은 우리가 일상적으로 겪는 체험이나 사물뿐 아니라 신화나 성서중의 전설적 인물과 건축물, 조각 작품, 회화 등 모든 것이 시재로 동원되고 있는 데 있다. 이것은 한편으로 많은 신시가 너무 쉽게 생성되고 있다는 평도 받게 하고 있다.

이 사물 시들은 1907년 『신 시집』과 속편인 『신 시집 별권』으로 1908년 간행된다. 릴케의 특성을 지니고 있는 『신 시집』의 여러 작품들은 독일시 사에서 가장 수준 높은 작품으로 평가받는다.

예술가와 현실 생활의 모순을 그린 『진혼가』(1908)와 더불어 사랑과 고독과 죽음의 문제에 대한 깊은 명상의 기록인 『말테의 수기*Die Aufzeichnungen des Malte Laurids Brigge*』(1910)도 릴케의 파리 생활의 고독이 낳은 산물이다.

『말테의 수기』를 내놓은 후 10년 이상의 침묵을 지키던 릴케는 그의 말년의 대작 『두이노의 비가』와 『오르페우스에게 바치는 소네트』를 쓰기에 이른다. 릴케의 시의 궁극적 목표는 〈손의 작업〉이 아니라 〈마음의 작업〉이다. 『두이노의 비가』와 『오르페우스에게 바치는 소네트』는 눈에 보이지 않는 내면의 순수와 절실함을 극도로 추구한 작품이다. 세계시 사에서 단연 최정점을 이루는 이 작품을 가리켜 카스너는 〈예술에 의한 예술의 극복〉이라 부른다.

이 두 작품은 전혀 다른 형식을 지니고 있지만 본질에 있어서는 동일한 기조에서 생성된 것이다. 거기에는 삶과 죽음은 하나라는 근원론이 중심에 놓여 있다. 릴케는 자신의 작품을 번역한 폴란드의 「훌레비츠에게 보낸 편지Rilkes Brief an Witold Hulewicz」에서 이 근원의 문제에 관하여 여러 견해를 밝히고 있다.

릴케에 의하면 죽음은 삶의 종말이 아니라 삶의 다른 한쪽이며 삶의 근원이다. 우리의 〈무상은 어디서나 깊은 존재 속으로 떨어진다〉고 그는 말한다. 죽는다는 것은 삶의 원천으로의 회귀일 뿐이다. 〈삶과 죽음의 두 영역에서 끊임없이 양분을 섭취하는 우리의 존재〉는 예전에 살았던 사람들과 앞으로 찾아올 사람들을 그 근원에서 만난다는 것이다.

릴케는 깊은 존재의 세계인 그 근원을 〈열린 세계〉, 〈순수 공간〉, 〈세계 내면 공간〉, 〈통일의 세계〉 등으로 다양하게 표현한다. 시간을 벗어나 모든 것이 함께 존재하는 깊은 존재의 세계, 통일의 세계로 이어지는 길을 릴케는 〈순수 관계〉라고 부르고 있다.

영원히 에우리디케 안에 죽어 있어라, 더욱 노래 부르며
　상승하라,
더욱 찬미하며 순수 관련 속으로 상승해 돌아가라.
　　　　　　　『오르페우스에게 바치는 소네트』 제2부 XIII

릴케에 있어서 〈순수 관련〉이란 사물이 서로 걸린다든가 상관한다는 단순한 관계를 넘어 합일, 전일, 통일이 되는 것을 의미한다. 그 순수 관련에 이르는 방법을 릴케는 시적 변용에서 찾고 있다. 우리가 일상생활에서 대하는 자연이나 사물은 우리의 삶과 마찬가지로 무상한 것이다. 그러나 그것들은 우리가 지상에 존재하는 한 우리와 함께할 반려자다. 그러므로 우리는 그것들을 정성어린 마음으로 대하고 아끼고 이해하고 변용하여야 한다는 것이다.

릴케에 의하면 변용이란 지상의 〈눈에 보이는 것〉을 〈눈에 보이지 않는 것〉으로 변화시키는 것을 말한다. 말하자면 눈에 보이는 무상한 것들을 〈우리의 내면에서 보이지 않는 것으로 다시 소생시키는 것〉을 의미한다. 따라서 변용은 정신세계로의

승화를 통하여 우리 존재의 무상과 불안을 극복하는 이상적 방법을 제시하는 것이라 할 수 있다. 릴케는 그 최상의 방법을 우리가 우리의 존재를 있는 그대로 받아들이고 그 사라져 감에 스스로 순응하는 데서 찾으려 한다.

그가 〈찬미의 공간에서만 비탄할 수 있다〉라고 말했을 때 그것은 곧 우리 의무상을 긍정적으로 받아들이기를 권유하는 것과도 같다. 우리가 만나는 모든 사물을 〈찬미〉함으로서만 눈에 보이지 않는 세계, 정신의 세계에 이를 수 있다고 시인은 말한다. 오르페우스적인 자유로운 〈변용의 경지〉는 다만 찬미할 뿐 〈아무것도 원하지 않는 숨결. 신 안에서의 나부낌, 바람〉 같은 그 순수한 울림의 시 안에서만 만날 수 있다. 릴케에게 오르페우스는 그러한 변용의 전형이다. 그는 노래의 힘으로 통일의 세계에 이르고 삶과 죽음의 일치를 실현한 오르페우스로부터 시적 이상의 존재를 찾으려 한다.

그와 더불어 릴케는 시인의 존재 방식과 다양한 사물의 체험에 대한 찬미를 통하여 삶의 의미를 제시하려 노력하고 있다. 릴케가 『오르페우스에게 바치는 소네트』를 쓰는 데 직접적인 영향을 준 것은 베라의 죽음이다. 무희가 되기를 꿈꾸던 소녀의 갑작스런 요절이 시인으로 하여금 근원의 문제를 한 층 깊이 생각하게 했다고 릴케는 말하고 있다.

『두이노의 비가』를 오랜 세월에 거처 완성한 인고의 산물이라 한다면 『오르페우스에게 바치는 소네트』는, 릴케 자신의 고백처럼, 어렵지 않게 〈선물〉처럼 얻은 작품이다. 실제로 『오르페우스에게 바치는 소네트』의 제1부는 『두이노의 비가』를 끝내기 전인 1922년 2월 2일부터 5일, 그리고 제2부는 『두이노의 비가』를 완성한 바로 뒤를 이어 2월 15일부터 23일 사이에 탈고하고 있다. 그러나 릴케는 『오르페우스에게 바치는 소네트』 역시 『두이노의 비가』와 〈똑같은 태생〉이며 〈똑같은 본질〉로 가득한 작품이라고 말한다.

릴케의 시적 대업은 역시 『두이노의 비가』에 있다. 오늘날에도 많은 사람의 연구 대상이 되고 있는 사실에서도 작품에 담긴 있는 난해성과 가치를 인지하게 된다. 〈비가는 나의 능력을 훨씬 넘어서고 있다〉라고 시인 자신이 말하고 있을 정도로 이 작품은 무겁고 깊이 있는 작품이다. 『두이노의 비가』의 성립 과정은 대략 다음과 같다.

「제1 비가」, 「제2 비가」: 1912년
「제3 비가」: 1912~1913년
「제 4비가」: 1915년
「제5 비가」: 1922년
「제6 비가」, 「제10 비가」: 1912년 착수, 1922년 완성
「제7 비가」, 「제8 비가」, 「제9 비가」: 1922년

이러한 장황한 기술은 릴케 필생의 작업인 『두이노의 비가』가 완성되기까지 10년이라는 세월이 소요되었음을 상기시키기 위해서다. 더욱이 여러 편의 작품이 1922년 한 해에 집중적으로 개작되었으며 정리되었고, 『오르페우스에게 바치는 소네트』 같은 대작이 그 작업 중에 쓰인 것은 이 시기의 릴케의 경이로운 창작력을 확인하게 한다.

『두이노의 비가』의 전제 역시 『오르페우스에게 바치는 소네

트』에서와 마찬가지로 인간 존재의 무상에 있고 그 비가적 상황을 극복하는 방법으로 변용의 문제가 축을 이룬다. 릴케에 따르면 눈으로 볼 수 있고 손으로 잡을 수 있는 존재가 우리의 내면에서 변용하듯이 우리들 또한 그렇게 변용하는 존재라는 것이다.

> 사랑하는 사람이여, 내면 외에는 어디에도 세계는 없다. 우리의
> 삶은 변용하며 떠나간다. 그리고
> 외부 세계는 시시로 초라하게 사라진다.
>
> 「제7 비가」

『두이노의 비가』의 목적은 우리들로 하여금 그러한 현실을 깨닫게 하고 찬미하게 하려는 데 있다. 특히 「제9 비가」에서 우리는 그 같은 비탄 속에서 찾는 찬미의 의미를 확인하게 된다. 릴케에게 있어 〈찬미한다〉는 것은 〈말을 한다〉는 것과 같은 뜻이다. 말은 인간에게만 주어진 특권이고 축복이기 때문이다. 시인은 〈아마 우리가 이 세상에 있는 것은 말을 하기 위해서리라〉고 노래한다. 〈단 한 번뿐인〉우리들의 존재를 칭송하고, 우리가 살고 있는 〈말할 수 있는 존재의 시간〉이며 〈말할 수 있는 존재의 고향〉인 이 지상의 세계에서 자연과 더불어 우리의 손으로 만들어 낸 모든 예술과 창조를 찬미하라는 것이다. 지상의 사물을 찬미하고 변용한다는 것은 결국 말의 힘을 통해서만 가능한 일종의 초월 행위다. 여기서 우리는 릴케가 말하는 시적 변용의 개념을 좀 더 가까이 이해하게 된다.

『두이노의 비가』에서는 인간 존재의 모순과 대비되고 있는

천사와의 관계에서도 언어의 힘이 예찬되고 있다. 작품 속 천사는 그것 자체로 변용을 완수한, 이른바 통일의 세계에 사는 절대적 존재다. 그러나 시인은 천사를 〈느낌의 영역에 속하는 존재〉로 규정함으로써 언어를 소유하는 인간을 우위에 두고 있다.

> 대지여, 이것이 네가 원하는 것 아닌가, 〈눈에 보이지 않는〉
> 　것으로
> 우리들 마음속에서 되살아나는 것,
> — 그것이 너의 꿈이 아닌가?
> 언젠가 눈에 보이지 않는 것으로 되는 것? — 대지여! 눈에
> 　보이지 않는 것으로 다시 살아나는 것이!
> 변용 아니면, 무엇이 너의 절박한 위탁이겠는가?
>
> 「제9 비가」

언어를 가진 우리가 지상의 모든 것을 말하고 찬미하고 변용하는 것, 즉 영원한 정신세계로 옮겨 놓는 일이 시인의 사명이라고 릴케는 생각한다. 그것이 바로 우리가 살고 있는 대지의 〈절박한 위탁〉이기 때문이다. 이러한 릴케적 통찰이 끝없는 고독과 견디기 어려운 고통에서 나오는 비탄을 삶의 찬미로 승화시키고 있는 것이다.

릴케의 일생은 죽음과의 갈등 자체와도 같다. 그는 〈죽음을 잘 이해하는 자만이 삶을 위대하게 만든다〉라고 말한다. 우리의 본연인 이러한 소멸과 죽음에 대한 공포를 넘어서는 길을 그는 시적 변용의 방법에서 찾을 수 있다고 생각한다. 시적 변용의 이상은 결과가 아니라 과정이며 열린 세계와의 순수 관계

에 이르는 고행이다. 내면을 향한 끊임없는 깨달음의 삶을 지향하는 것을 의미한다. 릴케는 그것을 〈순수 과정〉이라고 표현한다.

「제10 비가」의 마지막 부분은 〈우리가 숨 쉬는 공기처럼 맑은 순수〉와 무소유의 청빈을 추구하는 릴케의 시 혼을 우리 가슴에 깊이 와닿게 한다.

> 그리고 우리들, 〈상승하는〉 행복을 생각하는 우리는
> 경악에 가까운
> 감동을 받으리라,
> 〈아래로 내리는〉 행복을 만날 때.
>
> 「제10 비가」

행복은 손으로 움켜잡을 수 있는 어떤 것이 아니다. 행복은 예기치 않은 곳에 보슬비처럼 소리 없이 찾아오는 것이다. 〈우리는 행복을 눈에 보이도록 높이 들어 올리려 하지만 가장 분명한 행복은 그것을 내면에서 변용시킬 때 비로소 현현하는 것〉이라는 시인의 말을 다시 한 번 생각하게 된다.

두이노는 이탈리아 북부의 아드리아 해가 내려다보이는 지역으로 이곳에 탁시스 후작 부인의 성이 있다. 『두이노의 비가』는 릴케가 후작 부인의 초대로 이곳에서 지내는 동안 처음으로 착상되고 쓰여지게 된 것이 계기가 되어 얻어진 시제다.

릴케는 아프리카, 스페인, 이태리, 프랑스 등 여러 나라를 전전하던 끝에 제1차 세계 대전 후에는 스위스에 거처를 정한다. 1922년 『두이노의 비가』와 『소네트』가 완성된 곳도 스위스의 시에르 지방에 있는 뮈조트 성이다. 만년의 릴케는 그가 평소

애착을 갖고 있던 프랑스어로 직접 작품을 쓰기도 하고 특히 좋아하던 폴 발레리의 시를 번역하는 데 열중한다.

릴케는 다작가에 속한다. 생전에 발표되지 않는 것도 있고 미완의 단편도 많다. 1906년부터 그가 죽은 해인 1926년 사이에 쓰인 미발표 작품은 한데 모여 〈후기 시집〉이라는 이름으로 1934년에 출간된다.

릴케는 1926년 12월 29일 발몽 요양원에서 끝없는 방랑과도 같은 삶을 마감한다. 발리스의 라롱 언덕의 교회 묘지에 묻힌 그의 비석에는 시인이 남긴 묘비명이 새겨져 있다.

장미여, 오 순수한 모순이여,
그 많은 눈꺼풀 아래
그 누구의 잠일 수 없는 기쁨이여.

손재준

라이너 마리아 릴케 연보

1875년 출생 12월 4일 오스트리아-헝가리 제국에 속한 체코의 프라하에서 독일어를 사용하는 소수민족의 일원인 아버지 요제프 릴케Josef Rilke와 어머니 조피(피아 릴케Phia Rilke)의 둘째 아이로 태어남. 손위로 누이가 있었으나, 릴케가 7개월 반 된 조숙아로 태어나기 전에 병으로 사망했음. 12월 19일 장크트하인리히 교회 인명록에 〈르네 카를 빌헬름 요한 요제프 마리아René Karl Wilhelm Johann Josef Maria〉라는 세례명으로 등록. 릴케의 아버지는 보병 연대와 포병 학교 중대를 우수한 성적으로 졸업한 뒤 제1 포병 연대의 생도 대장으로 1859년 이탈리아 전투에 참여했고, 전후에는 연대 학교의 교사가 되었으나, 장교의 길이 막히자 군에서 퇴역하고 형 야로슬라프의 주선으로 철도 회사에 취직해 작은 역의 역장으로 근무함. 릴케의 어머니는 황실 참사관이자 공장 경영자였던 칼 엔츠의 딸로 부유한 집안에서 자랐으나, 남편에 대한 불만이 컸고, 탄생 직후 잃어버린 딸에 대한 아쉬움 때문에 릴케에게 일곱 살 때까지 여자아이 옷을 입혀 키웠음.

1882년 7세 프라하의 피아리스트 수도회(1617년 로마에서 창설된 가톨릭 교육 수도회)에서 운영하는 독일 초등학교에 입학.

1884년 9세 부모의 별거가 시작됨. 양육은 어머니가 맡기로 함.

1885년 10세 이탈리아 카날레에서 어머니와 함께 여름방학을 보냄. 양친을 위한 시 「슬픔에 대한 탄식Klage über Trauer」을 지음.

1886년 11세 9월 1일 장크트푈텐 육군 유년 실과 학교에 입학. 1873년에 작위를 받은 큰아버지 야로슬라프 릴케의 주선으로 장학생이 됨.

1887년 12세 첫 성적표에 조용하고, 인내심이 있으며 선량한 성격에, 어학 과목(독일어, 프랑스어, 보헤미안어) 성적이 우수하다는 평가를 받음.

1888년 13세 5월 2~7일 시적 재능이 처음으로 폭발적으로 나타나, 공책에 많은 시를 적었음.

1890년 15세 상반기에 『삼십년 전쟁사*Geschichte des Dreißigjährigen Krieges*』를 산문으로 쓰기 시작. 9월 1일 메리슈바이스키르헨 육군 고등 실과 학교 입학.

1891년 16세 6월 3일 아버지의 허락을 얻어 지속적인 병약 증세를 이유로 군사 학교 자퇴. 9월 10일 빈의 「인터레산테 블라트」지에서 〈긴 옷자락이 좋은가, 나쁜가〉라는 주제로 현상 공모한 글짓기 대회에서 시가 2등으로 당선되어 처음으로 지상에 발표됨. 9월 중순 3년 과정의 린츠 무역 아카데미에 입학했으나, 그다음 해에 자퇴함으로써, 졸업 후 장교가 될 수 있는 자격도 포기함.

1892년 17세 5월 중순 무역 아카데미를 자퇴하고 린츠를 떠남.

1893년 18세 1월 사촌의 친구 발레리 폰 다비드론펠트Valerie von David-Rhonfeld와 사귐. 1895년 헤어질 때까지 130통의 편지와 서간 형식의 시를 보냈고, 처녀 시집 『인생과 노래*Leben und Lieder*』를 그녀에게 바침. 11월 말 청년 독일 출판사에서 『인생과 노래』 출판. 릴케는 곧 이 시집을 하찮게 생각하여 재판 발행을 거부함.

1895년 20세 1월 1일 심리극 전문 잡지 『심리극 세계』에 「무리요Murillo」 게재. 10월 2일 보헤미아 독일 작가 및 예술가 단체인 〈콩코르디아〉와 〈보헤미아 독일 미술가 단체〉의 회원으로 가입하여 에밀 오

릴릭Emil Orlik 등과 교류. 겨울 학기에 프라하 대학에 입학해 미술사, 문학사 및 철학 강의를 수강. 성탄절 두 번째 시집 『가신봉제(家神奉祭) *Larenopfer*』를 〈르네 마리아 릴케René Maria Rilke〉라는 이름으로 자가 출판함과 동시에 1892년부터 쓴 시 21편을 게재한 부정기 간행물 『치커리*Wegwarten*』을 창간하여, 병원과 시민 단체, 수공업 단체에 무료 배포함. 이 잡지는 3호까지만 나옴.

1896년 21세 8월 6일 단막극 「지금, 그리고 우리가 죽어 가는 시간에 Jetzt und in der Stunde unseres Absterbens」가 프라하 독일 민중 극장 여름 공연 작품으로 상연됨. 9월 29일 뮌헨 대학에 등록해 르네상스 미술사, 미학 기초, 다윈론 등을 수강. 12월 시집 『꿈의 왕관을 쓰고*Traumgekrönt*』 발간.

1897년 22세 1월 11일 「독일 석간지」에 릴리엔크론Detlev von Liliencron의 서사시에 대한 서평을 발표. 3월 28~31일 첫 베네치아 체류. 5월 12일 베를린에서 뮌헨으로 잠시 이사 온 36세의 루 안드레아스 살로메Lou Andreas-Salomé와 첫 만남. 5월 26일부터 쓴 루에게 바치는 연애시 1백여 편에 〈너를 축하함Dir zur Feier〉이라는 전체 제목을 붙였으나, 루의 부탁으로 발표하지 않음. 루와 함께 볼프라츠하우젠에서 지내는 동안 릴케는 르네René라는 이름을 라이너Rainer로 바꾸고, 필체도 딱딱한 모양에서 부드럽고 고른 모양으로 고침. 또한 대도시 문필가의 생활 태도를 버리고 당시의 개혁 운동에 맞게 채식 위주의 근검절약하는 태도를 유지함. 6월 4일 징병 소집 영장을 받고 신체검사를 받았으나, 면제됨. 12월 7일 루의 소개로 만난 슈테판 게오르게Stephan George에게 독회 가입을 청원하는 편지를 보냈으나, 거절당함. 뮌헨에서 〈아버님을 위하여 크리스마스트리 밑에 바침〉이라는 헌사가 붙은 시집 『강림절*Advent*』 출간.

1898년 23세 1월 28일 리하르트 데멜Richard Dehmel과 첫 만남. 3월 5일 프라하의 독일 딜레탕트 협회에서 〈현대 서정시〉 강연. 산문시 실험을 단호하게 반대함. 4월 15일~7월 6일 루를 위하여 기행문 형식의 『피렌체 일기*Das Florenzer Tagebuch*』를 씀. 이 시기에 「소녀들의 기도

Mädchenlieder」를 지음. 피렌체에서 우연히 만난 슈테판 게오르게로부터 미성숙 작품들을 너무 일찍 발표한다는 비판을 들음. 10월 15일 베를린 미술 살롱 개관 기념으로 『빈 룬트샤우』지에 「베를린의 새로운 미술Die neue Kunst in Berlin」을 기고.

1899년 24세 부활절부터 1900년 8월까지 베를린 대학교 미술사 전공 학생으로 등록, 게오르크 짐멜의 강의를 들음. 4월 25일부터 첫 번째 러시아 여행. 루 부부를 따라 상트페테르부르크와 모스크바를 방문. 4월 28일 톨스토이Lev Nikolaevich Tolstoy 방문. 6월 28일 베를린으로 돌아옴. 9월 20일~10월 14일 첫 번째 러시아 여행에서 받은 인상을 중심으로 『기도 시집*Das Stunden-Buch*』 제1권 「수도사 생활의 서」에 실릴 시들과, 장시 「코르넷 크리스토프 릴케의 사랑과 죽음의 노래Die Weise von Liebe und Tod des Cornets Christoph Rilke」를 지음. 11월 3일 루에게 보내는 형식의 일기 「슈마르겐도르프 일기Schmargendorfer Tagebuch」를 다시 쓰기 시작함. 성탄절을 맞이하여 시집 『나를 축하함*Mir zur Feier*』 출간.

1900년 25세 1월 초 「러시아 미술Russische Kunst」 집필 개시. 3월 5일 체호프Anton Pavlovich Chekhov의 「갈매기Chaika」 번역 완료. 5월 7일~8월 24일 루와 단둘이 두 번째 러시아 여행. 5월 11일 레오니드 파스테르나크(보리스 파스테르나크Boris Pasternak의 부친) 방문. 5월 15일 톨스토이 방문. 7월 18일 니소브카에서 농민시인 드로신Spiridon D. Droschin 방문. 8월 26일 베를린으로 돌아옴. 성탄절 직전에 세 번째 산문집 『사랑하는 신에 관하여 외*Geschichten vom lieben Gott*』 출간.

1901년 26세 1월 5일 〈메테를랑크Maurice Maeterlinck 연극〉에 대한 논문을 함부르크 주간지에 게재. 3월 8일 뮌헨 문예지 『아발룬』이 릴케 특집호를 냄. 4월 28일 브레멘에서 조각가 클라라 베스트호프Clara Westhoff와 혼인. 9월 18~25일 『기도 시집』 제2부 〈순례의 서Das Buch von der Pilgerschaft〉를 위한 시 34편 집필. 10월 19일 『차이트』지에 논문 「러시아 미술」이 게재됨. 11월 말 『마지막 사람들*Die Letzten*』 출간. 12월 12일 외동딸 루트가 태어남. 12월 20일 희곡 「일상

생활Das tägliche Leben」이 베를린의 레지덴츠 극장에서 초연되었으나, 흥행 실패.

1902년 27세 7월 베를린의 악셀 융커 출판사에서 게르하르트 하우프트만Gerhart Hauptmann에게 헌정된 『형상 시집*Das Buch der Bilder*』 출간. 9월 1일 파리에서 로댕Auguste Rodin 방문. 11월 5~6일 『신시집 *Neue Gedichte*』의 첫머리에 실릴 시 「표범Der Panther」을 지음. 11월 22일 『로댕론*Auguste Rodin*』을 탈고.

1903년 28세 2월 17일 프란츠 크사버 카푸스Franz Xaver Kappus에게 첫 편지를 보냄. 1908년 12월 26일까지 그에게 보낸 릴케의 편지들은 나중에 『젊은 시인에게 보내는 편지*Briefe an einen jungen Dichter*』로 출간됨. 2월 말 『보르프스베데*Worpswede*』가 122개의 도판과 함께 출간됨. 3월 말 『로댕론』이 무터Richard Muther 교수가 발행하는 〈미술. 도판이 있는 평전 선집〉 시리즈 제10권으로 발간됨. 4월 13~20일 『기도 시집』 제3부 「가난과 죽음의 서Das Buch von der Armut und vom Tode」 완성. 8월 말~9월 9일 아내와 함께 베니스와 피렌체를 여행.

1904년 29세 2월 8일 『말테의 수기*Die Aufzeichnungen des Malte Laurids Brigge*』 집필 시작. 3월 18일 러일전쟁이 발발하자 오랫동안 소식이 없는 루에게 안부 편지를 보냄. 8월 26일 스웨덴 보르게비에 있을 때 여성 진보 교육학자 엘렌 케이Ellen Karolina Sofia Key가 방문.

1905년 30세 3월 6일부터 클라라와 함께 드레스덴의 〈하얀 사슴〉 요양원에 머무름. 4월 19일 클라라는 보르프스베데로, 릴케는 베를린으로 떠남. 5월 16일 『기도 시집』 원고 최종 교정쇄를 인젤 출판사에 넘기며, 〈16세기에 사용되던 고상한 기도집처럼 장정을 꾸미되, 인위적으로 중세풍을 내지 말 것〉을 당부함. 6월 25일~7월 17일 베를린 대학에서 게오르크 짐멜의 강의를 수강. 9월 12일 로댕의 초청을 받고 파리에 도착. 10월 21일~11월 2일 첫 번째 〈로댕론〉 강연 여행을 떠나 드레스덴, 프라하에서 강연. 12월 18일 브뤼셀을 거쳐 보르프스베데로 여행.

1906년 31세 2월 25일~3월 31일 두 번째 강연 여행. 3월 14일 아버지(요제프 릴케)의 사망 소식을 듣고 프라하로 떠남. 3월 19일 베를린으로 돌아와 〈예술단체〉에서 〈로댕의 작품〉 강연. 12월 4일부터 팬드리히 부인의 초청으로 카프리의 빌라 디스코폴리 공원 안에 있는 작은 집에서 머무름. 12월 17일 가족에게 소홀하다는 루의 비난을 전해 듣고 클라라에게 편지를 보냄. 〈의무들 가운데 어떤 것만 고르거나 가장 가깝고 자연스러운 것을 피할 권리가 우리에겐 없다고 루는 말하지만, 나에게 가장 가깝고 자연스러운 것은, 벌써 어린 시절부터, 여기 이것(작업과 과제)이었다오.〉

1907년 32세 1월 5일. 매일 아침 성 프란치스코의 전기를 읽음. 4월 10일 포르투갈의 시인 엘리자베트 바레트-브라우닝Elizabeth Barrett Browning의 소네트 44편 번역을 완성함. 6월 26일 클라라에게 『신시집』 원고를 보내며, 보충할 것과 뺄 것 등에 대한 의견을 구함. 11월 15일 베를린에서 릴케의 『로댕론*Auguste Rodin*』이 출간됨. 12월 라이프치히의 인젤 출판사에서 『신시집』 발간. 〈카를과 엘리자베트 폰 데어 하이트의 우정에 바침〉이라는 헌정사 수록.

1908년 33세 2월 베를린, 뮌헨, 로마를 거쳐 나폴리에 머묾. 2월 29일~4월 18일 팬드리히 부인의 초청으로 다시 빌라 디스코폴리에서 지냄. 인젤 출판사에서 릴케가 포르투갈어를 번역한 『엘리자베트 바레트 브라우닝의 소네트』 출간. 〈알리스 팬드리히를 추모함〉이라는 헌정사가 들어감. 6월 23일 카프리에서 팬드리히 부인이 티푸스로 사망. 7월 29일 뫼동으로 로댕 방문. 8월 31일 비롱 호텔에 입주. 오늘날 로댕 박물관이 된 이곳의 여러 방에서 1911년 10월 12일까지 지냈음. 11월 2일 파울라 모더존 베커Paula Modersohn-Becker를 위한 진혼시 「한 여자 친구를 위하여Für eine Freundin」 완성. 11월 인젤 출판사에서 『신시집 별권 *Der neuen Gedichte anderer Teil*』 발간. 〈위대한 친구 오귀스트 로댕에게〉라는 헌정사 수록.

1909년 34세 1월 7~8일 작품 전집을 인젤 출판사에서 출판하는 데에 키펜베르크가 동의함. 9월 1일 바트 리폴트자우에 도착. 오스트리아 바우에른펠트상 수상 후 상금으로 슈바르츠발트에서 요양. 9월 22일

~10월 8일 아비뇽 방문. 12월 13일 탁시스 후작 부인과 첫 만남. 릴케가 세상을 떠날 때까지 460통의 서신을 교환.

1910년 35세 1월 8일 밤 파리를 떠남. 1월 12~31일 키펜베르크의 집에서 거처하며 『말테의 수기』를 정서시키는 한편, 예나에서 강연. 1월 31일 카타리나 키펜베르크 부인에게 감사의 편지를 보냄. 139통의 편지가 남아 있음. 3월 19일~4월 19일 마지막 로마 여행. 4월 20~27일 트리스트 근교에 있는 탁시스 후작 부인의 두이노 성에 손님으로 머물면서 루돌프 카스너Rudolf Kassner와 교류함. 4월 28일~5월 11일 베니스 체류. 5월 31일 인젤 출판사에서 『말테의 수기』 출간. 9월 6일 앙드레 지드André Gide에게 『말테의 수기』를 보냄. 11월 19일~1911년 3월 29일 알제리, 튀니지, 이집트 여행.

1911년 36세 4월 6일 파리 도착. 5월 앙드레 지드가 마이리슈 드 생 위베르 부인과 함께 번역한 『말테의 수기』 제18장, 제28장이 7월 1일자 『누벨 레뷔 프랑세즈』지에 게재됨. 5월 초 모리스 드 게랭Maurice de Guérin의 『켄타우로스*Der Kentauer*』 번역. 8월 20일 탁시스 후작 부인과 함께 자동차로 라이프치히 여행. 8월 22일 바이마르에서 공원과 괴테Johann Wolfgang von Goethe의 정원을 방문. 스무 살로 요절한 크리스티아네 노이만을 추도하는 괴테의 시 「우미의 여신Euphrosyne」에 깊은 감명을 받고, 훗날 「제1비가」에 요절한 영웅의 모티프로 사용. 8월 23일~9월 8일 라이프치히에서 키펜베르크 내외의 손님으로 지내며, 카타리나 키펜베르크와 셰익스피어의 작품들을 읽음. 9월 30일 프라하의 슈타르크 변호사에게 유산 상속뿐만 아니라 이혼을 상의하는 편지를 보냄. 10월 12~21일 탁시스 후작 부인의 운전기사와 함께 자동차로 아발론, 리옹, 마비뇽, 후안레스핀스, 벤티미글리아, 산레모, 사보나, 피아센차, 볼로냐, 베네치아를 거쳐 두이노까지 여행. 10월 22일~1912년 5월 9일 탁시스 후작 부인의 두이노 성에 머물면서, 매일 저녁 후작 부인과 단테의 『새로운 인생*La Vita Nuova*』를 읽음.

1912년 37세 1월 15~22일 연작시 「마리아의 일생Das Marien-Leben」 집필. 1월 21일 「제1비가」 완성. 1월 말~2월 초 「제2비가」 및 「제10비

가」의 1~15행 완성. 2월 11일 한 독자에게 『말테의 수기』를 〈물결을 거슬러 읽도록〉 권유함. 3월 13일 슈타르크 박사에게 이혼 서류를 빈의 법원 변호사 타이머 박사에게 제출하도록 요청. 11월 1일~1913년 2월 24일 스페인에 머무름.

1913년 38세 1월 14일 연작시 「스페인 3부작Die spanische Trilogie」을 완성. 1월 말~2월 초 두이노의 「제6비가」 1~31행 완성. 2월 25일~6월 6일 파리에 머무르며 초대를 받고 키펜베르크와 함께 로댕 방문. 7월 27일 베를린 여행. 10월 18일~1914년 2월 25일 파리에서 창작 활동을 함. 늦가을 「제3비가」를 확대 완성하고, 「제6비가」의 42~44행을 씀. 1913년 말 시 「자매 I, II Die Geschwister」, 「밤에 부치는 시Gedichte an die Nacht」 6편, 그리고 「제10비가」를 완성함.

1914년 39세 1월 「밤에 부치는 시」 2편 완성. 4월 20일~5월 4일 마지막으로 두이노에 머무름. 5월 12일 릴케가 번역한 앙드레 지드의 『돌아온 탕아*Le retour de l'enfant prodigue*』가 인젤 문고 143호로 발간됨. 6월 20일 루에게 새로운 시 「전회Wendung」를 알림. 6월 28일. 사라예보에서 오스트리아-헝가리 황태자 부부 피살. 7월 25일. 프란츠 베르펠Franz Werfel과 만남. 7월 29일. 노르베르트 폰 헬링그라트Norbert von Hellingrath에게 〈횔덜린Hölderlin〉 특집 간행에 대한 감사의 편지 보냄. 8월 2~3일 전쟁 찬미가 다섯 편이 〈전쟁 연감〉으로 나온 인젤 연감 1915년판에 실림. 10월 26일 헬링그라트의 모친에게 시 「횔덜린에게An Hölderlin」를 보냄.

1915년 40세 1월 16일 아네테 콜프Annette Kolb와 적국 소속이 된 로맹 롤랑Romain Rolland, 버나드 쇼George Bernard Shaw, 반 에덴Frederik Willem van Eeden 등 저명인사들과 협력하여 〈국제 잡지〉 발간 계획을 논의함. 5월 16일 군 면제 받음. 9월 4일 파리에 남기고 온 물건들이 밀린 방세를 해결하기 위해 경매 처분 되었다는 소식을 듣게 됨. 10월 14일~11월 9일 루에게 바치는 「7개의 시편Sieben Gedichte」, 11월 13일 「한 소년의 죽음에 대한 진혼곡Requiem auf den Tod eines Knaben」, 11월 22~23일 「제4비가」 완성. 11월 24일 징병 재검에서 무기 소지 국민군 적격 판정을 받고, 1916년 1월 4일자로 〈비배속 국민군〉으로 북부 보헤미아 지방의 투르나우에 출두하라는 명령을 받음.

1916년 41세 1월 4일 바움가르텐 소재 제1 후방대 사수 연대의 빈 병영으로 배속되어, 바라크에서 근무하며 군사 훈련을 받음. 1월 17일 슈테판 츠바이크를 통해 파리에서 사라진 릴케의 서류와 책들을 찾으려고 로망 롤랑이 애쓴다는 소식을 들음. 앙드레 지드가 코포Jacques Copeau와 함께 릴케가 살던 집을 찾아가 모든 것이 팔린 가운데 서류와 편지들은 여자 수위가 여행 가방에 넣어 세놓지 않은 창고 작업실에 보관했다는 사실을 알아냄. 이 가방은 압류되었다가 1923년에 비로소 지드가 〈누벨 레뷔 프랑세즈〉 사무실 공간으로 옮겨 놓은 것을, 1925년에 릴케가 찾아감. 1월 27일 전쟁 기록 문서실에 배치됨. 이곳에는 슈테판 츠바이크Stefan Zweig를 비롯한 여러 명의 문필가들이 근무하고 있었음. 이들의 임무는 작은 전쟁 소식에 수식을 가하여 영웅적인 분위기로 독자들에게 전달하는 것이었는데, 〈영웅 화장〉이라고도 불린 이러한 〈허구 서비스〉를 맡기를 거부하고 대신 월급 명세서로 쓰기 위해 2밀리미터 간격으로 가로세로 줄긋는 일을 맡음. 6월 9일 징용이 해제됨. 11월 21일 프란츠 요제프Franz Josef 오스트리아-헝가리 제국 황제 사망. 11월. 〈인젤 연감 1917〉호에 릴케가 번역한 폴 베를렌Paul Verlaine의 시와 미켈란젤로 모작시 여러 편이 실림.

1917년 42세 4월 6일 미국이 독일에 선전포고. 7월 18일 뮌헨을 떠나 베를린에 머무름. 11월 17일 로댕 별세. 12월 4일. 키펜베르크 부인에게 루트의 생일 선물로 괴테의 『서동 시집*West-östlicher Divan*』과 티슈바인의 괴테 초상화를 구해 달라고 부탁. 12월 15일 동부전선 휴전.

1918년 43세 1월 8일 미국 대통령 윌슨이 민족 자결 원칙을 선언. 5월 8일 뮌헨의 아인밀러슈트라세에 거처를 정함. 이웃집 1층에 파울 클레Paul Klee가 살고 있었음. 10월 초 독일 정부가 윌슨 대통령에게 정전을 제의하는 문서를 보냄. 10월 27일 체코, 유고슬라비아, 헝가리가 독립을 선언함. 11월 11일 칼 황제 퇴위. 스위스로부터 입국 사증을 받음. 12월 17일 빈 소재 저지 오스트리아 주정부에 훈장을 거절하는 공문서를 보냄.

1919년 44세 3월 5일 딸 루트와 바하 콘서트를 방문한 것이 딸과의 마지막 만남이 됨. 6월 2일 루와 마지막 작별을 함. 6월 6일 스위스 입국 허가를 받음. 6월 11일 뮌헨을 떠나, 다시는 독일로 돌아오지 않음. 취리히에서 호팅겐 독서 서클 회원들의 영접을 받음. 6월 19~25일 제네바에 머물며 파리에서 사귄 화가 발라딘 클로소브스카를 방문함. 6월 25일~7월 24일 베른과 취리히에 머무름. 8월 2일 바이마르에서 외아들을 데리고 농사일을 하고 있는 리자 하이제 부인으로부터 『형상시집』의 독자로서의 감사 편지를 받음. 이 여인에게 보낸 릴케의 편지 9통은 나중에 「젊은 여인에게 보내는 편지」로 출판되었음. 9월 23일 기차를 타고 로잔으로 여행. 10월 5일 에세이 『태초의 소음*Ur-geräusch*』이 『인젤 쉬프』 창간호에 실림. 12월 7일~1920년 2월 말 테신에 머무름.

1920년 45세 1월 21일 레오폴드 폰 슐뢰처에게 전쟁 중 라인강 지역에서 프랑스 군이 저지른 악행을 비방하지 말라는 편지를 보냄. 6월 10일 탁시스 후작 부인이 머물고 있는 베니스로 떠남. 릴케가 번역한 스테판 말라르메Stéphane Mallarmé의 「마드모아젤 말라르메의 부채Eventail de Mademoiselle Mallarmé」가 『인젤 쉬프』 5월 호에 실림. 7월 13일 베니스를 떠나 취리히를 거쳐 제네바로 여행, 화가 발라딘 클로소브스카 부인과 만남. 8월 27일 분덜리 부인에게 보낸 편지에서 처음으로 〈창문〉 모티프를 언급함. 10월 23일 파리 여행. 11월 12일 베르크 암 이르헬 저택으로 이사. 12월 9일 장크트 푈텐 육군 유년 학교 시절 은사 제들라코비츠 중장에게 자신의 고통스러웠던 재학 시절을 고백하는 장문의 편지를 보냄. 12월 17일 어머니 피아 릴케에게 〈무릎 꿇은 자의 위대함〉에 대한 편지를 보냄.

1921년 46세 1월 6일 제네바로 발라딘 클로소브스카 병문안. 2월 17일 탁시스 후작 부인에게 〈삶과 창작〉의 갈등에 대한 고뇌를 알리는 편지를 보냄. 3월 5일 파리에 남겨 두고 온 소유물을 챙겨 준 앙드레 지드에게 감사의 편지를 보냄. 3월 8일 프랑스군이 뒤셀도르프, 두이스부르크 및 루르 지방을 점령함. 3월 14~16일 폴 발레리Paul Valéry의 「해변의 묘지Le Cimetière marin」를 번역. 4월 24~30일 산문 「유언Das Testament」을 작성함(1975년 출간). 7월 26일 라인하르트 베르너Werner Reinhart가 전세 계약한 뮈조트 저택에 입주. 10월 31일 딸 루트와 칼 지버의 약혼을 아내 클라라와의 공동명의로 신문에 공지함. 11월 12일 분덜리 부인의 첫 뮈조트 방문.

1922년 47세 1월 15일 일체의 신문 구독을 중단하고, 편지 쓰기와 외부 활동을 자제하기 시작함. 2월 2~5일 「오르페우스에게 바치는 소네트Die Sonette an Orpheus」 제1부 25편 완성. 2월 11일 탁시스 후작 부인에게 10년 전에 시작한 「두이노의 비가」 10편이 모두 완성되었다는 소식을 전함, 루에게도 이 소식을 전함. 2월 12일~15일 「젊은 노동자의 편지Der Brief des jungen Arbeiters」 작성. 2월 14일 곡예사 모티프가 나오는 열한 번째 비가를 완성하여 「제5비가」로 바꿈. 2월 23일 「오르페우스에게 바치는 소네트」 제2부 29편 완성. 5월 18일 딸 루트 혼인. 7월 21~25일 키펜베르크 부부가 방문하여, 「비가」와 「소네트」를 읽어 줌. 전집 발간을 의논함. 8월 17~18일 발라딘 클로소브스카와 베른을 거쳐 베아텐베르크로 여행. 12월 발레리의 시편들을 번역함.

1923년 48세 1월 11일 발레리의 시 「라 피티La Pythie」(아폴로신의 무녀) 번역. 2월 12~14일 발레리의 시 「여명Aurore」 번역. 6월 17일 도나우에싱겐에서 파울 힌데미트Paul Hindemith가 소프라노와 피아노를 위한 곡으로 만든 릴케의 시 「마리아의 일생」이 초연됨. 8월 22일~9월 22일 쇤베크 요양원에서 요양. 10월 중 『두이노의 비가*Duineser Elegien*』 보통판 발간. 11월 2일 릴케의 외손자 출생. 12월 28일 발몽 요양원 입원.

1924년 49세 1월 20일 뮈조트로 돌아옴. 2월 초부터 집중적으로 프랑스어 시를 쓰기 시작함. 발레리에게 자신이 번역한 「매혹Charmes」 원고를 보냄. 4월 6일 폴 발레리가 뮈조트를 방문함. 4월 22일 쾨니히스베르크에서 심리 치료사로 일하는 루에게서 릴케의 시가 환자들에게 미치는 놀라운 효과에 대한 소식을 들음. 4월 25일 키펜베르크 부부의 마지막 방문. 5월 17~29일 남동생과 함께 뮈조트를 방문한 클라라와 6년 만에

재회. 6월 18일~27일 분덜리 부인과 함께 자동차로 스위스 여행. 6월 28일~7월 23일 라가츠에 머무는 동안 탁시스 후작 내외를 만남. 7월 23일~8월 1일 분덜리 부인의 손님으로 마일렌에 머무름. 8월 2일 뮈조트로 돌아옴. 8월 초부터 9월 초 사이에 「발리의 4행시Les Quatrains Valaisans」 36편을 씀. 9월 7~16일 리하르트 봐이닝어Richard Weininger의 초청으로 로잔에 머무르며 프랑스어 연작시 「장미꽃Les Roses」 24편을 씀. 11월 24일 발몽 요양원에 6주간 입원.

1925년 50세 1월 7일~8월 18일까지 파리에 머물며 발라딘 클로소브스카와 매일 만남. 1월 16일 옛집에 두고 갔던 상자를 되찾음. 1월 29일 앙드레 지드의 소개로 샤를 뒤 보스Charles Du Bos를 만남. 2월부터 모리스 베츠Maurice Betz의 『말테의 수기』 번역을 도움. 5월 1일 프랑스어 시 「과수원Vergers」의 원고 작성을 완료함. 5월 12일 명예 훈장 상신을 사양하는 편지를 발레리에게 보냄. 7월 1일 『누벨 레뷔 프랑세즈』 31호에 프랑스어 시 5편이 게재됨. 7월 15일 『라 레뷔 누벨』 8~9호에 프랑스어 시 4편이 실림. 8월 18일 발라딘 클로소브스카와 함께 파리를 떠남. 9월 1일 스위스 시에레에서 베르너 라인하르트와 만남. 10월 1일 이전부터 언어 장애가 될 정도로 입술 안쪽에 돌기가 생기는 새로운 이상 증세가 나타나, 암을 의심함. 10월 1일 마일렌의 두 의사로부터 암이 아니라는 진단을 받음. 10월 14일 뮈조트로 돌아와 유서를 작성함, 자신에게 치매가 오더라도 사제의 도움을 받지 말되, 언덕진 곳에 있는 라롱의 오래된 교회 마당에 묻어 줄 것을 요청했으며, 모든 유물을 분덜리 부인에게 위임하고, 자신이 여러 사람과 교환한 서신의 출판권은 인젤 출판사에 위임한다는 유언을 남김. 묘비명 〈장미여, 오 순수한 모순이여, / 그 많은 눈까풀 아래 누구의 잠도 아니려는 / 욕망이여〉도 유서에 포함되었음. 11월 5일 작곡가 에른스트 크레네크Ernst Krenek에게 3부 연작시 「오, 눈물의 여인이여O Lacrimosa」를 보냄. 11월 10일 비톨드 훌레비치의 질문에 답하는 편지에서 『말테의 수기』에 나오는 역사적 사실들의 정확성을 너무 따지지 말고 주인공의 〈고통의 어휘〉라는 시각에서 볼 것을 권유함. 12월 4일 생일을 홀로 뮈조트에서 보냄. 베를린, 함부르크, 슈투트가르트, 하노버, 쾰른, 린츠, 빈, 베른, 프라하, 코펜하겐

등 유럽 각지의 일간지와 잡지에 릴케 탄생 50주년을 기념하는 수많은 글이 발표됨. 12월 20일 발몽 요양원 입원.

1926년 51세 1월 2일 방 안에서 넘어져 심한 타박상을 입음. 1월 28일 후두염에 걸림. 3월 4일 프랑스어 시집 『과수원』 교정을 위하여 치료를 중단. 3월 30일 키펜베르크로부터 발레리의 저작권을 중개해 달라는 요청을 받음. 4월 초~5월 24일 프랑스어 연작시 「창문Fenêtres」 열 편을 완성함. 6월 1일 발몽 요양원 퇴원. 6월 4일 폴 발레리의 「나르시스 단장(斷章)Fragments du Narcisse」 번역. 6월 9일 인젤 연감에 낼 작품을 부탁한 카타리나 키펜베르크에게 1925년 늦가을부터 틈틈이 쓴 글을 모아 둔 〈포켓북과 메모지〉를 보냄. 7월 8일 발레리로부터 「나르시스 단장」의 번역을 감사함과 아울러, 「과수원」의 독특한 운율이 베를렌의 시를 닮은 것 같다는 편지를 받음. 7월 10일 앙드레 지드로부터 「과수원」의 고유한 매력을 칭찬하는 편지를 받음. 9월 9~10일 이집트 여인 니메트 엘루이 부인을 만남. 9월 11일 부르크하르트 모친의 초청으로 방문한 리엥쿠르의 산책길에서 릴케를 따라다니는 초록색과 파란색 눈을 가진 고양이를 본 농부(農婦)로부터 〈짝짝이 눈을 가진 고양이는 금년 안에 죽음을 뜻한다〉는 말을 듣고 충격을 받음. 9월 13일 흉상 제작을 위해 토논에 온 발레리를 만남. 9월 25일 엘루이 부인 일행을 맞이하기 위해 장미를 꺾다가 왼쪽 손가락을 깊이 찔림. 10월 27일 키펜베르크에게 자신의 발병과 발레리의 작품 번역 완성을 알림. 11월 2일 베를린 예술원장에게 예술원 회원 임명을 사절하는 편지를 보냄. 11월 27일 참을 수 없는 고통으로 의사의 왕진을 받음. 11월 30일 발몽 요양원 도착. 12월 4일 51회 생일을 맞아 분덜리 부인에게 부탁해 〈병이 위중함〉을 알리는 카드를 인쇄하여 백여 명에게 보냄. 12월 13일 릴케의 주치의가 루에게 릴케의 백혈병 증세를 알림. 12월 15일 루돌프 카스너에게 〈말할 수 없는〉 고통을 알리는 마지막 편지를 보냄. 12월 23일 분덜리 부인에게 의사 대신 자신의 임종을 도와 달라고 부탁함. 12월 29일 영면.

열린책들 세계문학 228 **두이노의 비가**

옮긴이 손재준 1932년 황해도 연안에서 태어나 1956년 서울대학교 문리과 대학 독문과를 졸업했다. 1957년 서독 정부 학술 교류처 장학생으로 독일 유학을 떠나 같은 해부터 4년간 뮌헨 대학에서 수학했다. 이듬해부터 4년간 오스트리아 빈 대학에서 수학하고 돌아와 1964~1999년까지 고려대학교 교수로 재직했다. 현재는 고려대학교 명예 교수를 맡고 있으며 한국 펜 번역 문학상을 수상했다. 지은 책으로는 시집 『여정』, 『관계』, 『안행』(공저), 『바람과 그림자』, 『종이꽃』이 있고, 옮긴 책으로는 게오르크 트라클의 『귀향자의 노래』, 헤르만 헤세의 『헤세의 명시』, 라이너 마리아 릴케의 『말테의 수기』, 막스 프리슈의 『호모 파버』, 키에르케고르의 『죽음에 이르는 병』과 『공포와 전율』 등이 있다.

지은이 라이너 마리아 릴케 **옮긴이** 손재준 **발행인** 홍예빈·홍유진
발행처 주식회사 열린책들 **주소** 경기도 파주시 문발로 253 파주출판도시
전화 031-955-4000 **팩스** 031-955-4004 **홈페이지** www.openbooks.co.kr

ISBN 978-89-329-1228-8 04850 ISBN 978-89-329-1499-2 (세트)
발행일 2014년 10월 25일 세계문학판 1쇄 2023년 6월 5일 세계문학판 11쇄

이 도서의 국립중앙도서관 출판예정도서목록(CIP)은 서지정보유통지원시스템 홈페이지(http://seoji.nl.go.kr)와 국가자료공동목록시스템(http://www.nl.go.kr/kolisnet)에서 이용하실 수 있습니다.(CIP제어번호 : CIP2014029477)

열린책들 세계문학
Open Books World Literature

001 **죄와 벌** 표도르 도스또예프스끼 장편소설 | 홍대화 옮김 | 전2권 | 각 408, 512면
003 **최초의 인간** 알베르 카뮈 장편소설 | 김화영 옮김 | 392면
004 **소설** 제임스 미치너 장편소설 | 윤희기 옮김 | 전2권 | 각 280, 368면
006 **개를 데리고 다니는 부인** 안똔 체호프 소설선집 | 오종우 옮김 | 368면
007 **우주 만화** 이탈로 칼비노 단편집 | 김운찬 옮김 | 416면
008 **댈러웨이 부인** 버지니아 울프 장편소설 | 최애리 옮김 | 296면
009 **어머니** 막심 고리끼 장편소설 | 최윤락 옮김 | 544면
010 **변신** 프란츠 카프카 중단편집 | 홍성광 옮김 | 464면
011 **전도서에 바치는 장미** 로저 젤라즈니 중단편집 | 김상훈 옮김 | 432면
012 **대위의 딸** 알렉산드르 뿌쉬낀 장편소설 | 석영중 옮김 | 240면
013 **바다의 침묵** 베르코르 소설선집 | 이상해 옮김 | 256면
014 **원수들, 사랑 이야기** 아이작 싱어 장편소설 | 김진준 옮김 | 320면
015 **백치** 표도르 도스또예프스끼 장편소설 | 김근식 옮김 | 전2권 | 각 504, 528면
017 **1984년** 조지 오웰 장편소설 | 박경서 옮김 | 392면
019 **이상한 나라의 앨리스** 루이스 캐럴 환상동화 | 머빈 피크 그림 | 최용준 옮김 | 336면
020 **베네치아에서의 죽음** 토마스 만 중단편집 | 홍성광 옮김 | 432면
021 **그리스인 조르바** 니코스 카잔차키스 장편소설 | 이윤기 옮김 | 488면
022 **벚꽃 동산** 안똔 체호프 희곡선집 | 오종우 옮김 | 336면
023 **연애 소설 읽는 노인** 루이스 세풀베다 장편소설 | 정창 옮김 | 192면
024 **젊은 사자들** 어윈 쇼 장편소설 | 정영문 옮김 | 전2권 | 각 416, 408면
026 **젊은 베르테르의 슬픔** 요한 볼프강 폰 괴테 장편소설 | 김인순 옮김 | 240면
027 **시라노** 에드몽 로스탕 희곡 | 이상해 옮김 | 256면
028 **전망 좋은 방** E. M. 포스터 장편소설 | 고정아 옮김 | 352면
029 **까라마조프 씨네 형제들** 표도르 도스또예프스끼 장편소설 | 이대우 옮김 | 전3권 | 각 496, 496, 460면
032 **프랑스 중위의 여자** 존 파울즈 장편소설 | 김석희 옮김 | 전2권 | 각 344면
034 **소립자** 미셸 우엘벡 장편소설 | 이세욱 옮김 | 448면
035 **영혼의 자서전** 니코스 카잔차키스 자서전 | 안정효 옮김 | 전2권 | 각 352, 408면

037 **우리들** 예브게니 자마찐 장편소설 | 석영중 옮김 | 320면

038 **뉴욕 3부작** 폴 오스터 장편소설 | 황보석 옮김 | 480면

039 **닥터 지바고** 보리스 파스테르나크 장편소설 | 홍대화 옮김 | 전2권 | 각 480, 592면

041 **고리오 영감** 오노레 드 발자크 장편소설 | 임희근 옮김 | 456면

042 **뿌리** 알렉스 헤일리 장편소설 | 안정효 옮김 | 전2권 | 각 400, 448면

044 **백년보다 긴 하루** 친기즈 아이뜨마또프 장편소설 | 황보석 옮김 | 560면

045 **최후의 세계** 크리스토프 란스마이어 장편소설 | 장희권 옮김 | 264면

046 **추운 나라에서 돌아온 스파이** 존 르카레 장편소설 | 김석희 옮김 | 368면

047 **산도칸 – 몸프라쳄의 호랑이** 에밀리오 살가리 장편소설 | 유향란 옮김 | 428면

048 **기적의 시대** 보리슬라프 페키치 장편소설 | 이윤기 옮김 | 560면

049 **그리고 죽음** 짐 크레이스 장편소설 | 김석희 옮김 | 224면

050 **세설** 다니자키 준이치로 장편소설 | 송태욱 옮김 | 전2권 | 각 480면

052 **세상이 끝날 때까지 아직 10억 년** 스뜨루가츠끼 형제 장편소설 | 석영중 옮김 | 224면

053 **동물 농장** 조지 오웰 장편소설 | 박경서 옮김 | 208면

054 **캉디드 혹은 낙관주의** 볼테르 장편소설 | 이봉지 옮김 | 232면

055 **도적 떼** 프리드리히 폰 실러 희곡 | 김인순 옮김 | 264면

056 **플로베르의 앵무새** 줄리언 반스 장편소설 | 신재실 옮김 | 320면

057 **악령** 표도르 도스또예프스끼 장편소설 | 박혜경 옮김 | 전3권 | 각 328, 408, 528면

060 **의심스러운 싸움** 존 스타인벡 장편소설 | 윤희기 옮김 | 340면

061 **몽유병자들** 헤르만 브로흐 장편소설 | 김경연 옮김 | 전2권 | 각 568, 544면

063 **몰타의 매** 대실 해밋 장편소설 | 고정아 옮김 | 304면

064 **마야꼬프스끼 선집** 블라지미르 마야꼬프스끼 선집 | 석영중 옮김 | 384면

065 **드라큘라** 브램 스토커 장편소설 | 이세욱 옮김 | 전2권 | 각 340, 344면

067 **서부 전선 이상 없다** 에리히 마리아 레마르크 장편소설 | 홍성광 옮김 | 336면

068 **적과 흑** 스탕달 장편소설 | 임미경 옮김 | 전2권 | 각 432, 368면

070 **지상에서 영원으로** 제임스 존스 장편소설 | 이종인 옮김 | 전3권 | 각 396, 380, 496면

073 **파우스트** 요한 볼프강 폰 괴테 희곡 | 김인순 옮김 | 568면

074 **쾌걸 조로** 존스턴 매컬리 장편소설 | 김훈 옮김 | 316면

075 **거장과 마르가리따** 미하일 불가꼬프 장편소설 | 홍대화 옮김 | 전2권 | 각 364, 328면

077 **순수의 시대** 이디스 워튼 장편소설 | 고정아 옮김 | 448면

078 **검의 대가** 아르투로 페레스 레베르테 장편소설 | 김수진 옮김 | 384면

079 **예브게니 오네긴** 알렉산드르 뿌쉬낀 운문소설 | 석영중 옮김 | 328면

080 **장미의 이름** 움베르토 에코 장편소설 | 이윤기 옮김 | 전2권 | 각 440, 448면

082 **향수** 파트리크 쥐스킨트 장편소설 | 강명순 옮김 | 384면

083 **여자를 안다는 것** 아모스 오즈 장편소설 | 최창모 옮김 | 280면

084 **나는 고양이로소이다** 나쓰메 소세키 장편소설 | 김난주 옮김 | 544면

085 **웃는 남자** 빅토르 위고 장편소설 | 이형식 옮김 | 전2권 | 각 472, 496면

087 **아웃 오브 아프리카** 카렌 블릭센 장편소설 | 민승남 옮김 | 480면

088 **무엇을 할 것인가** 니꼴라이 체르니셰프스끼 장편소설 | 서정록 옮김 | 전2권 | 각 360, 404면

090 **도나 플로르와 그녀의 두 남편** 조르지 아마두 장편소설 | 오숙은 옮김 | 전2권 | 각 408, 308면

092 **미사고의 숲** 로버트 홀드스톡 장편소설 | 김상훈 옮김 | 424면

093 **신곡** 단테 알리기에리 장편서사시 | 김운찬 옮김 | 전3권 | 각 292, 296, 328면

096 **교수** 샬럿 브론테 장편소설 | 배미영 옮김 | 368면

097 **노름꾼** 표도르 도스또예프스끼 장편소설 | 이재필 옮김 | 320면

098 **하워즈 엔드** E. M. 포스터 장편소설 | 고정아 옮김 | 512면

099 **최후의 유혹** 니코스 카잔차키스 장편소설 | 안정효 옮김 | 전2권 | 각 408면

101 **키리냐가** 마이크 레스닉 장편소설 | 최용준 옮김 | 464면

102 **바스커빌가의 개** 아서 코넌 도일 장편소설 | 조영학 옮김 | 264면

103 **버마 시절** 조지 오웰 장편소설 | 박경서 옮김 | 408면

104 **10 1/2장으로 쓴 세계 역사** 줄리언 반스 장편소설 | 신재실 옮김 | 464면

105 **죽음의 집의 기록** 표도르 도스또예프스끼 장편소설 | 이덕형 옮김 | 528면

106 **소유** 앤토니어 수전 바이어트 장편소설 | 윤희기 옮김 | 전2권 | 각 440, 488면

108 **미성년** 표도르 도스또예프스끼 장편소설 | 이상룡 옮김 | 전2권 | 각 512, 544면

110 **성 앙투안느의 유혹** 귀스타브 플로베르 희곡소설 | 김용은 옮김 | 584면

111 **밤으로의 긴 여로** 유진 오닐 희곡 | 강유나 옮김 | 240면

112 **마법사** 존 파울즈 장편소설 | 정영문 옮김 | 전2권 | 각 512, 552면

114 **스쩨빤치꼬보 마을 사람들** 표도르 도스또예프스끼 장편소설 | 변현태 옮김 | 416면

115 **플랑드르 거장의 그림** 아르투로 페레스 레베르테 장편소설 | 정창 옮김 | 512면

116 **분신** 표도르 도스또예프스끼 장편소설 | 석영중 옮김 | 288면

117 **가난한 사람들** 표도르 도스또예프스끼 장편소설 | 석영중 옮김 | 256면

118 **인형의 집** 헨리크 입센 희곡 | 김창화 옮김 | 272면

119 **영원한 남편** 표도르 도스또예프스끼 장편소설 | 정명자 외 옮김 | 448면

120 **알코올** 기욤 아폴리네르 시집 | 황현산 옮김 | 352면

121 **지하로부터의 수기** 표도르 도스또예프스끼 장편소설 | 계동준 옮김 | 256면

122 **어느 작가의 오후** 페터 한트케 중편소설 | 홍성광 옮김 | 160면

123 **아저씨의 꿈** 표도르 도스또예프스끼 장편소설 | 박종소 옮김 | 312면

124 **네또츠까 네즈바노바** 표도르 도스또예프스끼 장편소설 | 박재만 옮김 | 316면

125 **곤두박질** 마이클 프레인 장편소설 | 최용준 옮김 | 528면

126 **백야 외** 표도르 도스또예프스끼 소설선집 | 석영중 외 옮김 | 408면

127 **살라미나의 병사들** 하비에르 세르카스 장편소설 | 김창민 옮김 | 304면

128 **뻬쩨르부르그 연대기 외** 표도르 도스또예프스끼 소설선집 | 이항재 옮김 | 296면

129 **상처받은 사람들** 표도르 도스또예프스끼 장편소설 | 윤우섭 옮김 | 전2권 | 각 296, 392면

131 **악어 외** 표도르 도스또예프스끼 소설선집 | 박혜경 외 옮김 | 312면

132 **허클베리 핀의 모험** 마크 트웨인 장편소설 | 윤교찬 옮김 | 416면

133 **부활** 레프 똘스또이 장편소설 | 이대우 옮김 | 전2권 | 각 308, 416면

135 **보물섬** 로버트 루이스 스티븐슨 장편소설 | 머빈 피크 그림 | 최용준 옮김 | 360면

136 **천일야화** 앙투안 갈랑 엮음 | 임호경 옮김 | 전6권 | 각 336, 328, 372, 392, 344, 320면

142 **아버지와 아들** 이반 뚜르게네프 장편소설 | 이상원 옮김 | 328면

143 **오만과 편견** 제인 오스틴 장편소설 | 원유경 옮김 | 480면

144 **천로 역정** 존 버니언 우화소설 | 이동일 옮김 | 432면

145 **대주교에게 죽음이 오다** 윌라 캐더 장편소설 | 윤명옥 옮김 | 352면

146 **권력과 영광** 그레이엄 그린 장편소설 | 김연수 옮김 | 384면

147 **80일간의 세계 일주** 쥘 베른 장편소설 | 고정아 옮김 | 352면

148 **바람과 함께 사라지다** 마거릿 미첼 장편소설 | 안정효 옮김 | 전3권 | 각 616, 640, 640면

151 **기탄잘리** 라빈드라나트 타고르 시집 | 장경렬 옮김 | 224면

152 **도리언 그레이의 초상** 오스카 와일드 장편소설 | 윤희기 옮김 | 384면

153 **레우코와의 대화** 체사레 파베세 희곡소설 | 김운찬 옮김 | 280면

154 **햄릿** 윌리엄 셰익스피어 희곡 | 박우수 옮김 | 256면

155 **맥베스** 윌리엄 셰익스피어 희곡 | 권오숙 옮김 | 176면

156 **아들과 연인** 데이비드 허버트 로런스 장편소설 | 최희섭 옮김 | 전2권 | 각 464, 432면

158 **그리고 아무 말도 하지 않았다** 하인리히 뵐 장편소설 | 홍성광 옮김 | 272면

159 **미덕의 불운** 싸드 장편소설 | 이형식 옮김 | 248면

160 **프랑켄슈타인** 메리 W. 셸리 장편소설 | 오숙은 옮김 | 320면

161 **위대한 개츠비** 프랜시스 스콧 피츠제럴드 장편소설 | 한애경 옮김 | 280면

162 **아Q정전** 루쉰 중단편집 | 김태성 옮김 | 320면

163 **로빈슨 크루소** 대니얼 디포 장편소설 | 류경희 옮김 | 456면

164 **타임머신** 허버트 조지 웰스 소설선집 | 김석희 옮김 | 304면

165 **제인 에어** 샬럿 브론테 장편소설 | 이미선 옮김 | 전2권 | 각 392, 384면

167 **풀잎** 월트 휘트먼 시집 | 허현숙 옮김 | 280면

168 **표류자들의 집** 기예르모 로살레스 장편소설 | 최유정 옮김 | 216면

169 **배빗** 싱클레어 루이스 장편소설 | 이종인 옮김 | 520면

170 **이토록 긴 편지** 마리아마 바 장편소설 | 백선희 옮김 | 192면

171 **느릅나무 아래 욕망** 유진 오닐 희곡 | 손동호 옮김 | 168면

172 **이방인** 알베르 카뮈 장편소설 | 김예령 옮김 | 208면

173 **미라마르** 나기브 마푸즈 장편소설 | 허진 옮김 | 288면

174 **지킬 박사와 하이드 씨** 로버트 루이스 스티븐슨 소설선집 | 조영학 옮김 | 320면

175 **루진** 이반 뚜르게네프 장편소설 | 이항재 옮김 | 264면

176 **피그말리온** 조지 버나드 쇼 희곡 | 김소임 옮김 | 256면

177 **목로주점** 에밀 졸라 장편소설 | 유기환 옮김 | 전2권 | 각 336면

179 **엠마** 제인 오스틴 장편소설 | 이미애 옮김 | 전2권 | 각 336, 360면

181 **비숍 살인 사건** S. S. 밴 다인 장편소설 | 최인자 옮김 | 464면

182 **우신예찬** 에라스무스 풍자문 | 김남우 옮김 | 296면

183 **하자르 사전** 밀로라드 파비치 장편소설 | 신현철 옮김 | 488면

184 **테스** 토머스 하디 장편소설 | 김문숙 옮김 | 전2권 | 각 392, 336면

186 **투명 인간** 허버트 조지 웰스 장편소설 | 김석희 옮김 | 288면

187 **93년** 빅토르 위고 장편소설 | 이형식 옮김 | 전2권 | 각 288, 360면

189 **젊은 예술가의 초상** 제임스 조이스 장편소설 | 성은애 옮김 | 384면

190 **소네트집** 윌리엄 셰익스피어 연작시집 | 박우수 옮김 | 200면

191 **메뚜기의 날** 너새니얼 웨스트 장편소설 | 김진준 옮김 | 280면

192 **나사의 회전** 헨리 제임스 중편소설 | 이승은 옮김 | 256면

193 **오셀로** 윌리엄 셰익스피어 희곡 | 권오숙 옮김 | 216면

194 **소송** 프란츠 카프카 장편소설 | 김재혁 옮김 | 376면

195 **나의 안토니아** 윌라 캐더 장편소설 | 전경자 옮김 | 368면

196 **자성록** 마르쿠스 아우렐리우스 명상록 | 박민수 옮김 | 240면

197 **오레스테이아** 아이스킬로스 비극 | 두행숙 옮김 | 336면
198 **노인과 바다** 어니스트 헤밍웨이 소설선집 | 이종인 옮김 | 320면
199 **무기여 잘 있거라** 어니스트 헤밍웨이 장편소설 | 이종인 옮김 | 464면
200 **서푼짜리 오페라** 베르톨트 브레히트 희곡선집 | 이은희 옮김 | 320면
201 **리어 왕** 윌리엄 셰익스피어 희곡 | 박우수 옮김 | 224면
202 **주홍 글자** 너새니얼 호손 장편소설 | 곽영미 옮김 | 360면
203 **모히칸족의 최후** 제임스 페니모어 쿠퍼 장편소설 | 이나경 옮김 | 512면
204 **곤충 극장** 카렐 차페크 희곡선집 | 김선형 옮김 | 360면
205 **누구를 위하여 종은 울리나** 어니스트 헤밍웨이 장편소설 | 이종인 옮김 | 전2권 | 각 416, 400면
207 **타르튀프** 몰리에르 희곡선집 | 신은영 옮김 | 416면
208 **유토피아** 토머스 모어 소설 | 전경자 옮김 | 288면
209 **인간과 초인** 조지 버나드 쇼 희곡 | 이후지 옮김 | 320면
210 **페드르와 이폴리트** 장 라신 희곡 | 신정아 옮김 | 200면
211 **말테의 수기** 라이너 마리아 릴케 장편소설 | 안문영 옮김 | 320면
212 **등대로** 버지니아 울프 장편소설 | 최애리 옮김 | 328면
213 **개의 심장** 미하일 불가꼬프 중편소설집 | 정연호 옮김 | 352면
214 **모비 딕** 허먼 멜빌 장편소설 | 강수정 옮김 | 전2권 | 각 464, 488면
216 **더블린 사람들** 제임스 조이스 단편소설집 | 이강훈 옮김 | 336면
217 **마의 산** 토마스 만 장편소설 | 윤순식 옮김 | 전3권 | 각 496, 488, 512면
220 **비극의 탄생** 프리드리히 니체 | 김남우 옮김 | 320면
221 **위대한 유산** 찰스 디킨스 장편소설 | 류경희 옮김 | 전2권 | 각 432, 448면
223 **사람은 무엇으로 사는가** 레프 똘스또이 소설선집 | 윤새라 옮김 | 464면
224 **자살 클럽** 로버트 루이스 스티븐슨 소설선집 | 임종기 옮김 | 272면
225 **채털리 부인의 연인** 데이비드 허버트 로런스 장편소설 | 이미선 옮김 | 전2권 | 각 336, 328면
227 **데미안** 헤르만 헤세 장편소설 | 김인순 옮김 | 264면
228 **두이노의 비가** 라이너 마리아 릴케 시선집 | 손재준 옮김 | 504면
229 **페스트** 알베르 카뮈 장편소설 | 최윤주 옮김 | 432면
230 **여인의 초상** 헨리 제임스 장편소설 | 정상준 옮김 | 전2권 | 각 520, 544면
232 **성** 프란츠 카프카 장편소설 | 이재황 옮김 | 560면
233 **차라투스트라는 이렇게 말했다** 프리드리히 니체 산문시 | 김인순 옮김 | 464면
234 **노래의 책** 하인리히 하이네 시집 | 이재영 옮김 | 384면

235 **변신 이야기** 오비디우스 서사시 | 이종인 옮김 | 632면

236 **안나 까레니나** 레프 똘스또이 장편소설 | 이명현 옮김 | 전2권 | 각 800, 736면

238 **이반 일리치의 죽음·광인의 수기** 레프 똘스또이 중단편집 | 석영중·정지원 옮김 | 232면

239 **수레바퀴 아래서** 헤르만 헤세 장편소설 | 강명순 옮김 | 272면

240 **피터 팬** J. M. 배리 장편소설 | 최용준 옮김 | 272면

241 **정글 북** 러디어드 키플링 중단편집 | 오숙은 옮김 | 272면

242 **한여름 밤의 꿈** 윌리엄 셰익스피어 희곡 | 박우수 옮김 | 160면

243 **좁은 문** 앙드레 지드 장편소설 | 김화영 옮김 | 264면

244 **모리스** E. M. 포스터 장편소설 | 고정아 옮김 | 408면

245 **브라운 신부의 순진** 길버트 키스 체스터턴 단편집 | 이상원 옮김 | 336면

246 **각성** 케이트 쇼팽 장편소설 | 한애경 옮김 | 272면

247 **뷔히너 전집** 게오르크 뷔히너 지음 | 박종대 옮김 | 400면

248 **디미트리오스의 가면** 에릭 앰블러 장편소설 | 최용준 옮김 | 424면

249 **베르가모의 페스트 외** 옌스 페테르 야콥센 중단편 전집 | 박종대 옮김 | 208면

250 **폭풍우** 윌리엄 셰익스피어 희곡 | 박우수 옮김 | 176면

251 **어셴든, 영국 정보부 요원** 서머싯 몸 연작 소설집 | 이민아 옮김 | 416면

252 **기나긴 이별** 레이먼드 챈들러 장편소설 | 김진준 옮김 | 600면

253 **인도로 가는 길** E. M. 포스터 장편소설 | 민승남 옮김 | 552면

254 **올랜도** 버지니아 울프 장편소설 | 이미애 옮김 | 376면

255 **시지프 신화** 알베르 카뮈 지음 | 박언주 옮김 | 264면

256 **조지 오웰 산문선** 조지 오웰 지음 | 허진 옮김 | 424면

257 **로미오와 줄리엣** 윌리엄 셰익스피어 희곡 | 도해자 옮김 | 200면

258 **수용소군도** 알렉산드르 솔제니찐 기록문학 | 김학수 옮김 | 전6권 | 각 460면 내외

264 **스웨덴 기사** 레오 페루츠 장편소설 | 강명순 옮김 | 336면

265 **유리 열쇠** 대실 해밋 장편소설 | 홍성영 옮김 | 328면

266 **로드 짐** 조지프 콘래드 장편소설 | 최용준 옮김 | 608면

267 **푸코의 진자** 움베르토 에코 장편소설 | 이윤기 옮김 | 전3권 | 각 392, 384, 416면

270 **공포로의 여행** 에릭 앰블러 장편소설 | 최용준 옮김 | 376면

271 **심판의 날의 거장** 레오 페루츠 장편소설 | 신동화 옮김 | 264면

272 **에드거 앨런 포 단편선** 에드거 앨런 포 지음 | 김석희 옮김 | 392면

273 **수전노 외** 몰리에르 희곡선집 | 신정아 옮김 | 424면

274 **모파상 단편선** 기 드 모파상 지음 | 임미경 옮김 | 400면

275 **평범한 인생** 카렐 차페크 장편소설 | 송순섭 옮김 | 280면

276 **마음** 나쓰메 소세키 장편소설 | 양윤옥 옮김 | 344면

277 **인간 실격·사양** 다자이 오사무 소설집 | 김난주 옮김 | 336면

278 **작은 아씨들** 루이자 메이 올컷 장편소설 | 허진 옮김 | 전2권 | 각 408, 464면

280 **고함과 분노** 윌리엄 포크너 장편소설 | 윤교찬 옮김 | 520면

281 **신화의 시대** 토머스 불핀치 신화집 | 박중서 옮김 | 664면

282 **셜록 홈스의 모험** 아서 코넌 도일 단편집 | 오숙은 옮김 | 456면

283 **자기만의 방** 버지니아 울프 지음 | 공경희 옮김 | 216면

284 **지상의 양식·새 양식** 앙드레 지드 지음 | 최애영 옮김 | 360면